主编 凌翔　　　　　　　　当代著

枯枝上的春天

王选信 著

民主与建设出版社
·北京·

© 民主与建设出版社，2020

图书在版编目 (CIP) 数据

枯枝上的春天 / 王选信著 . —北京：民主与建设出版社，2020.2
ISBN 978-7-5139-2947-9

Ⅰ.①枯… Ⅱ.①王… Ⅲ.①散文集—中国—当代 Ⅳ.① I267

中国版本图书馆 CIP 数据核字（2020）第 033988 号

枯枝上的春天
KUZHISHANG DE CHUNTIAN

著　　者	王选信
责任编辑	周佩芳
封面设计	陈　姝
出版发行	民主与建设出版社有限责任公司
电　　话	（010）59417747　59419778
社　　址	北京市海淀区西三环中路 10 号望海楼 E 座 7 层
邮　　编	100142
印　　刷	唐山楠萍印务有限公司
版　　次	2020 年 7 月第 1 版
印　　次	2020 年 7 月第 1 次印刷
开　　本	710 毫米 × 1000 毫米　1/16
印　　张	19.25
字　　数	250 千字
书　　号	ISBN 978-7-5139-2947-9
定　　价	49.80 元

注：如有印、装质量问题，请与出版社联系。

序　一个化茧成蝶的人

我时常给一些人讲这个人的故事。

他，退休了。

觉得肚子里有许多蝴蝶，却感觉总飞不出来。

看着自己的同学苗小英、郭天部、高美燕、刘平权等人舞文弄墨，心里甚是羡慕。

回去试着憋了一篇，大家都说好。

暗暗窃喜，又憋了一篇，大家又是一片呱唧。

随后接二连三出来数篇，得到鼓励不断，自己反倒忐忑起来，总觉得是不是真有这么好，是不是自己活在掌声中。

他开始去问人，问那些自己觉得写得好的人。虽然自己年近花甲，可是在文学上还是个新人，他想了解真实的自己。

得到了一些指导，更多的是鼓励。他依然觉得不踏实，见了写文章的人，不以年龄而居，总是以求知的态度让别人指导，希望别人指出毛病。

他住在东郊,但是同学和文友都在长安,虽然有点远,却觉得长安很亲近。

一日,他邀请大家去杜回村他的妹妹家吃搅团。说是吃搅团,她妹子做的菜很丰盛。

尽管是家常菜,荤素俱有。尤其锅盔烙得好,酥脆酥脆的。搅团打得也嘹,筋斗筋斗的。有浆水有醋水,还有鱼鱼儿。

大家就从他的作品聊起,说他的长,道他的短,你一言,我一语。

他很高兴,说就要这样的效果。不管此时他的内心究竟如何,但他的谦逊,他的恳切的眼神,让在座的说的都是掏心窝子的话,真金白银,也不枉这一桌子好饭招待。

孰料他作了真,春天一回,冬天一回。

今年接着来,一年又一年。

吃搅团就成了改稿会,也成了他的汇报会。就像长安农村的秋会一样,农忙结束,苞谷成长,这时节是个空闲阶段,亲戚互相走动,说说收成,讲讲种田经验,见见面,问候问候。

这个特色的老碗搅团改稿会是不是和农事忙罢会有异曲同工之用。

一年余,他竟然写了几十篇,在"城南文化""京兆文学""散文之声""西北作家"等微信平台发了不少,引起了一些关注。

他和他的同学们一起比超赶学,看谁写得数量多,质量好,发得多。

一日,几个人在一起商定带着近来的数篇作品,请上长安作协几名老师,帮他们看看这些文章,好在哪里,问题在哪里。

原来以为他们只是业余爱好,玩玩而已,真没想到他们玩得这么认真，倒让老师们肃然起敬。

老师们也都认真对待，毫不客气地指出优劣，各抒己见。他们也都非常专注地听，很认可。

经过这次评析会后，他愈发不可收拾，总结起来，三年时间，写了二百余篇文章，几乎全部在平台上发表，还在《西安日报》《陕西工人报》《三秦都市报》《长安开发报》《陕西青年》《碑林文艺》《古魏文学》等报刊上发表了近百十篇。

这不能不说是个奇迹。

一位花甲之人，闲来本应逛逛山水，溜溜狗，逗逗鸟，或者看看孙子，颐养天年。但他没有，却用大量的时间写文章，而且力求完美。时下社会物欲横流，人人以享乐为主，他却以弄文字为趣。并且愿意听真话，能听进去，实在是难能可贵。

这个人叫王选信。

他原来是西北化工研究院的一名技术人员，现在仍被返聘发挥着余热，闲暇之余写些文章。刚开始只是玩玩，聊以打发寂寞。不承想还弄出了名堂，不光在同学们当中后来居上，还在长安文学这个小圈子里颇有些影响。

假如没有搅团会的舍，哪有文章的得？我想，其实不仅仅是一顿搅团，他对文字的谦虚，对文字的专情也是一种舍。正是他义无反顾的舍，才有了今天的收获。

甚至他从来没有奢求会怎样，反而有了今天的成绩。

如今他说他忐忑地想把这些文章汇成一本集子出版，我甚是高兴，高兴他有这样的想法。他虽然从事写作仅仅三年余，但是量大质优，比许多自诩为作家的人写得好多了，有些文章甚至是精品。

　　出一本集子，不容易，需要的不仅仅是勇气，如生孩子一样，期待，忐忑，不知是男是女，是聪是傻，生了一个女孩还想生一个男孩，过程一定是艰辛的。

　　出书是对他这一段时期写文字的一个小结，人生需要不断的蜕变。

　　王选信变化可谓不小，我期待他化茧为蝶，飞向他的理想王国。

张军峰
2020 年 3 月 12 日

张军峰，笔名初玄。西安翻译学院客座教授，长安作家协会主席。

目　录

姑妈　001

父亲　008

母亲　016

母亲走了　021

上坟　025

岳母　029

不吃肉　036

长安人　040

漫步未央　044

始皇陵顶话始皇　049

烽火台上的沉思　053

卧龙巷　057

临潼临潼　061

花狸　065

心中的春天　071

也说门当户对　074

婚姻这杯酒　078

善心佛念　082

一路走好　086

放心的早市　090

塘土　095

我的郭杜中学　098

浐河岸边　105

狗日的老鼠　120

炕席　125

母亲的饺子　129

吃搅团　131

女儿给我发工资　135

读《长安话》（中集）有感　138

作品评析会　141

道不远人　145

洗衣服的革命　149

我给老人送寒衣　153

三次获奖　157

戒酒　161

两次住院　165

我不病，谁能病我　169

天堂湾捡垃圾　174

我的三枪自行车　178

那年我三十四岁　182

知识就是驻颜术　187

胡振波和他的泥塑作品《盖房》　191

农民简管琦的苦乐人生　195

阿林　200

以心为灯　205

生命中的贵人　209

刘哥　213
沫老师　217
大哥　220
冬青　224
妻子的眼疾　228
宝运的按摩针灸　232
寻找杨大夫　236
寻找郭克昌　240
泥腿子艺术家——苗春生　244
一张准考证　252

一盆油泼面　256
一碗胡辣汤　259
一张老照片　262
一碗浆水菜　266
杜回　270
搬迁　277
逝去的岁月　282
黑脸铁三　288

后记　296

03

姑妈

  姑妈在老家去世了，只有六十八岁。我记得很清楚，那是 1984 年元月 8 日，农历 1983 年腊月初六。姑妈得病时间很久了，患有风湿性的关节炎和肺气肿。

  电报是 8 日早弟弟发出的，可当天正好是星期天不上班，所以我拿到电报的时候，已是晚上八点了。晴天霹雳，头晕目眩，愣怔了半天，眼泪才像断了线的珠子落了下来。9 日早上，我从单位一路哭着回了家。

  当时我只知道这是亲情的割裂，仅会用泪水宣泄悲痛和哀思，可随着时间的推移，才逐步认识到姑妈的去世，不仅仅是失去了一位可爱的亲人，还是一段家族历史的缺页或割裂，因为我至今都不甚了解姑妈的身世。

  据老一辈人说，姑妈和我们没有多少血缘关系，是我婆从户县带到长安来的。我爷是个读书人，曾经教过书，当过县长，留过洋，和冯玉祥将军有过来往，信奉天主教，经常和洋人打交道。

  解放前，我们家住在西安市甜水井，20 世纪 60 年代初，婆婆领着

001

我还去看过那里的四合院和族里一位我叫娘的孤寡老人。去年妹妹来家，送了几件爷爷留下的遗物：一件古老的十字架，一件可能是祷告用的宛如油灯类的精美黄铜制品（叫不上名字）。妹妹文化程度不高，不懂这些文物的珍贵，但心底良善，原打算把它捐给寺庙的，后在儿子的劝说下，才拿来让我保存。这是从爷爷那里传到我手里的唯一财富，我敬若神灵，视为珍宝。我一直不明白像爷那样有本事的人怎么一直没有成家，直到三十几岁了，才办了个比自己小十几岁的寡妇还带了个孩子？是知识丰富，心胸宽阔，无视封建礼教的羁绊，还是受天主教及西方文化的熏陶或另有隐衷，就不得而知了。

　　我婆经常自豪地说，你姑妈从小聪慧，是教会学校培养她成人的，十八岁起，她就在学校中教当时很时髦的音乐课。

　　爷爷解放前就去世了，爷爷去世后，家里没了生活来源，我婆带着姑妈、大伯、父亲回到了农村，耕种起了家里的十八亩地。姑妈患的风湿性关节炎和肺气肿就是当时在田地里辛勤劳作落下的病根。

　　从遗留下来的照片看，姑妈年轻的时候肯定是个大美女，高高的个子，自来卷的头发，圆圆的脸庞，大大的眼睛，美丽漂亮，气质非凡。可能是红颜薄命吧，两次婚姻都很不幸。第一次是嫁了一个国民党团长，据见过姑父的老人们讲，其人英武帅气，有知识，有教养，做事干练。结婚后，小两口百般恩爱，后来，不知为什么，姑父和长官闹矛盾，一气之下，饮弹自杀（我一直怀疑这种说法）。丈夫去世后，不知道姑妈是怎么挺过来的。解放后，姑妈回到家乡长安县东源上继续教书，在这里，她认识了我的第二个姑父。姑父是户县人，和姑妈是同事，都是教学的先生。两人怎么生活的我不清楚，只知道俩人在一起十几年，曾生过一个孩子，不过几个月后就不幸夭折了。姑父有过一次婚姻，前妻留有一子，1964年儿子结婚后，姑父就辞职回家看孙子去了，而姑妈还一直留在长安地面教书。每年除"五一""十一"、寒暑假回家和姑父团聚外，平时不太回户县（也不方便），可能也没想调回姑父身边，因为我婆健在，姑妈舍不得离开母亲。

姑妈是个孝子，为了照顾我婆，通过县教育局的熟人，把自己调到郭杜所辖的学校教书，每个星期日都能回家经管我婆。为了生活方便，1958年姑妈掏钱把老宅对门一院无人居住的庄子买下，并盖了三间背向街道的半边房做了我们的新家，从此，姑妈也就把这里当成了自己的家。

姑妈没有子女，她把我们三兄弟当成自己的孩子抚养。我们从小到大的学费全是姑妈供给的，在我的印象中，上学根本不知道问父母要钱。只要寒暑假结束前，学费、铅笔、本子、橡皮等学习用具，姑妈都会准备得妥妥帖帖。

姑妈对我们的学习抓得很紧，她通过校长和班主任，随时了解我们的学习情况，我们在学校的表现，姑妈掌握得一清二楚，我甚至有一种本能的反应，只要看见姑妈来到学校，心里就慌，唯恐老师给姑妈告状，所以学习格外努力。上小学的时候，姑妈只要回家就给我考试，直至上了高中，姑妈还和校长不断地联系了解我的学习情况。高中毕业后，心情郁闷，前途一片灰暗的时候，姑妈再三告诫我，知识迟早会派上用场的，劝我不要荒废光阴，不要丢弃书本。多亏了姑妈的谆谆教诲，才有了恢复高考制度后的优异成绩。

据说，我伯念书过目不忘，是周围出了名的才子。抗日战争时期，为了报效国家，上了黄埔军校第七分校，后因回乡解决国民党拉父亲做壮丁之事，不幸遇祸身亡。父亲脑子不笨，可不是念书的料，上了七八年学，竟识不得几个字。一母同胞，俩人却悬殊如此之大，实令我费解。在我成长的记忆中，父母一年四季只知道在生产队里劳动挣工分，从来不过问我们的学习情况，是姑妈担负起父母的责任。所以我常说，我是在姑妈的督促和监管下成长的，没有姑妈，就不可能有我的今天。

姑妈1974年退休后（我婆1972年去世），心想自己一生无儿无女，一是几十年没和姑父一起生活，怕生活不习惯，二是怕和儿媳妇过不到一起，如有了矛盾，将进退两难，住到我家，几个侄子毕竟亲近，老了也有个依靠，所以就没回户县。

父亲1974年患病，姑妈想尽一切办法，拿出所有的积蓄，请大夫抓药治疗，光吃过的中药渣就能装几大筐。记得后院中有1969年备战时挖的一条地道，药渣几乎填满了地道的入口。

只要姑妈在家里，同事和村里的老人们常去看望她。我记忆最深的是村里的老秀才志谦伯经常神采飞扬地和她聊天，谈我爷一生的经历和辉煌，谈解放前军阀们在西安的所作所为以及他是如何听冯玉祥将军讲课、如何和冯将军交往、如何陪将军正月十五到邻村看社火的经历。遗憾的是，在那个特殊的年月里，姑妈怕我听了嘴不牢给家里惹事，每当谈这些历史的时候，总是想方设法地支开我出去干其他的事，我只是从她们的只言片语中听到了一点零碎的故事。

志谦伯是四邻八乡有名的秀才，满腹经纶，他经历了晚清和民国，肯定在冯玉祥将军的队伍中供过职，给某军阀做过参议，所以见多识广，是我最佩服的一位老人。

在那个读书无用的年代里，无知的自己实在太傻，不懂得这些历史的弥足珍贵，更不会去偷听或从姑妈嘴里挖掘一些有价值的东西包括我们家族的历史。

改革开放以后，不少禁忌被打破了，可姑妈一是身患严重的风湿性关节炎，一年中有三分之一时间都是在医院里度过，二是我去了远方求学，没有机会与她谈论自己的经历和家族的历史，这成了我终生的遗憾。

失去了，才知道它的重要。

二十年来，我一直在寻找姑妈的历史。

先是多次回家找门中有知识、有威望的堂哥了解，尽管他多才多艺，出口成章，但他也说不清，只是说我爷是一个了不起的人物，曾经带着意大利传教士到村里来过，传教士给乡党们讲他们那里割麦子不用人，全用机器收割；人制造的像大鸟似的东西叫飞机，可以在天上自由飞翔等，不少人听了感到稀奇，更多的人根本不信，骂洋人是神经病，胡说八道，说我爷中了魔。至于说到姑妈，只说先房的姑父人多么多么精干，多么多么英俊，姑妈在四邻八乡教学，名声多么多么样的好等，但具体细节就说不清了。

我想起了小时候经常爬到土楼上翻出用于把玩的物件来，例如：木制的像犁头似的望远镜，L型的军用手电筒以及短小精致的土枪，和姑妈曾经用过的小木琴，还有墙上挂着镶爷爷相片的镜框后面藏有几张国民党空军某军官也是我爷的朋友（我婆常念叨此人）在飞机旁留影的照片等，我不知道这些是否与姑妈有关。我后悔在1968年5月中共中央指挥全国开展清理阶级队伍时，教育界的造反派们抓住姑妈先房的丈夫是国民党军官让她在公社教育组交代历史问题、接受革命群众批斗时，吓得我婆怕造反派们抄家，让我哥和我上楼把所有的古书和遗留下的物件包括姑妈用过的小木琴全部搜出，在后院堆了好大一堆，放火烧掉或用斧头砸毁的愚蠢举动。

姑妈历史复杂，我一定要弄个水落石出。

我想起了舅爷家在户县，小时候过年过会，我婆领着我步行二十多里路到秦镇西门外再坐公共汽车去看望叔叔（婆婆的堂侄）、姨婆、姨夫爷以及和姨婆的大孙子平玩耍的情景，可自我婆去世后，亲戚之间却断了联系。根在户县，顺藤摸瓜，肯定能找到蛛丝马迹。

工作后，单位出差去过户县几次，由于时间紧张和记忆模糊的缘故，都未能如愿。2003年秋天在长安公交车上偶遇一位和舅爷家同乡的中年人，我向他打听姨婆家的消息，因为我知道姨婆的大儿子曾经在户县检察院、法院都当过院长，在乡里肯定有些名声。姨婆家和舅爷家同村，找到了姨婆家的后人，就能找到舅爷家的叔叔。恰好此人认识姨婆的孙子平，他告诉我，平当兵回来后，分到了公安系统，他从基层干起，由副所长、所长，一直干到县公安局副局长，并说叔叔和舅舅还健在。我非常高兴，一直想去看望叔叔和舅舅。

2006年冬天的一天，突然接到乡党哥打来的电话，告知户县有个老亲戚在长安区公安局工作，说我是他表哥，让有机会回个电话。莫不是姨婆的孙子平？我按着所给的电话打了过去，确实是平。欣喜若狂。几十年了，总算有了联系。

几天后，我到长安找到了平。兄弟相见，有说不完的话。

表弟告诉我，姨婆2001年已经去世。他父亲退休后嫌上下楼不方便，回到了老家安享晚年。我多么想去看望舅舅和叔叔，由于不认识路，后来表弟让司机拉我去了户县老家。舅舅家的老庄子、老房子还在，只是在老庄子相邻的东边又要了两间新庄子盖上了二层楼，两位近八十岁的老人住在一楼。去了叔叔家，八十五岁的叔叔骑车去了女儿家未能相见。舅舅告诉我，叔叔身子骨硬朗，耳不聋，眼不花，还经常过来和她们说闲话，儿子也非常孝顺，把老人照顾得很好。我趁吃饭的时候问舅舅，我婆和姑妈的历史，他也说不清，只知道舅太爷生了四个女子无儿子，我婆是老大，他妈是老二，老三嫁到了山西，老四嫁到了本县。舅舅说自己年轻的时候，经常去四姨家玩，也去山西几次看过三姨，工作后去的机会就少了，再后来就没了联系。

春节的时候，我又去了户县，并且有幸见到了叔叔。我和叔叔坐在炕上，聊起了我婆和姑妈的身世。

我婆原先嫁给了当地的一位富商人，家里殷实，小日子过得不错，可惜好景不长，一次，商人去终南山里贩货，遇到土匪打劫丢了性命，我婆只好带着女儿，也就是姑妈后走到长安。我问叔叔："在那个封建的年代里，通过啥渠道我婆嫁给了我爷？我爷为什么要取一个寡妇还带了个孩子？"叔叔也说不清。只说他刘姓当时是村里的富庶大户，老一辈很有出息，清朝手里曾出过几个举人，耕读之家，文化素养不错，受封建礼教约束较少。从叔叔的言谈中，我似乎悟出了我爷找我婆的原因。我婆是大家出身，聪慧漂亮，开明的爷爷看中的是人品，同时我也知道了点姑妈的身世。

今年春节，坐侄子的汽车又去户县看望舅舅和叔叔，可惜大门锁着，问邻居，方知舅舅去年患了脑梗，行动不便，表弟把父母接到西安照管去了，一向身体不错的叔叔去年也突然去世，我只好黯然离去。

几十年过去了，我煞费苦心的了解，对姑妈的历史也仅知此而已。

我常想，历史可能就是一笔糊涂账，弄清了又能怎么样呢？只要记住姑妈的恩德就好。

历史沧桑，日月如梭，转瞬之间，姑妈去世已三十个年头了。三十年来，我不知道姑妈在天堂里生活得怎么样？而我唯一能做的是每年清明节和寒食节回家在她老人家的坟头多化几张纸钱，使活着没有享我孝敬的姑妈在阴间得以弥补，因为从阴阳理论讲，阴间是存在的。

当我流着眼泪写完这些文字的时候，已是中秋之夜了，窗外如水的月光轻轻地洒在地板上，显得幽静而安详。我关了电脑，来到阳台，望着天上圆圆的月亮，心里有种难以名状的酸楚。我忽然有种异样的感觉，感觉姑妈就站在身边，陪着我默默地流泪。

父亲

1973年11月，瘦得皮包骨的父亲躺在炕上，双眼深陷，脸色蜡黄，有气无力地拉着我的手说：等我病好了，跟我去找你顶峰叔，学修柴油机，手艺学到手了，就不愁没饭吃。我哭泣着答应父亲，期盼成为现实。然而，奇迹并没有出现，半个月后，父亲还是离开了人世，终年四十八岁。

父亲说的顶峰叔，是西安西门里的一个好朋友（老家在邻村赤兰桥）。

父亲姊妹三个，爷爷解放前就去世了，姑妈是我婆从户县后走带到长安来的。大伯解放前在黄埔军校第七分校念书的时候，因当时国民党摊派壮丁，有钱人给乡长使了钱，免去了其儿子的名额，让父亲顶替（政策是一家一丁，大伯在军校读书，亦算壮丁），气得我伯连夜请假回家找乡长论理。处理完此事，回校途经香积寺西边的潏河时，不幸被突然暴涨的河水吞没，留下本来就守寡的奶奶、姑妈、父亲三人相依为命。同是一奶同胞，我伯聪明过人，有过目不忘之能，是远近闻名的才子，父亲却不贪书本，据说上了七年学，也识不得几个字，但对机械情有独钟，生产队里的各种机械，如喷雾器、架子车、水车、柴油机、锅驼机等，修理无一不精。当时不少生产大队里，都有带水车的柴油机，父亲对修理柴油机更有一绝。他曾多次对我说，他能闭着眼睛把柴油机拆成零件又能完整地组装起来，保证运转良好。顶峰叔是父亲崇拜的机械修理高手，父亲的手艺肯定是跟他学的。"文革"中，在到处割资本主义尾巴的恐怖气氛下，为了生计，神通广大的顶峰叔，会经常揽些私活，叫上父亲，利用晚上或给生产队请假的机会，偷偷地外出挣点零花钱。由此可见，父亲和顶峰叔肯定是非常要好的朋友。临终前，父亲说带我去向顶峰叔学修理柴油机，恐怕也是为了生计，经过慎重考虑的无奈之举。

　　患病前，父亲一直在公社兴建汶河抽水站的前期工程，即修漓河大坝的工地上负责操作维修柴油机、涡轮机、水泵之类的设备。工地上常搞大会战，几天几夜连轴转，设备事故多，工作量大，生活条件差，父亲又是个工作极认真的人，由于劳累过度，1972年末，就感到腹部疼痛，没太注意，一直忍着坚持上班，到了1973年初的时候，实在支撑不住了，才不得不去西安医学院检查。检查后大吃一惊，发现肝部出了问题，且已到了相当严重的程度。那时家里困难，根本无钱住院治疗，只好回家休养将息。姑妈是个小学教师，虽和父亲同母异父，但情同手足，她知道父亲的病情后，动员一切关系，寻找当地著名的中医大夫，拿出全部的积蓄，竭尽全力予以治疗。记得长里村向北，有个里花水的村子，姑妈打听到此处据说有个能看此病的老中医，就经常叫我骑着借来的自行车，跑去找大夫开中药，每次一开就是十几副。为了给父亲抓药，我才学会骑自行车，每次走在这条漫长而且坑洼不平的土路上时，心中就充满了无限的悲哀，一为父亲的患病而难受，二为漫漫的长夜无尽头而悲凄。当时哥哥在天水当兵，不可能回来照顾父亲，家里的重担就落到了母亲和我的肩上。当时我不更世事，还不甚了解此病的严重性，只知中药性慢，吃不到一定的量，就无法起到作用。从春天吃到夏天，从夏天吃到秋天，吃过的药渣都填平了后院的地道口（1969年反修防修，备战挖的地道），也不见父亲病情好转。母亲每天守候在父亲跟前，端屎端尿，无微不至，当教师的姑妈，三天两头跑回家了解病情。我婆1972年去世后，家里就剩下姑妈和父亲姊妹俩了，父亲若有个三长两短，姑妈以后靠谁啊（姑妈一直在长安教书，虽嫁到了户县，但临终都在我家住着）！为此，姑妈背着父亲不知道流了多少眼泪。

每过一段时间，母亲就和在西安工作的二舅联系，叫我用架子车拉上父亲到医学院去复查。不识路径的我，第一次是舅舅画了张草图，我拉着父亲，边走边打听，才找到西安医学院的。在医学院里，我两眼摸黑，都是由舅舅挂号，陪父亲检查。检查完了，我一个人又拉着父亲再走三十多里路回家。

记得夏季的一天，我又拉着父亲去医学院复查，早上去的时候，红日东升，天气晴朗，没有一点下雨的迹象，可过了中午，城南的一场暴雨，下了个天翻地覆。下午我拉着父亲回家，走到岔道口到小居安的这段土路时，开花泥土的大路上，马车和拖拉机碾过的路面，中间全是翻起的泥土，两边车辙里的泥水有半尺多深，穿着破烂布鞋的我根本无法下脚，架子车更是难行。一边轮子若碾在车辙里，另一边轮子就得在翻起的泥土上滚动。我只好脱掉鞋子，踩着泥浆，艰难地拉着车子行走。一会儿架子车左边轮子高了，一会儿右边轮子高了，起起落落，颠颠簸簸，躺在车上的父亲摇摇晃晃，哼哼呛呛。父亲多次想坐起来，下车步行，都被我拒绝了。一个重病缠身的人，连站起来的精神都没有，岂能经得起这等折腾。我怕父亲吃不消，只能走几米，歇一会。

望着西边慢慢落下的太阳，浑身是汗的我，心酸的眼泪只能背着父亲流。原来是多么壮实的一个人，如今躺在架子车上，气息奄奄，我的心在滴血。我才上了高中，将来的路怎么走？肯定比这满是泥浆的路还艰难。走着想着，想着走着，走走停停，从岔道口到小居安不到五里路，竟走了两个多小时。

当到家的时候，已是村上掌灯时分。焦急的母亲，见到满脚满腿满裤子满脸全是泥巴、脊背被汗水湿透了的我时，眼泪一下子涌出了眼眶，口拙舌笨的她，只是抓住架子车车帮使劲的摇晃。我理解母亲，她才四十二岁，如果父亲有个三长两短，孩子们怎么办，她怎么办？

中等个子的父亲，年轻的时候，长得敦敦实实，吃不饱干不乏，素有"拼命三郎"之称，一年四季，也很少生病。自从父亲患病以后，一百四五十斤的体重，直线下降，最后瘦成了几十斤。父亲去世的前一天，忽然回光返照，异常清醒，躺在门扇支起的床上，睁着一双无神的眼睛，流着泪对守候在身边的我说：我一生没本事，给你帮不了什么忙，以后家里就靠你和你哥撑这个门楼子了……世道再乱，好好读书没错……你妈命苦，你们要对她好……挣扎着说完，就断断续续地处于昏迷状态。晚上，我陪父亲在门板上睡了最后的一夜，到了第二天早上，当太阳升起一竿子高的时候，母亲在灶房里做饭，我无意中把手伸到父亲鼻子下面试了试，见没了呼吸，才惊叫着喊来母亲。

父亲下葬的那天，久旱无雨的天气忽然发生了变化，雨中夹雪，淅淅沥沥地下了一天。村上能拿铁锨的老人年轻人几乎都来了。三声炮响之后，抬灵的人排了一长溜。棺木放进墓穴的一刹那，我几乎发了疯般的拍着棺木哭嚎：父亲啊父亲，你走了，丢下母亲和我们怎么办？弟弟才上初中，妹妹才上小学，以后日子怎么过啊！当隔壁的五伯把我从墓穴中拉上来的时候，浑身黄土的我，鼻涕泪水模糊了脸颊。

父亲为人厚道善良，和他交往过的人，最后都成了他的好朋友。顶峰叔就不必说了，邮电局的老马也是他的好朋友。

落户在我们村里的"陕西通讯技术学院"的前身，是个无线电通讯监测保密单位，对外代号是一号信箱或简称邮电局，20世纪50年代末，在里面工作的几位师傅，都是父亲的好朋友，其中有个姓马的师傅，我们都叫他老马，就是其中之一。平时下班没事了，老马和他的几个同事经常来家里玩耍，或给我婆带些好吃的，或和我婆拉拉家常，逗老人家开心，或帮家里干些杂活。到了三年困难期间，农村人还能在地里挖些野菜，搞些树叶树皮之类的东西充饥，城市人就没这些条件了。老马家孩子多，还有老人需要照顾，一个人的工资根本不够花，一家人常常为食不果腹而发愁。父亲知道了老马家的情况后，主动找到老马，让他星期六回西安时，路过我们家里。我婆我大总是从家里有限的豌豆麦子或苞谷小米之类的粮食中舀上一两瓢，装在布袋中让老马带回家救急。后来，困难时期过去了，老马和父亲谈起此事，就眼泪汪汪地说：兄弟啊，天底下很难找到像你这样的好人，前两年要不是你那些救急的粮食，我们家非饿死人不可。

"文革"初期，大队（分南北二村）成立了两个造反派组织，以南村为主成立了"12·8战斗队"（1966年12月8日成立），以北村为主成立了"烈火造反队"。两队势如水火，他们为了显示谁最革命，都争着批斗村里的"地富反坏右"，即所谓的牛鬼蛇神。在这场残酷的内斗中，父亲从来没打骂过任何人，更没上台批斗过一个人，反而私下对那些受害者予以安慰。族里有个戴帽子的富农分子，我叫大哥，村上多次开会批斗，叫父亲发言，说你们离得近，最了解情况，最有发言权，可父亲总是以嘴笨不会说话为由拒绝之。私下碰上大哥，还会偷偷说几句安慰的话：心放宽，运动是一阵风，风过去了，就没事了。看起来只是一句简简单单的话，但在当时人人见大哥如躲瘟神、唯恐避之不及的情况下，说这话却是要冒巨大风险的。

父亲为人正直，富有正义感，路见不平，常会拔刀相助。20世纪60年代中期，一次，外村的一个姑娘从村里路过，村上一小伙见其婀娜多姿，心起歹意，便上前调戏，围观的不少村民敢怒不敢言，眼看着姑娘受欺，而无可奈何，恰好父亲从旁边路过，见之便上前劝阻，谁知小伙不但不听，反而嘲笑父亲多管闲事，父亲愤怒，大声呵责，小伙子见扫了自己的颜面，便恼羞成怒，放掉了姑娘，拔出身上的小刀，趁父亲不备，在父亲腰上捅了一刀，顿时鲜血直流。父亲一手捂着伤口，一手抓住小伙衣领不放。群众见状，挥拳相帮，才制服了小伙子，并立即把父亲送到公社医院治疗，好在抢救及时，才没酿成惨祸。后来，大队公社要追究小伙刑事责任，善良的我婆和大度的父亲，见事后小伙认错诚恳，且积极配合治疗，就给公安人员说了不少好话，才使其避免了牢狱之灾。过后，母亲多次批评父亲，以后不要多管闲事，免得类似的祸端发生。父亲听后，总是笑着说：天生就是这脾气，有什么办法呢？

"文革"初期的1966年夏天，大规模迫害风从北京蔓延到了全国。隔壁大伯的儿子平哥在西安某中学教书，自然成了学校造反派批斗的对象，经过多次凌辱，平哥实在受不了了，晚上趁看守的红卫兵松懈之际，跳窗步行了四十几里路，偷偷地逃回家乡躲避。神通广大的造反派们，当得知平哥躲到家乡后，就组织一批革命闯将，开着一辆卡车，趁中午社员们上工之机，闯进村里准备抓人，可到了生产队上，他们不认识平哥的家，便问正在槐树下修理架子车的父亲。父亲见来人装束异常（红卫兵的装束），且一口的普通话，随即警惕起来，恰在这时，有小孩跑过来对父亲说，他们是开汽车来的，父亲立马反应过来，知道大事不好，他们要抢人了。父亲装着听不懂他们说什么，慢慢地站起身来，拿起挂在槐树上敲钟的锤子，铛铛地敲起生产队上工的铁钟。社员们听到铃声，知道村里出事了，世玉伯，志忍伯，志让伯等，振臂一呼，社员们扛上镢头铁锨，立即回家包围了汽车。这些造反派们，在西安像打了鸡血般的亢奋，打、砸、抢、毁文物，斗走资派，打老师，个个都是风云人物，哪见过这等阵势，早吓成了疲软不堪的狗熊。父亲和大伙商量，不给这些不知天高地厚的家伙们一点颜色，他们就不知道马王爷长了三只眼。在父亲的建议下，社员们分成两组，一组把这些家伙团团围起来，不能让他们逃跑，一组看好汽车，防止支援的造反派混进来开车逃跑。

这些造反派们，本想雄赳赳地来到村里抓人，认为农民们不敢拦阻，会轻轻松松抢走平哥，可万万没有想到，却陷入了贫下中农的汪洋大海之中。一直到晚上十点多，饿得实在受不了，一个个大叔长、大娘短地叫着，好话能说几箩筐，甚至领头的跪下来给大家磕头，并写了不再来骚扰的保证后，社员们才放了他们。此后，一直到"文革"结束，这些尝到了苦头的造反派们，对平哥都没敢过分批斗。

这是"文革"中父亲干得最漂亮的一件事。

父亲患病之前，我是不喜欢父亲的。父亲性格耿直，说话办事，不会拐弯，对孩子教育，亦是缺少耐心。小时候的我，是南北二村有名的黏蛋，一时一刻离不开我婆，只要见不到我婆了，就提着两桶鼻涕，赤脚站在街道上，带着哭腔，"婆——婆——"地大叫，声音尖而悠长。使得南北二堡子的人都能听到（家住城壕边，南北二村的交界处），二是心口黏，听不进去瞎好话，使起性子来，不管不顾的。父亲是个火暴脾气，三两句话讲了，若还胡搅蛮缠，就要动手了。为此，我也没少挨过父亲的打。印象最深刻的一次是，父亲急着要到郭杜镇供销社给生产队架子车买零件，我却哭着喊着非跟去不可，父亲再三解释说，队里等着急用架子车，带我去会耽误时间的，可我就是不听，流着鼻涕，挤着眼睛，拉着父亲的衣襟就是不放。气得父亲实在没办法了，在我屁股上狠狠地踢了两脚。我从地上爬起来，还是扑上去抓父亲的衣服，父亲气急了，抓住我的上衣领子，提起我在地上狠狠地磕了两下，疼得实在受不了了，我才松开了手。还有一次，在生产队的苞谷地里，我不知干了什么坏事，被生产队队长发现了，就批评了两句。黏病犯了，我就不依不饶地骂队长。父亲知道这是我的错，非让我给队长回话不可（承认错误）。道理讲了一大堆，我不但不回话，还无理犟三分，气得父亲咬牙切齿，轮圆巴掌，狠狠地在我屁股上扇了两下。隔着薄薄的裤子，屁股上立马暴出了五个红红的指印，火辣辣地生疼。父亲可能想，这下我会服的，会给队长认个错。谁知我越挨打越犟，不但不回话，反而跳着脚地大骂。

父亲打我的次数多了，我都总结出经验来了：第一下最疼，第二下次之，等挨到第三下的时候，就麻木了。只要坚持过了这三关，后面不管挨多少下打，就无所谓了。所以，我是挨父亲打最多，也是最能扛得住的，且不管多疼，咬紧牙关，从不回话。

1975年元月，我高中毕业以后，还是父亲生前在洨河抽水站干活时交的好朋友的帮忙，才顺利地从农村抽调到公社水泥预制厂上班（比农村待遇要好许多），使我度过了恢复高考制度前，两年多的锻炼生活。

父亲在世的时候，我恨他，恨他常打我，当父亲病了的时候，我才知道父亲是家里天；当父亲走了以后，我才知道家里的天塌了；我才理解父亲为了撑起这片天，在那个艰难的岁月里，多么不容易；父亲去世了，我才知道世事的艰难，人生的坎坷。

前年清明节，我回家给父亲上坟，当一沓沓纸钱被淡蓝色的火焰吞噬时，跪在坟头的我，忽然脑中闪现出这样一个问题：父亲是从哪里来的，他又去了哪里？我苦思了半天，似乎才得到了答案：父亲是从膝下这块土地中来的，他最终又回到了这片生他养他的土地中。

谁不是从土地中来的？不过，每个人来到这个世上，都有自己的使命，该创造财富的创造财富，该给社会奉献的做奉献，该向社会索取的索取，欠钱的还钱，欠债的还债，最后老了，还得回到土地中去。

可我坚持认为：父亲生不逢时，他来到世上是吃苦受罪的，是给社会付出的。

母亲

每当看到桌上摆满的各种食品水果，或当一家人围在餐桌旁津津有味地吃着美味佳肴的时候，我就想起了自己的母亲。这些东西，大多数母亲都没见过，更别说吃了。我不知道母亲现在生活得怎么样，在天堂能否吃到这样的好东西？

母亲一生命苦，自从嫁到王家，几乎没享过一天福。尤其在20世纪五六十年代那艰难困苦的岁月里，为了一家人的生计，吃尽了苦头，受尽了罪。

1958年秋天，在大炼钢铁的狂潮中，生产队里的苞谷、谷子无人收割，不少发霉发烂，麦子种不上，田园荒芜。父母把六岁的哥哥和两岁的我留给祖母照看，母亲在公社干部的统一组织下，到五六十里路外的新祝河滩淘沙炼铁，瞎折腾了半个月，铁没炼上几两，由于双腿长时间地浸泡在冰冷的河水中，却落了个严重的关节炎。

三年自然灾害期间，为了全家人活命，母亲挖空心思，搞来了榆树皮、谷糠、野菜、苜蓿、苞谷棒外皮做成的淀粉、油渣，和着从生产队食堂大锅饭中打来的稀汤寡水的饭食才保住了一家人无一饿死。

在20世纪六七十年代很长的一段时间内，母亲蒸馍时，都是一锅两样馍，苞谷面和黑麦面做成的馍馍留给家人，麦麸、糠菜做成的黑疙瘩馍留给自己。老碗会上，我常听到隔壁对门的乡党们问母亲为啥成天吃黑馍，母亲总是笑着说："我就爱吃黑馍。"后来，此话竟成了别人取笑母亲的话头。她们哪里知道母亲的心思，在那个特殊的岁月里，母亲是一家之主，活命的粮食就那么一点，自己多吃一点，父亲、祖母和娃娃们就会少吃一点。

母亲白天在生产队里干繁重的体力活，晚上还要在昏暗的煤油灯下纺线织布，一坐就是几小时，尤其每年冬天，几乎十二点前没睡过觉。雨天不上工时，母亲就浆染布料，裁剪衣服，一年到头，几乎没有歇脚的时候。由于长期的劳累和熬夜，母亲患上了严重的迎风落泪的眼疾。

母亲吃苦耐劳，为人厚道，在村里享有很高的威信，她从1958年开始，就在生产队里当妇女队长，带领着妇女们为生产队粮棉丰收做出了一定的贡献，尤其是夏忙抢收割麦，那可是男劳力都怵火的活路，可母亲带领着妇女们要收割麦田面积的百分之七十以上，秋忙扳苞谷、拾棉花，全是妇女们的活路，平时给麦子除草，给苞谷松土挖畦子就不用说了。

母亲心底善良，隔壁对门，巷里巷外，只要谁家有事，都找母亲帮忙，大到孩子病了，老人下不了炕没人伺候，小到家里娃多，活干不过来，她都挤时间予以帮助，和母亲同辈的老人们，就是现在提起来，还是啧啧称赞。隔壁的光棍伯，一年四季的衣服都是母亲帮忙裁缝，生产队的五保户胡爷爷去世前在炕上躺了三个月，母亲组织几个姐妹轮流擦屎端尿，拆洗做饭，使老人临终前亦享受到了"儿女们的孝心"。

那个时候，各地逃荒要饭的人特别多，只要有老人小孩到门上讨饭，母亲没有不给的，哪怕是一块黑馍，一把苞谷糁，半碗稀饭。母亲常对我们说:"人能走到这一步,都是实在没办法了,只要有一线希望,谁愿意出来看人的眉高眼低。"一次,一个老太太来到门前讨饭,母亲先让她坐在门墩上,递了一碗开水,问起家里的情况,老人哽咽不已,原来,儿子在南山里修水库,打眼放炮时,一块石头从山上滚落,砸断了一条腿,成了个残疾人,地里不能干活,自然挣不来工分,分不到口粮,再加上天旱欠收,家里只能一半糠菜一半粮地凑合。儿媳妇和俩孩子在家陪着儿子,她和老头出来要饭,老头去了西边的村子,她来到了这里。一天要多少是多少,运气好的话,过两天回去,还能给娃娃们带一点。老人泣不成声,母亲陪着流泪。听完老人的叙说,母亲二话没说,回家把瓮里所剩无几的苞谷舀了半碗,倒在了老人的布袋中,老人千恩万谢,一再说今天遇到活菩萨了。

20世纪80年代初,农村包产到户后的一年夏天,大家都在生产队的麦场里晒麦子,中午突然风云突变,乌云翻滚,眼看一场大雨即将来临,母亲顾不上自家的粮食,领着妹妹先帮胡老师家收拾完麦子,才在雨中把自家的麦子草草地收成一堆,苫上帆布。此事在当时分田到户,个人顾个人的环境下,成为一时的佳话,后来,我放暑假回家听到乡党们的议论后问母亲:"分田到户了,你怎么还学雷锋呢?"母亲平淡地说"胡老师媳妇是个慢性子,干啥事都不着急,胡老师又在学校教书,咱不能眼看着收到嘴边的麦子叫大雨冲了。"平平淡淡的几句话,至今震撼着我的心。

十年动乱中,农民不但白天在地里辛勤劳作,晚上还要学文件,搞阶级斗争。队上恰好有户富农分子,自然成了积极分子们侮辱批斗的对象。母亲是妇女队长,每次开会,贫协主席、积极分子都逼她发言,母亲总是以不识字、不会说话为由,予以回绝。那可是个积极表现的年代,相当一部分人为了表明自己的阶级立场,在革命的旗帜下,对所谓"地富反坏右"进行毫不留情的批判斗争,戴高帽子,挂大牌子,或动拳脚,以示革命。母亲从来没在大小会上说过这些人的坏话,气得贫协主席暴跳如雷:"只拉车,不看路,开会就往拐角坐,思想太落后了。"

母亲不但自己不去干那些伤天害理的事,还经常教育我们不要跟着形势瞎跑,她常在家里说的一句话是:"做伤天害理的事迟早是要报应的。"就我所知,我们一家人,在十年动乱中从没上台批斗过任何人,更没动手打过人,甚至没骂过一个村里的所谓"牛鬼蛇神",尽管我家是贫农,是革命依靠的对象。

1974年冬天,父亲积劳成疾,不幸去世,哥哥在部队当兵,生活的重担全落在母亲身上,母亲拉扯着我和弟弟、妹妹艰难度日,直至1977年我考上学以后,母亲才真正地松了口气,头抬起来了,腰杆挺起来了,脸上的笑纹增多了,加之生活的逐步改善,母亲的心胸敞亮了,一年除了种好家里的几亩地外,平时没事了,就和村里的几个老姊妹,去四邻八乡赶集、上会,或到附近的寺院烧香拜佛。当时我很不理解,平时走路都虎虎生风的母亲怎么一下子信佛了?而且节俭了一生的母亲,每次去寺院,决忘不了放些省吃俭用下来的香火钱。现在我才明白,母亲烧香磕头,是在祈求佛祖保佑儿女们工作顺利,生活幸福。

1985年哥哥以师部卫生院院长的身份带领着医护人员,随着部队上了老山前线。母亲整天提心吊胆,常常一夜一夜地失眠,食欲也大大地减少了,白天不是坐在门前的碌碡上走神发愣,就是到田里拼命地干活以打发时间。见人的话少了,脸上的笑容少了,心里的担子重了。作为一个农村妇女,没经过什么大世面,从道听途说中常常得到一些战场上血腥拼杀的消息,这就加重了母亲对儿子的担心。几个月下来,熬干了心血,突发脑溢血病故,终年53岁。

母亲就这样早早地走了。

母亲大半辈子都在苦难中挣扎,当孩子们长大了,当社会彻底变化了,该享福的时候,母亲把幸福留给了我们,她却撒手人寰,永远地离我们而去。

母亲去世已 31 年了，每每想起母亲的一生，我就叹息不已。我常对朋友说："我妈生我和没生我一样，因为她没享过我一天福。"参加工作后，尽管单位离家不远，但常常以工作忙为借口，很少回家看望母亲，更没给母亲买过她喜欢吃的东西，没给母亲买过一身像样的衣服，没老老实实地坐在母亲跟前说过一次知心的话，反而对待母亲的言语中多有"生、冷、蹭、倔"的成分。

如今，我已过了花甲之年，才知道母亲为了这个家，付出了多少艰辛和汗水。母亲走了，我心碎了。

子欲养而亲不待。

我常想，如果有来世，老天爷叫我们母子还能团圆，我会好好地孝敬母亲一辈子。

母亲走了

1986年农历6月13日，母亲突患脑溢血抢救无效去世，终年53岁。

母亲逝世，与哥哥有关。

1985年9月，哥哥所在的部队，开上了老山前线。

自从1979年以后，中越边境一直处在战火纷飞之中，老山，更是八十年代中后期，双方争夺的重点。

母亲固执地认为，哥哥上前线，一定会有生命危险。

当时，老山轮战部队多是陕西子弟。在周围的乡党中，经常传来不实的消息：前几天死了多少人，这几天又死了多少人；猫耳洞里如何如何艰苦，邻村谁家的孩子牺牲在猫耳洞里了，谁家的孩子受伤住院了。小道消息满天飞。

一个农村的妇女，怎能经得起这等刺激。

母亲惦念儿子，每天提心吊胆，惶惶不可终日，生怕有朝一日，忽然传来哥哥的噩耗。

在百里之外上班的我，并不理解母亲的处境和感受，还在稀里糊涂地忙着所谓的工作。

乡党们经常看到，门前的碌碡上，母亲一坐就是半天。盆里倒满水，准备洗衣服，水流了一地，也不知觉。有时，衣服在盆里搓了一遍又一遍，洗好搭在晾衣绳上，过一会儿，又拿下来搓洗。

实在家里待烦闷了，母亲就扛着锄头，钻到半人高的苞谷地里，拼命地锄地。想用劳动的汗水，冲淡心中的烦闷。

母亲半夜半夜睡不着觉，白天做饭，也是凑合着填饱肚子。

平时见人爱说爱笑的母亲，一下子像变了个人似的，语言少了，笑容少了，看人的目光呆滞了。

岂不知，哥哥在前线，是野战部队医院里的负责人，相对是比较安全的。

我给母亲解释过哥哥的工作性质，母亲不相信，以为我给她说宽心话。

每天陪在母亲身边的，是不懂事的妹妹。妹妹还小，不懂得如何做好母亲的工作，只是整天陪着母亲流泪叹气。

母亲去世的时候，正是酷热的夏季。中午，母亲把准备磨面的麦子刚淘净晾晒在席上，人就昏倒在地，口吐白沫，不省人事。救护车未及医院，人就没了气息。医生说，是脑血管破裂所致。

我心里清楚，天热难耐，母亲晚上睡不好觉，白天吃不好饭，忧愁劳累，时间一长，熬干了心血，像一盏耗尽了油而熄灭的灯。

后来，我问妹妹，家里不是有面粉，为什么还要淘麦子？妹妹说，母亲闲下来，就在嘴里念叨哥哥，只有找些活干，心里才能轻松些。

母亲去世的消息，并未通知前线的哥哥，嫂子代表部队，回家料理丧事。母亲下葬的时候，嫂子哭得泪人似的。

1987年3月，哥哥从前线载誉归来，荣立二等功，就在大家欢欣鼓舞庆祝恭贺的时候，我一点也高兴不起来。哥哥的荣誉中，有母亲生命的影子。

母亲从1958年开始，一直是生产队的妇女队长。她带领妇女们，撑起了生产队的半边天，尤其夏天收麦子，秋天扳苞谷、割谷子、摘棉花等重活，妇女们完成了一大半。母亲白天在生产队里干着繁重的体力活，晚上还要在昏暗的煤油灯下纺线织布，一坐就是几小时，尤其每年冬天，几乎十二点前没睡过觉。雨天不上工时，母亲浆酱染布料，裁剪衣服，一年到头，几乎没有歇脚的时候。

三年灾害期间，母亲竭尽全力，薅苴蓿挖野菜，剥榆树皮，用苞谷皮做淀粉，搜腾谷糠和一切能充饥的食物，才保住了一家人的性命。母亲是家里的大功臣。

母亲的身体素质不错，大家都说母亲是铁人。

就是这样一个铁人，最艰难困苦的年月都熬过来了，等黑暗退了，温饱问题解决了，哥哥和我也吃上了"商品粮"，母亲却撇下我们，远走天国。

几十年来，我一直想不通，母亲为什么走得这么早？母亲的寿命，在我心里推演了无数次。按她的吃苦精神，按她的德行、按她的为人处事，活七八十岁不成问题。

我也曾和哥哥多次谈到母亲的死，哥哥说，自古忠孝难两全，为了国家，只能舍小家，顾大家。哥哥的话，虽然无比正确，可我一直耿耿于怀。我恨忘恩负义的越南人。抗美援越，中国人付出了多大的代价，据说，1979年，我们攻下梁山的时候，越南人的碉堡里，还存放有大量的中国大米和枪炮。

母亲的早亡，促使我过早地关注那场战争的意义，同时为战争中牺牲的英雄们祈祷，为普通百姓的命运而哀叹。

我也曾多次设想，如果哥哥临上战场前，多回家住几天，多和母亲说说话，多给母亲做做工作，或许母亲的担心会减少许多；如果哥哥在走前，多叮咛我两句，让我这个粗糙惯了的人，做做母亲的工作，让我经常回家看望母亲，母亲就不会感到孤单害怕，就不会用拼命干活消除寂寞和心慌；如果我心稍微细点，就不会以工作忙为借口，近在咫尺，而不常回家。

　　说一千道一万，如果没有中越战争，母亲定会健康地活着，活着看到今天的变化，看到栉比鳞次的高楼大厦，看到蜘蛛网似的高速立交，看到现代化的都市建设，让她这个吃了半辈子苦的人，也过几天不愁吃不愁穿的日子，享受一点人生的快乐和幸福。

　　如果、如果，世上没有那么多的如果。

　　父亲去世早，母亲42岁守寡，拉扯四个孩子成人，确实不易，受尽了他人的白眼，吃尽了人间苦头。本该到儿女们孝敬她的时候，她却承受不起，离我们而去，怎不令人心碎？

　　母亲走了，我的世界变了，世界变了，我的内心也变了。我成了没有母亲的孩子。母亲走了，我向谁要母亲？

　　后来，我在梦中，见过两次母亲，每次见面，母亲都默然地站着不说一句话。看着母亲忧愁的脸，我哽咽得说不出一句话来。

上坟

又到一年清明时。

天人感应，昨晚下了半夜雨。

前几天还晴得好好的，气温升到了 30 度，没想到昨晚一场春雨，气温剧降。雨还在淅淅沥沥地下着，只好把收拾到立柜中的长衣长裤翻腾出来，穿在身上。赶快回家吧，妹妹在老家等我一块去给父母上坟呢。

到家雨已停了。

被围墙包围着的陵园，离马路近百米。早进去烧纸的人们，出来两脚都沾满了厚厚的泥巴。

土路是人踏出来的，泥泞不堪，有人在大路上烧纸：进不去，心意到了就行了；有人在围墙里面烧纸：毕竟离坟茔近些。妹妹问我怎么办？我说：不就是两脚泥么，到坟上烧纸。

刚下过雨的地上，一脚下去，就是一个深深地脚印，绿油油的野草上挂满了水珠，没走几步，鞋和裤腿全湿了，鞋底也沉重起来。母亲的坟上长满了几寸高的野草，在略有寒意的风里摇曳。和往年一样，妹妹先用砖头在坟顶上压了三张纸钱，后又找来树枝，在地上画了个大大的圆圈。我们跪下来，把带来的一厚沓纸钱和一扎扎印有冥国银行的"钱币"逐一撕开在圆圈内焚烧。

陵园是生产队专门划拨的，母亲就埋在这里。自从村子划成了开发区后，我婆、我爷、我大、我姑妈的坟，搬迁了三次，最后，弟弟妹妹才把老人们的骨殖移迁到母亲坟旁。

四周一片寂静，除过慵懒的太阳在云层里时明时暗地进进出出，就是袅袅升腾的青烟。妹妹不停地念叨："婆、爷、姑妈、大、妈，给你们送钱来了，姑妈是读书人，让她给你们分吧。"说着说着，妹妹眼里溢满了泪水，"春暖花开了，你们拿着钱，想吃啥买啥，想到什么地方逛，就到什么地方逛……"说得我也泪眼汪汪地抽泣起来。

怎能不悲痛？怎能不伤心？老人们忙碌了一辈子，挣扎了一辈子，也没等来能任意"吃黏面"的好日子。当好日子来了的时候，老人们都走了。

纸钱在火光中焚烧，火焰腾腾，忽大忽小，我似乎透过火焰，看见老人们围在我和妹妹周围，期盼我说点什么。唉！你瞧我这记性，老人们一直关注着我的成长，她们想听我汇报呢。

多少年来，我一直坚持和老人们"沟通"。临潼家里，桌上供着20世纪60年代我婆、姑妈和我大我妈的全家福照片，只要回临潼，晚上，我总爱一个人坐在照片前，和老人们说说心里话。以前说的都是家庭琐事：孩子长高了多少，学习怎么样，生活提高了多少等，退休后弄起笔墨，说的全是写作中的问题和取得的成绩，例如，目前都写了那些文章，质量怎么样，在什么平台上发表了，反响如何等。例如，年前汇报2017年工作时，就说自己顺利地完成了十万字的写作计划，其中《一碗浆水菜》《一碗油泼面》《洞见之洞见》《画饼充饥》等，受到同行们关注，反响不错。在自我评价时，说努力没有白费，感觉现在自己已超过了父亲，可离上过黄埔军校的伯父（黄埔军校学生）和一生信仰基督教的爷爷（三四十年代，一直在西安为基督教事业奔忙）还差得很远。

纸钱燃烧了一大半，我得马上汇报：

婆、爷、姑妈、妈、大，这几年我一直坚持学习写作，因为我深知，流传长久的不是金钱，而是文字，你们说是不是？文字不但承传着一段历史，还会告诉人们，什么是善良，什么是良知。我也算作读书识理人，知道知识分子的责任是什么？在这个大变革的时代，不说假话，不说空话、不盲目跟风说胡话，是我一直秉承的宗旨。独立思考，坚持己见，不人云亦云，是我不变的性格。记得母亲经常说：人一生要善良、正直，多做有益于大家的好事。姑妈也常说：人活在世上，要多做好事，积善之家必有余庆，好事做多了，家里平安，孩子出息。

婆、爷、姑妈、妈、大，今天，趁这个特殊的日子，我还要给你们汇报一件喜事："七天网美文比赛，我的《一碗浆水菜》获得优秀奖，在参赛的一百一十篇文字中，夺得第七名，虽算不上什么，但起码说明，我这几年的努力没白费。你们知道，我是在退休后去徐州打工，为了工作需要和打发寂寞，在学打字的过程中，才学习写作的，是一个标准的野生野长的作者——没有理论，没有榜样，只凭感觉写作。闯进文学领域，纯属偶然，没什么文学梦之说。

《一碗浆水菜》，写的是时代的苦难，写的是你们那一代人的艰辛，也是我小时候经历的记忆。我想通过作品，让大家记住那段不堪回首的岁月。不忘苦难，不断反思，社会才能进步。

婆、爷、姑妈、妈、大，我会继承你们吃苦耐劳、勤奋拼搏的精神，继承你们善良做人、善良做事的朴素品德。不管走到什么地方，不会给你们丢人的。

一群麻雀喳喳地叫着，从头顶上飞过，打断了我的"叙说"。妹妹也轻轻地拍着我的肩膀："哥，纸烧完了，时间不早了，咱们回去吧。"

我慢慢地抬起头，擦了擦潮湿的眼睛。太阳走出了云层，万道金光铺盖了大地。周围一片翠绿，身上暖洋洋的。一阵微风吹过，绿草上的雨水，顺着枝叶向根部流淌，坟头上压的三张纸钱，一张一合。我和妹妹挪了个位置，重新跪下，向着老人的坟头，磕了三个头。

春风吹过，刚来的土路，已经硬化了许多，妹妹搀扶着我，默默地走出陵园。

一只灰喜鹊，在我头顶上盘旋着，一会嘎嘎地鸣叫，一会儿做着各种各样飞翔的动作。

老人们有灵，莫不是让喜鹊传达信息，让我不要回头，做自己喜欢做的事情，一旦认准目标，就要坚持到底。

岳母

去年十月底在榆林出差写了篇《杯子》，没过一天，心爱杯子的盖子就丢了，让我伤心了好几天，前几天刚写完一篇《可爱的老人》，记录的是岳母艰难坎坷的一生，可写完才三天，岳母突患疾病住进了医院，抢救了三天，回天乏术，老人不幸去世，实令我揪心。我说自己是"笔毒"，恨不得砸了电脑，搧自己几个嘴巴。

想想四月份女儿才给外婆房子装了空调，上个礼拜又在世纪金花给外婆买了一身衣服送回家。空调没享受，衣服还没穿，老人就走了，真让人唏嘘。

老人的病来得突然。

2014年5月23日是个礼拜五，天下着小雨，下午女儿早早下班回来看孩子，一家人热热闹闹，正商量着晚上吃什么，忽然妻子的手机响了，正看书的我还没等得接电话，电话就断了，我赶紧赶到厨房，把手机递给正准备做饭的妻子。妻回拨电话后，脸色大变，我问怎么了？妻回答说母亲中午发病，下午两点已转入医院，医生说是大面积心肌梗塞，正在急诊室抢救。晴天霹雳，第一个反应过来的是女儿："妈，不要做饭了，赶快收拾东西，打的回临潼。"

女儿说的是。大家齐动手，关窗子收拾厨房，给娃带足了奶粉、衣服和尿不湿，妻把家里的现金尽数搜出，女儿没忘把银行卡揣在身上。怀着忐忑不安的心情，四十五分钟后，我们赶到了医院。

岳母躺在病床上，鼻子插着氧气正在打吊针，心脏检测仪的屏幕上闪着亮光，儿子、女儿、外孙女、女婿等焦虑地围在旁边。老人双目紧闭，脸上露出痛苦的表情，但心里明白，耳朵灵敏，说话清晰，从来人的声音中均能一一辨认出各自的姓名。妻说："妈你认得我是谁？"老人准确的叫了妻的名字，女儿叫声"婆——"，老人叫出女儿的名字并说："你来了。"我一时插不上手，只好找主治大夫了解情况，大夫诚恳地告诉我："大面积的心肌梗塞，非常危险。""还有什么办法么？""九十岁的人了，不可能做支架手术，只能尽心了。"他还补充说，如果小面积的堵塞，抢救及时，冒险做个支架或许还行，像这样岁数大的人，又这么严重，只能打吊针期盼奇迹了。

我把医生的话记在心里，思想上做了最坏的准备。

妻哥在走廊里泪眼婆娑地叙说着母亲患病的经过：昨天中午，隔壁本家给孙子做满月，请老人过去坐席，九十岁的老人走路比中年人还快，席间和同桌乡党谈笑风生，根本看不出有病的征兆，今天中午十二点，老人忽然感到胸部疼痛，他赶紧到村里找医生，医生看后建议立即送医院治疗，没想到病情竟如此严重，说完，双手不停地颤抖着。

已经是晚上八点了，黑黝黝的骊山笼罩在淅淅沥沥的小雨中，凉风和着细雨从打开的窗户中钻进来，发出沙沙的声响，吊瓶中的液体不紧不慢地"滴答"着，老人断续的声唤使急诊室里充满了可怖的气氛。从下午两点到晚上八点，大家忙得顾不上吃喝，我留下照顾老人，建议其余的人到外面饭店吃点饭，顺便商量下一步怎么办。

第二天中午,我又问在煤矿疗养院当大夫的外甥女女婿,看还有啥办法没有,他悲伤地说:"没有什么好办法,好人的心电图是锯齿形的,你看我婆的心电图似长城般的矩形,俗称"墓碑"型,问题确实严重。"但儿子、儿媳、女儿、女婿们心怀侥幸,祈盼老天睁眼。

25日晚上八点,老人呼吸已十分困难,在接到医院下达的第五次病危通知书的同时,医生说:还是送老人回去吧,再等下去,救护车就不好送了。儿女们商量后点了头。

孙子趴在婆身边说:"婆——,咱们回家吧,"老人脸上露出了笑容:"回家心里就坦然了。"车到家门口,孙子告诉婆:"婆——,到家了",老人睁开多日一直闭着的双眼,有气无力地说:"到家了,让我好好睡一觉。"这时,前来探视的族人及村上的乡党们一下子拥满了整个房间,老人虽闭着眼睛,仍能一一叫出她们的名字。十点以后,老人进入了昏睡状态,呼吸越来越急促,凌晨两点整,老人静静地停止了呼吸,平静地走完了一生,距九十周岁仅差二十四天。

老人活着的时候,没叫儿女们受一点累,没给床上拉过屎,拉过尿,没让大家洗过一件衣服,没让儿女伺候过一天,干干净净地走了。来得光明,走得磊落。九十岁了,可谓高寿,虽然得了点病,也算寿终正寝。

种瓜得瓜,种豆得豆,种下善心得善果。老人一生修为行善,自然有此结果。

在村里,岳母为人处世、待人接物、红白喜事等无一不精,春种夏管秋收冬藏均料理有方;节气、时令、谚语、歇后语、笑话、习俗均有领悟;织布、纺线、裁剪样样在行。解放前,一大家子三十几口人在一个锅里吃饭,大妈是领事的,岳母帮大妈操持家务,并带领妯娌们把家务事做得井井有条。妯娌之间关系很难处理,但岳母却处理得恰到好处。谁有什么困难,或遇到什么问题,有什么想法,都喜欢对岳母诉说,岳母也尽其所能予以帮助。岳母在妯娌之间和叔伯之间享有很高的威信,也是这辈老人中活得岁数最大的一个。

几十年来，门中谁家有大小事情，岳母都乐于帮忙，即使到了晚年干不动重活了，还常常把族中的同辈以及村中的老人请到家里玩纸牌，拉家常，增加生活乐趣的同时，还把儿女们孝敬的吃食拿出来和她们一起分享，所以大家对她都很敬重。侄辈和孙辈们也喜欢和岳母往来，岳母对他们没有等级观念，穷富、愚痴皆一视同仁，谁遇到困难，出力出钱，毫不吝啬。

听说岳母去世，远在兰州打工的几个堂侄立马放下手中的活连夜赶回，在外地工作的几个堂孙也纷纷回来为老人送行。

28日中午，送葬的孝子贤孙排成了长长的队伍，人人哭得泪人一般，亲朋好友和村里的乡党都来帮忙，送老人最后一程。

西方接引，天堂安息。

送走了老人回到家里，面对着老人慈祥的遗像，我久久不愿离去，想着老人的好处，两眼又溢满了感激的泪水。

岳母家的成分是社教运动中由中农补划为富农的，听说是因其大家族中有人对当时的村干作风看不惯提了点意见，遭报复诬陷被错划的。十年动乱中，岳母家自然成了所谓的革命干部们批斗的对象，岳父的蒙冤使岳母也饱受了凌辱和精神摧残，但岳母乐善好施、善良厚道的性格始终未变，就在那少吃没穿的年代里，到村里要饭的人极多，只要讨饭的穷人走到门前，有饭给饭，有馍给馍，从来没让一个讨饭者空手离开。有一年冬天，一位六十多岁的老太婆来到门前，恰是午饭时间，岳母热情地让老人先坐在门墩上歇息，后到锅里舀了碗热腾腾的糁糁面端给老人，老人狼吞虎咽，顷刻间囫囵下肚，显然还未填饱肚子，老人不好意思再开口，岳母看在眼里，二话没说，又舀了一碗递给老人。老人端着碗，流下了激动的眼泪，她拉着岳母的手心酸地说："家里孩子多，吃了上顿没下顿，我一个老婆子抹下脸出来要饭，能给娃们省一口算一口。

出来几天了，没吃到一口热饭，今天遇到你这活菩萨了，算是救了我一命。"老人缓了口气，担忧地说："可我吃了这么多，你们怎么办？"岳母安慰道："家里女娃多，饭量小，她们够吃。"岳母见老人手冻得似胡萝卜一般，临走的时候，在家里找了副套袖和一条围巾送给了老人。

岳母一共生了一儿四女五个孩子，四个女儿嫁人都没要过一分钱的彩礼，这在当时农村中是极少见的，就拿我来说，从谈对象到结婚，几乎没花过什么钱。父亲早逝，母亲把我们姊妹拉扯大实在不易，再加上刚参加工作，又没积蓄，几乎两手空空谈恋爱，当岳母得知了实际情况后，不但没反对，反而说："只要人好，穷点怕啥？"

年轻人饭量大，一月三十斤粮根本不够吃，从谈恋爱开始，岳母就叫妻子把每月省下的粮票资助与我。当时妻子在针织厂工作，且早我两年上班，工资略有积蓄，岳母常常对女儿说："家里不要你一分钱，攒着以后结婚用吧。"准备结婚的时候，我身上只有三十几块钱，怎么办？岳母给我们出了个主意：咱们不办婚宴，我给亲朋好友和族里人说，你们在老家已办了婚礼，你回去告诉你妈，就说你们在单位办了婚礼，这样，两头都不用待客，不就不用花钱了么？确实是个好办法，就是太委屈妻子了。

结婚的第二天，我们从老家回来先走岳母家，岳母把我们日常所用的东西包括铺的盖的用的，就连脸盆、毛巾、肥皂等都准备全了。我和妻用岳父的自行车推着这些"家当"，步行二十多里路，到单位已是半夜两点多了。房中除过一张拼凑的床外（两张单人床），就是四堵墙了。早上起床后，做饭没锅没瓢，吃饭没碗没筷（妻拿出自己的积蓄临时去县城采购），饭桌是中午从师傅家借的，屁股下坐的板凳是同学们晚上从电大教室里"偷"的。

结婚几个月了，岳母还不知道我家的门朝那边开着，我请岳母到家里看看，岳母爽快地答应了。这是岳母唯一的一次去我家，那是八三年四五月间的事情。前面三间破旧的半边房，后面两间破旧的厦房，其中一间姑妈还住着，家里破破烂烂，来人了连几把像样的板凳都没有，但母亲的善良、厚道以及倾其所能的热情接待，给岳母留下了深刻的印象。岳母在我家住了一夜，回来见人就夸母亲的贤惠和善良。

从生女儿的那天起，岳母断断续续给我看了三年娃，那时候生活艰苦，四口人挤在一间房里，牛奶喝不起，鸡蛋很少吃，十天半月吃不上一顿肉，女儿全靠岳母一勺一勺的大米稀饭喂大。记得妻在针织厂上班的时候，星期天早上，去街道买菜，恰好碰上刚出锅的腊汁肉，我咬牙买了一斤，岳母吃了后好长时间都赞不绝口。普通的腊汁肉能让老人如此回味，可见亏欠老人的有多少。

农村条件差，每到酷热的夏天，我就提前把老人接到有空调的家里，寒冷的冬天到了，提前接老人到有暖气的家里过冬。我住一楼，老人一来，家里就成了周围邻居们聚会的场所。老人思维敏捷，说话得体，成了凝聚人气的中心。大家喜欢和她开玩笑，拉家常，爱听她讲古经，讲从前的人和事，讲为人处事的原则和方法，讲家庭矛盾的化解和处理，讲小孩的哺育和喂养。她给大家带来知识、智慧、欢乐的同时也开心快乐了自己。

记得年前我从外地打工回来，一家人去看老人，老人精神矍铄，见到我们回来又忙里忙外地张罗开了，问女儿中午想吃什么？问我在外面生活得咋样？并千叮咛万嘱咐，要注意身体，一人在外不像在家里有人照顾，累了就回来，不要让身体吃亏，又问妻子外孙女可乖？吃饭怎么样？长高了没有？又给妻子讲了不少如何管娃的知识。看着老人满脸的皱纹和慈祥的面孔，我突然有种异样的感觉：这哪里是脸，分明是在岩石上雕琢出的一尊佛，我揉了揉眼睛，又摇了摇头，再仔细观察，还是一尊佛。我不相信自己的眼睛，回家的路上，还一直琢磨怎么会有这样的感觉，后来终于明白了，老人一生善良，给家人，给亲朋积下了无穷的阴德，她就是一尊佛，是一尊永远佑护我们子孙的佛。

　　老人去世了，我和妻几天都回不过神来，恍恍惚惚，犹如梦中。前后不过几天，就阴阳相隔，天上人间两茫茫。我用拳头砸自己的头，用手拧自己的大腿，不相信这是事实。

　　几十年以来，我一直在问自己这样一个问题：人活着的意义到底是什么？现在我才明白：人活着就是要把美德留在人间。

　　想想岳母的一生，老人做到了。

不吃肉

我不吃肉，在单位里是有了名的，倒不是信仰什么，而是从小没吃过。朋友们相聚或赴宴吃请，大家见我不吃肉，都会说同样的一句话："一个人不吃肉，活在世上有啥意思？""吃肉到底有啥意思？"每每遇到这样的尴尬，我会用世上最愚蠢的话来反问之。

不吃肉成了我的招牌。

记得最早不吃肉的起因是家里杀鸡惹的祸。

小时候家里很穷，能吃一次鸡肉确实不易。有一年秋天，不知出于什么原因，是给我婆过生日还是给母亲补身体，反正父亲在院里宰杀了一只不好好下蛋的老母鸡。能吃鸡肉了，高兴得我连蹦带跳。鸡在锅里煮着，三四岁的我趴在连锅炕的隔栏上看着从锅盖下冒出的腾腾热气，听着锅里咕嘟嘟响声，闻着浓郁的香味，我不知哪根神经出了毛病，急不可耐地哭叫着："我要吃肉，我要吃肉。"正在烧锅的我婆反复解释："甭哭，甭哭，鸡还没熟，熟了先给我娃吃。"我根本不听，且哭得嗓子一声比一声大，从外面进来的母亲亦劝我："煮熟了才能吃，没熟怎么吃？"

小时候的我，是巷子里有名的"黏蛋"，哪里听得进去大人的话。我不理不睬，只是扯着嗓子哭闹，惊动了在院子里干活的父亲。父亲是个火暴脾气，见我瞎话好话听不进去，气得就把刚刹下来的血肉模糊的鸡头提到我面前："吃吧，这是鸡头（农村人不吃鸡头）。"看到血淋淋的鸡头和我父亲的愤怒呵斥，吓得我马上收住了眼泪，半截哭声也咽到了肚里。自尊心很强的我，感觉内心受到了深深的伤害，还下定决心："肉熟了也不吃了。"

从此，我和肉无缘。

稍大点的我，还给自己不吃肉找了个很实在的理由：一来可以给家里省点钱，二来省下的肉可以让大人们多吃点。

我不吃肉很彻底，不像有些人，吃猪肉不吃羊肉，不吃这肉吃那肉，我什么肉都不吃，甚至连大油的味道都闻不得。母亲做一大锅饭，里面只要有一两片肉，我宁愿饿一天肚子，也不吃这锅饭，炒菜就更不用说了，清油炒的还是大油炒的，一闻便知。

1978年上学报到的第一天去后勤买饭票，就给老师出了难题，说我不吃肉，善良的老师安排我上小灶。当时不知道小灶是干什么的，后来一打听才知那是个少数民族灶。学生来自西北五省，回族、维族、藏族、土家族等少数民族的学生很多，他们只是不吃猪肉，其它肉都吃，和他们在一起，我只能将就了，考上学不易，学校已予以最大的照顾，不能不识好歹。

开始吃饭不习惯，闻不得膻气的羊肉和见了心里难受的牛肉，时间一长，逐步地适应了，每天除吃素菜外，还能在荤菜中捡菜吃，算是沾了荤，只是不吃肉。

1981年参加工作后，单位的应酬多了，社会上的事情多了，红白喜事的场面多了，不吃肉的名声也出去了，只要在桌上一见面，"不吃肉的来了"，成了招呼语。有时碰到陌生人，往往会问："不吃肉是有啥信仰么？"我会连忙解释："没啥信仰，没啥信仰。""是回族么？""不是，是汉族。""不吃猪肉还是羊肉？""什么肉都不吃。"时间长了，有人再提这个问题，我干脆就说："只要带眼睛的都不吃。""莲菜有眼，你怎么吃呢？"旁边马上有人抬杠。

说我一生不吃肉也不见得都是事实，20世纪80年代初期，单位食堂里的伙食，每天都是老三样，既单调又无奈，偶尔改善一次伙食吃饺子，却是肉馅的。看见别人吃饺子，馋得我直流口水，倒不是想吃肉，只是想吃饺子。一次，馋得实在受不了，经过多次思想斗争后，还是买半碗饺子，蘸着汁子，囫囵吞咽，这样既解了馋，又没尝出肉的味道。

在我的记忆中，算是第一次吃肉。

那个时期，单位同事结婚，和几个领导同桌吃饭，鱿鱼上来了，傻乎乎的我不认识这是啥东西，问旁边一个关系不错的领导："这是什么？""这是鱿鱼，不是海里的动物，是菌类植物，和蘑菇一样，你可以吃的。"他淡然地答道。信以为真，我用筷子捡起就吃，刚夹到嘴里，还没尝到味道，周围同事就哄堂大笑。我知道上当受骗了，涨红着脸，赶紧把嘴里的东西吐出来，并用茶水连连漱口。从此，我不吃肉是假的名声就传开了。往往遇到适当的场合，大家就把此事当成了笑料奚落我。

其实，肉是啥味道，我确实说不清，有时在肉菜中找菜吃，不小心沾上肉沫，吃到嘴里就极不舒服，甚至想呕吐，实实在在地感到荤菜的味道远不及素菜的味道好吃。但有什么办法呢？出门在外，不比自个在家，只好随波逐流，凑合着吃。

小时候看过这样一则笑话：唐朝时，有个县令不吃肉，他认为肉是世上最难吃的东西，升堂断案，每每对犯人采取的惩罚手段，就是让他吃肉。当时读后，颇感可笑。当然，我不会像县令一样，把自己的主观意志强加给他人。吃肉不吃肉，是各人的习性所致，不能以偏概全。

不吃肉时间长了，对肉有种本能的反感，有时心情不好，在饭桌上看到盘中的肉菜，就想呕吐，有时心情好些，可以在肉菜中捡蔬菜吃，这样看来全是心理作用。

经常有朋友在饭桌上做工作，说肉多么多么好吃，多么多么有营养，吃了对身体多么样的好，你又不是和尚，何苦折磨自己。我知道这是好意，但生活习惯了，吃肉心里恶心，你们认为吃着香的，对我可是一种痛苦的惩罚。

不吃肉有不吃肉的好处，吃肉有吃肉的好处。肉类中蛋白质和胆固醇含量高，吃了对人身体好，但吃得多了，容易使人发胖，容易得"三高"症，相比之下，吃素就会好些，每年体检，化验血流变，各种指标基本上都不超标。当然，对于吃荤吃素，仁者见仁，智者见智，各有利弊，不必强求。

有人说我不吃肉慧根好，信佛有天生的基础，说和尚要求不杀生，不吃肉，不吃大蒜、大葱等，认为吃了这些荤物，耗散人气，有损精诚，难以通神明，吃素是出家人慈悲的表现。我不信佛，只能一笑了之。

有人劝我："岁数大了，吃点肉无所谓。"我会笑着回答："我还要保持晚节呢。"

长安人

　　退休后去南方打工，闲暇之余，总是想念自己的家乡，想念毕原上的村子，想念村子里的人和事：对门嫂子身体怎么样了，上次回家，见她面部肿胀，说是哮喘病犯了，现在减轻了没有？隔壁老哥腿患静脉曲张，血管像蚯蚓，几乎到了不能走路的地步，儿子接父亲到西安一附院看了两次，不知道恢复得怎么样？门前那颗日本柿子树上挂果多不？日本柿子真好吃。本地树上的柿子，要等熟了软了才能吃，日本柿子就像苹果梨一样，采摘下来就能吃，而且脆甜，味道不亚于临潼的火晶柿子；还有后院种的那颗胳膊粗的葡萄树，葡萄结得多不多？几年了，几乎不太结葡萄，开始以为有大小年之分，一年结得多，一年结得少。

　　晚上睡在床上，感觉自己像风筝一样，在天空飘啊飘啊，可风筝的另一头却连着家乡。不管你飘到天涯海角，最终落下的地方还是家乡。我是吃家乡的麦子苞谷长大的，我是喝家乡的水、吸家乡的空气长大的，这里一切的一切，早已融入了我的血液。

　　为了打发寂寞，为了聊以自慰，我QQ取名"长安人"。长安人好，既能代表自己的身份，又有地域特点。不管走到哪里，它都时刻提醒，我是长安人。不管干什么事，都不要给长安人丢脸。

多少年来，我一直为自己是长安人而自豪。在单位上班的时候，一口长安话，常惹得同事侧目。朋友建议，让我学着说普通话。普通话不是不好学，而是不想学。我是长安人，说地地道道的长安话，有什么不对。在唐朝的时候，长安话就是普通话，上至皇帝，下至大臣，争相学说长安话，人们都以会说长安话为荣。长安话是老祖宗留下来的文化瑰宝，是最雅最文的语言。我爷说长安话，我大说长安话，我是长安人，当然也说长安话。工作了三十几年，长安口音至今未变。

在南方打工，同事问我：你是哪里人？我会硬朗地回答：我是长安人。在车站买票，售票员问我：到什么地方去？我会霸气的回答：回长安。工作中遇到困难的时候，我会大声喊一声：屁大个事，能难倒长安人？和人交往时，我总是以长安人自居：大度点，吃亏是福。

当然，长安人的我，也有胡说八道的时候。

一个河南小伙和徐州姑娘谈对象谈崩了，河南小伙追到徐州，杀害了女方。此事在公司成了爆炸性的新闻，一天到晚，三三两两的凑在一起，就叽咕此事。消息传到我的耳朵，我笑着说：杀人者肯定可恶，应该受到惩罚，但不能整天聊这点破事，在我们家乡，像这样的惨案，经常发生，尤其在经开区，为了利益，发生冲突，屡见不鲜。村民干部，常为金钱反目，一怒之下，白刀子进，红刀子出，打得血头狼似的。大家不理解，以为我在说天书，我便自豪地解释：坏不过长安人，好不过长安人。为什么这样说呢？自古长安都是京畿要地，也是帝王将相和文人荟萃的地方，长安自然成了他们的后花园。路上随便找个人，或许身上都会留着贵族的血统，所以，不少人继承了祖先将军的脾性，暴躁不羁，一言不合，动手动刀，杀人如杀鸡。前两年，村上选举，个别人为了当上有权有势有利的村长，采取卑鄙流氓的手段，提着马刀，在村里转悠，恐吓逼迫村民给自己投票，甚至，不惜大打出手，致人伤残。还有些人，为了一点小事，发生口角，最后酿成血案。记得20世纪80年代初严打时，每次杀人的布告上，多半都是长安人。相反的是，长安一部分人身上却流淌着文人雅士的血液，聪慧善良，才华横溢，做事专注，持之以恒。就拿我们镇上来说，二十几个自然村，会写文章、会书法、会画画、会泥塑等的人物，就有一二十位，当然，人杰地灵的长安地面上，这样的人才车载斗量。

两极分化，是由地域文化形成的，长安人的特点确实突出。

听我这样一吹，谈论的热度立马降了下来。

长安人还有以下特点：就是生、冷、蹭、倔。发音时，狠读声母，轻读韵母，说话和唱戏，都像打枪放炮一般，外地人根本接受不了，本来正常的说话，还以为在吵架呢。正像外地人听秦腔，怎么也理解不了，陕西人的狂吼。其实，长安人爱的就是这个味。"直爽、豪放"，好像是植在骨子里的东西。其实，长安人心地善良，表面上看起来粗鲁，心里却是热的。"路见不平，拔刀相助"，稍有不平，"火冒三丈"，看你顺眼了，借袜子连鞋都给，看你不顺眼，一口水都别想喝。缺点是，耿直有余，曲折不足。

一次我坐车从西安回长安，卖票的小伙，浓眉大眼，五大三粗，说话高喉咙大嗓门，顾客问话，出语粗陋，看得我心里直咬牙，暗暗地骂道：长安怎么就出了个这东西？真丢脸。当车行到半路上准备加油时，小伙好像换了人似的，说话忽然温柔起来，先是给大家解释，为什么中途停车，停车停多长时间，后又把大家领到有树荫的地方等待，尤其让人感动的是，亲自扶着一位腿不灵便的老人，到加油站一隅，找来一把椅子让老人坐下。

其实，加油用不了多少长时间，油加满了，他又招呼大家返回车上，体贴周到，令人感动。

还有一次，晚上从西郊回镇上搭最后一班公交，车上空空荡荡，有些寂寞，前排的一位东北妇女，和我拉起了闲话。妇女深情地说：生活在你们这里的人，真幸福。我问感慨何来？妇女一脸的羡慕：有一院庄子，盖几间楼房，出租后就万事大吉。一年的房租，都吃不完。平时什么活都不干，端个茶杯，东游游，西逛逛，神仙似的。寂寞了打打麻将，嘴馋了，到馆子搓一顿，不像我们，为了生计，东闯西荡。我脸一下子红了。这不光是城中村人的特点，也是长安人普遍的特点：吃不得苦，下不了势，小富则安，不求进取。

八百里秦川，历史上都是富庶之地，没有高山大川，没有不毛之地，稍微在地里拨拉几下，吃穿就不愁了。地利环境，磨掉了吃苦耐劳的品德，而造就了易于满足的性格。

这两件事，对我的触动很大。

长安人确实优点突出，缺点不少。

我经常想，如果长安人能有一半河南人的吃苦精神，有一半四川人的耐劳性格，就没有过不去的火焰山，就没有成不了的气候。

漫步未央

早就听说，汉未央宫遗址还在，尽管家住西安，可惜无缘凭吊。

2018年5月12日，在王萌老师的带领下，我们一行五人来到六村堡唐刚老师的家。

唐刚老师是位民俗专家、诗人兼作家，他一生喜欢研究历史文化，尤其喜欢研究散落在未央地面的历史文化。虽是初次相见，却如久别重逢的朋友，唐刚老师高兴地说：我们周围全是宝贝，可惜政府挖掘和重视的程度不够。说完，就马不停蹄地带领我们参观"大唐感业禅寺"和汉未央宫遗址。

感业寺比我想象的要糟糕得多。原先偌大的感业寺，现已被侵占得只剩下很小一处了。里面破败不堪，香客寥寥，除过后面新盖的大雄宝殿似乎还体现了点昔日的灵光外，周围全是垃圾柴火。漫步在感业寺里，心中思潮翻涌。这座中国唯一的女皇蒙难处，竟然落败到如此地步，实令人伤感。按说，作为大唐历史见证者之一，起码信徒众多、热热闹闹才是。

据历史记载，唐太宗死后，武则天和部分没有子女的嫔妃们一起入感业寺即今"大唐感业禅寺"为尼。

削发感业寺，是武则天的低谷时期，但也是她的蛰伏时期。她虽然如众嫔妃一般落入悲惨无奈的礼佛生活，作为一个年华正茂又富于野心的女子，怎么能在寺庙里落寞度日？非池中之物，总有腾云驾雾之时。她在此绞尽脑汁，想利用自己与高宗的关系，做最后一搏。

贞观十一年（637年），十四岁的武则天入宫成为唐太宗的才人（正五品），唐太宗最初非常宠爱她，赐名"武媚娘"，但不久便将她冷落一边。武则天做了十二年才人，地位始终没有提升，在唐太宗病重期间，武则天和唐太宗的儿子后来的高宗李治建立了感情。

聪明的武则天就利用这一点，给李治写了首《如意娘》，充分表达自己对李治的思念，也就是这首诗打动了李治，才使她有了重返皇宫的机会：

看朱成碧思纷纷，憔悴支离为忆君。
不信比来常下泪，开箱验取石榴裙。

高宗即位后，专宠妃子萧淑妃。永徽二年，皇后复召武则天入宫，企图"以毒攻毒"，这年武则天二十六岁。武则天回宫后迅速打败萧淑妃，获得高宗的宠爱，第二年便升为昭仪（二品），后还生下了她的第一个儿子李弘。由此，她开始了自己的奋斗生涯，最终成为中国历史上唯一正统的女皇帝。

可见，武则天能绝处逢生，且得到高宗的宠爱，说明她的心机是多么样的深沉。

参观完感业寺，我们来到未央宫的天禄阁。天禄阁在汉代，是我国最早的国家档案馆。在天禄阁西五十多米的地方，还有一坐土堆，就是当年的石渠阁，是国家最早的图书馆遗址。据说，司马迁的《史记》，就是在石渠阁完成的。这两处同为汉宫御用藏书典籍和开展学术活动的地方。我想，司马迁当时的心情一定很压抑，仅为李陵说了几句公道话，就受到如此残忍的宫刑，而又无法排泄，在忍受肉体和精神上巨大折磨的同时，他拿自己的全部生命，书写一部闪耀着光辉的伟大著作——《史记》。只要完成史记，个人的荣辱算什么，武帝老儿算什么。

　　从此，每天只见一位佝偻着身子，拖着病残躯体的老人，在石渠阁和天禄阁之间行走。

　　司马迁在石渠阁写史记，西汉学者刘向在天禄阁校书。刘向收集大量秦代书籍，辑录了《战国策》等书。可惜新朝时期，王莽不重视档案文书的作用，毁了天禄阁、石渠阁，做为铸币场所。

　　所以说，这是一处极具历史价值的古迹。

　　如今的天禄阁遗址，已是一个高七米，周长三十二米的夯土台，上面有明代建的庙宇刘向祠，小庙的砖地上还遗留有清同治年间，回汉仇杀时天禄阁村民在此遭大屠杀的血迹。抗日战争期间，这里又成了天禄阁小学，里面陈列了不少当年抗日救亡运动的第一手资料。

　　参观完天禄阁，我们冒着炎炎的烈日，穿过野草花丛，向南步行三百多米，来到未央宫前殿遗址（南宫）。这是一座如堤坝似的遗迹，上面用栏杆围成南北宽约五米，东西长约三十多米的长方形。站在这里，天晴的时候，南望终南，山川河流，历历在目，北俯渭河，滔滔的渭水似银链般蜿蜒东去。据说，刘邦当年就住在这里。离前殿约二百米的北殿（北宫），是朝廷庞大行政机构所在地。不知何故，有人在此砖砌了地基，是否欲恢复当年恢弘的建筑，不得而知。

　　据唐刚老师说，这里的文物，受到国家保护，地下全是宝贝，不过，也让我们看到了令人不堪的一面，有些不法之徒，在这片空地上，到处有开挖的痕迹，估计在月黑风高之夜，他们在寻找宝藏。

据史书记载，南宫是皇帝及群僚朝贺议政的地方。建筑布局整齐有序，宫殿楼阁鳞次栉比。一旦君臣们把事情决定下来，北宫各机构就雷厉风行，负责落实。

我不知道，无赖出身的刘邦，是用什么办法拨弄着国家这台庞大机器运转的。

站在这昔日繁花似锦，如今落败不堪的遗迹上，我不知说什么好。花无百日红，人无百日好。秦始皇妄想江山不老，一世二世地传下去，杀了无数怀疑造反的知识分子，最终也只延续了十五年，所谓的钢铁长城就土崩瓦解了。"坑灰未冷山东乱，刘项原来不读书"。

刘邦也和秦始皇一样，挖空心思，想要自己打下的江山万万年，最终只坚持了两百多年（西汉）就烟消云散。

历史的车轮，碾碎了多少皇帝的美梦。

站在前殿遗址上，我似乎看见群臣在下面跪了一大片，个个噤若寒蝉，刘邦一声吼，人人汗流浃背，磕头如鸡啄米；我似乎听见了群臣高呼万岁万岁万万岁的声音；我似乎看见刘邦对臣子的言论，稍加不满，就长袖一甩，任性地哼着小曲回宫了，下面站着的臣子们，一脸的尴尬。

走着看着，看着想着，耳边隐隐约约传来鼓乐之声。刘邦纵情享乐，一双色眯眯的眼睛，在曼妙的歌舞中，像猎狗一样地寻找着妙龄女子，嘴里流着涎水，一脸的流氓相又回到了身上。

如今，南殿不在，北殿不在，石渠阁不在，天禄阁不在，只留下斑斑的历史遗迹。

正在愣怔，脑中忽然闪现出《红楼梦》中跛足道人在《好了歌》中的一句唱词：

古今将相今何在？荒冢一堆草没了。

历史是一面镜子，可以知兴衰，可以见人心。

唐刚老师打破了寂静：这里到处是故事，到处是历史，只要愿意挖掘，有取之不尽的宝藏。

是的，未央地面的古迹比比皆是，今天看到的，只不过是冰山一角罢了。

西斜的太阳，火辣辣地燃烧着，大家大汗淋漓，气喘吁吁。

还是回去吧，有机会再来未央淘宝。

感谢王萌老师，感谢唐刚老师。

始皇陵顶话始皇

近水楼台先得月，在临潼生活了三十几年，去秦始皇陵参观了无数次，可每次的感觉都不一样。前天又游了一次始皇陵，不由得又想说点什么。

正是收获的季节，蓝天白云，秋高气爽。雄伟壮丽始皇陵，横卧在葳蕤葱郁的柏树和挂满硕果的石榴树丛中。从北大门进去，穿过围绕着鲜花的表演广场，越过矗立着"秦始皇帝陵"的石碑，就是通往高达七十六米陵顶的石阶小道。气喘吁吁的我，无心欣赏路边压弯枝头的艳艳石榴，低头自顾努力攀登。汗水渗渗，终于登上了长约四十米、宽约三十米的陵顶平台。平台的周围是用青砖垒砌高约半米的女儿墙。沿着女儿墙举目四望，四下里氤氲缭绕。南边层峦叠嶂、山林葱郁，北边是逶迤曲转、银蛇飞舞的滔滔渭水，西边临潼城区鳞次栉比的楼房以及车水马龙的交通要道。据当地居民说：天气晴朗的时候，居高临下，虎踞龙盘，翘首远望西安、咸阳、高陵，甚至三原等地，地面上建筑都影影绰绰。我忽然想到前几年航拍资料介绍，秦始皇陵的位置正好在中国龙脉的龙眼上，我不由得慨叹一声：壮哉秦陵！

好一个嬴政，生前享尽了荣华富贵，还为自己的身后事，机关算尽，选了这一块千古难寻的风水宝地。

这确实是中国历史上第一座帝王陵墓，它以规模宏大、埋藏丰富而著称于世。据《史记·秦始皇本纪》记载，陵墓一直挖到地下的泉水，用铜加固基座，上面放着棺材……墓室里面放满了奇珍异宝。墓室内的要道机关装着带有利箭的弓弩，盗墓的人一旦靠近就会被射死。墓室里还注满水银，象征江河湖海；墓顶镶着夜明珠，象征日月星辰；墓里用鱼油燃灯，以求长明不灭……

为了修建这座华贵的陵墓，从嬴政登上皇帝宝座的那天起，就开始选址设计、施工营造到最后被迫中止，共用了三十七年时间，前后动用劳动力七十余万人。这些人中有许多怀着对"英明陛下"的崇拜或畏惧，不辞辛苦，肩扛手刨，把自己的青春和生命，奉献给了这座浩繁的工程。据说，还有不少建设这座伟大工程的苦力是以囚徒的身份出现的，他们怀着赎罪的心情，披枷带锁，战战兢兢，努力工作，吃的是猪狗食，出的是牛马力，生命还时时受到"监工"们的威胁，言语和行动稍有不慎，这些"官员"就会毫不留情地将他们处死。听附近村民说，秦始皇陵西边一公里左右有条"杀沟"，每当午夜时分就阴风惨惨，鬼影幢幢。到农业学大寨的年月里，平整土地的人们胆大地挖开一看，果然全是累累白骨，密密匝匝。目前已经探明的大型陪葬墓地多处，全是修筑陵墓时死于非命的刑徒和工匠，粗略估计不下三十万人。还有成千上万幸存下来手艺精湛的工匠、手艺人，当陵墓终于迎来了嬴政的遗体时，却无辜地陪伴着伟大的陛下进入了自己建造的坟墓——统统被突然封闭的地宫大门活活埋葬在陵墓之中。同他们一起被掩埋的，还有许多未及流传下来的工艺和技术。

嬴政确实伟大，他把自己的这座陵墓建造成了中国历史上最大的帝王陵墓，成为后世历朝历代君王们争相效仿的标杆和蓝本。

后世评价嬴政是千古一帝，实质上他是最残酷的一帝。

当他登上了皇帝宝座以后，把残酷统治的手段发展到登峰造极的地步，独断专行，滥杀无辜，企图以暴力的手段，让人民像牛马一样地俯首帖耳，以保证嬴氏江山万万年。所以秦朝也成为历史上一个极其黑暗的时代。

看看嬴政的具体"功绩"：

嬴政用了十年时间就平息了中原长达五百年的战火硝烟，据有据可查的资料统计，经过了二十二场大战，斩首一百八十一万，才统一了六国。以无数人的生命堆垒起来的政权，还值得炫耀么？

再看看他取得政权后的所作所为吧：

统一政治、统一思想、统一经济、统一文化，开两千年封建社会之先河。

征敛无度，赋税奇重：

北筑长城，南凿灵渠，以咸阳为中心，向全国辐射了以直道和多条驰道为主的高速交通网络，先后五次大规模巡视疆土；大兴土木，广建宫房，尽藏六国之娇，作为新朝宫的阿房宫更是"覆压三百余里，隔离天日"。为了维护庞大军费开支和工程建设，满足穷奢极欲的生活，不惜对人民课以重税，全国出现了"男子力耕，不足粮饷，女子纺织，不足衣服，竭天下之资财以奉其政"的严重状况，以致民不聊生，百姓"衣牛马之衣，食犬彘之食"。

好大喜功，滥用民力：

嬴政急功近利，不恤民情，连年大兴土木，四处征战，为自己之奢欲，在首都附近造阿房宫，修骊山墓。据统计，当时服兵役人数远超二百万，占壮年男子三分之一以上，如此重税苦役，不是百姓所能忍受的。

严刑峻法，民怨沸腾：

秦自商鞅变法以来，法令十分严苛，一人死罪，诛及三族，一家犯法，邻里连坐，百姓动辄就罚苦役或惨遭酷刑。嬴政统一天下后，严苛的法制比之以往任何时候都有过之而无不及。

钳制思想，焚书坑儒：

为了防止百姓反抗，嬴政实行了严厉的统治，如颁布禁书令，大肆收缴焚毁书籍。一些非议朝政的儒生，远没有现代知识分子们幸运，仅以戴罪之身，小心翼翼地劳动改造，夹着尾巴做人就可免死，而嬴政却采取了短平快的处理办法：直接挖坑活埋，让你们永世不得翻身。

机关算尽太聪明，反害了卿卿性命。

历史和独裁者开了个大玩笑。

一个欲使自己长生不老，用尽了各种手段，想万岁万岁万万岁的嬴政，也只活了四十九岁；一个为了使嬴家江山万古长青，绞尽脑汁，使尽坏水，用尽手段，也只能使自己创造的江山维持了十五年就灰飞烟灭。

这恐怕是嬴政万万没有想到的吧。

原本想流芳百世的这座陵墓，如今也成为独裁者的罪证展览馆。每天被无数善良的百姓踩在脚下唾骂诅咒。

站在陵墓顶上，我忽然明白了这样一个的道理：如果一个政权是以杀人为维护其统治的手段，那么这个政权就是反动的，腐朽的，没落的，必然也是短命的，因为它违背了百姓的意愿，给百姓带来的不是幸福安康，而是灾难和黑暗。

站在陵墓顶上，我轻声地询问：脚下陪伴嬴政的奴隶中，有没有我的祖先？白云悠悠，凉风飕飕，听不见任何回声。我只好凛然地说：如果有的话，我会欣慰地告诉你们："坑灰未冷山东乱，刘项原来不读书"，好好安息吧！仇，早有人替你们报了。

烽火台上的沉思

临潼住了三十几年，骊山爬了无数次，都是爬到老母殿后，就大汗淋漓，没了力气，只好在老母殿周围转转，望望山顶上耸立的烽火台，感叹一番，就下山了。不是不想上烽火台，一是因为烽火台太高，从烽火台下面的小平台爬上去，实在艰难，二是整天忙忙碌碌，根本没时间爬之。昨天是星期六，正好是正月十五，吃罢早饭，女儿忽然心血来潮，说回临潼爬骊山去。我和妻畏难，怕爬不上去，四岁的沫沫（外孙女）不知从什么地方钻出来，高兴地说："妈妈，我也要爬山。"女儿说，今天是正月十五，又带着孩子，干脆咱们来回坐索道，会省很多力气。"那上山有什么意思？"妻说了一句。"到老母殿拜拜骊山老母，到烽火台上，看看历史的遗迹，不也是一种享受么？"说得也是。自从2013年搬到西安以来，我还没爬过骊山。

说走就走，十点钟准时出发。

十点四十分到达临潼，买了索道票，坐在缆车里，几分钟就从山下提到了老母殿。老母殿里人山人海，从前殿走到后殿，进了甲子殿，敬了文昌帝君，拜了骊山老母，出来后顺着山道，向东行走一里多路，就来到了烽火台下面的小平台。记得五六年前，早上和同事，曾经几次从山下爬到这里就气喘吁吁，浑身大汗，望着东边鲜红的太阳，休息一会儿，恢复体力后就悻悻地下山了。今天，望着通向烽火台上陡峭台阶，心里还是有些发怵。不过，既然从西安专程来爬山，山再高，路再险，也要爬上去。妻子女儿跃跃欲试，身轻如燕的沫沫，更是一马当先。孩子都如此勇敢，我还怕什么。"上！"牙一咬，跟在沫沫后面，扶着台阶旁的栏杆，向山上攀登。转眼之间，沫沫不见了。石阶道上，人如长龙，小孩不能跑丢了。女儿越过我冲在了前头，去撵沫沫，我和妻也加快了脚步。坡太陡，没爬几个台阶，我和妻嘴里就像拉风箱似的喘着粗气，身上也津津地冒着虚汗，只好停下来大口大口地喘气歇息。就这样，上上停停，停停上上，不到七百个台阶，歇了十几次，当我们来到烽火台下的时候，女儿和沫沫已在平台的一角等了二十多分钟。当女儿帮我卸下双肩包，贴身的背包湿了，脊背上的棉衣在刺眼的阳光下腾腾地冒着热气。女儿夸赞我们有毅力，沫沫说爷爷身上冒白烟。

烽火台位于骊山西秀岭的最高峰，海拔一千二百八十米。遗址是一片四周似城墙围起来的一块平地，1985年新建的烽火台就高高地矗立在平地的中央。它是用精致的仿古砖修筑起来的，高约十三米，底座十米见方，顶端有一个观景方亭。我们沿内壁楼梯盘旋而上，登顶远眺，西安、三原、高陵等地，影影绰绰，近视临潼城区，鳞次栉比的楼群、纵横交错的街道，棋盘般的历历在目。街道上人流如蚁，车辆爬行如龟，远处弯弯曲曲的渭河，银链似的由西向东蜿蜒而去。好一幅雄伟壮观的画面。怪不得聪明的古人要把烽火台设在这里，朝廷真有了事故，狼烟点起，方圆百里，尽皆知晓。

从小听老人们诉说的故事就发生在这里：西周末年，周幽王不但残暴无情，而且还腐败透顶，身为一国之主，不思如何治国理政，却忠奸不辨，残害忠良，利用手中权力，网罗天下美女，供自己尽情享乐。据说有个叫做褒珦大臣，劝谏幽王，周幽王不但不听，反把褒珦下了监狱。褒珦在监狱里被关了三年。褒家的人千方百计要把褒珦救出来。他们在乡下买了一个挺漂亮的姑娘，教她唱歌跳舞，把她打扮起来，献给幽王，替褒珦赎罪。这个姑娘也算是褒家人了，故起名褒姒。幽王得了褒姒，高兴得不得了，就把褒珦释放了。幽王十分宠爱褒姒，可是褒姒脾气古怪，自从进宫以后，心情闷闷不乐，没露过一次笑脸。幽王想尽办法叫她笑，她怎么也笑不出来。幽王出了一个赏格：谁能让王妃娘娘笑一下，就赏他一千两金子，有个叫虢石父的，替周幽王想了一个"好"主意。原来，周王朝为了防备犬戎（西边的一个部落）的进攻，就在我的脚下即骊山这一带造了二十多座烽火台，每隔几里一座。如果犬戎打过来，把守第一道关的兵士就把烽火烧起来；第二道关上的兵士见到烟火，也把烽火烧起来。这样一个接一个烧着烽火，附近的诸侯见到了，就会发兵来救。虢石父对周幽王说："现在天下太平，烽火台长久不用，不如在烽火台上放火，让各路诸侯前来勤王，到时，大王和娘娘站在城楼上观看，娘娘看到如此热闹的场面，岂有不笑之理？"幽王大喜，准照办理。一天傍晚，周幽王带着爱妃褒姒登上城楼，命令四下点起烽火。临近的诸侯看到了烽火，以为西戎来犯，便领兵急急地赶到城下救援，个个跑得汗流浃背，人人急得盔歪甲斜，但见城楼上灯火辉煌，鼓乐喧天。一打听才知是幽王为了取悦于娘娘而干的荒唐事儿，诸侯们气得敢怒不敢言，只好愤愤地收兵回去。褒姒见状，果然笑出了声。说来也巧，事隔不久，西戎果真来犯，守关的士兵举烽火报警，却无援兵赶到。原来各路诸侯以为幽王又是故伎重演，结果都城被西戎攻破，周幽王和褒姒一齐被杀，从此西周灭亡了。

"烽火孤烟直，驿道重埃曲，为博褒姒笑，怎顾江山失。"这是后人对幽王荒唐举动的评价。如今我站在当年幽王"戏诸侯"的烽火台上，不知说什么好。为了给自己的美人寻开心，视国事如儿戏，把诸侯当

055

"猴"耍，最终不但丢了性命，还断送了祖先们辛辛苦苦创立的江山，怎不令人深思。

善有善报，恶有恶报，这是历史的必然。想想在后世的统治者中，亦不乏周幽王之流，宠信小人，远离君子，专横跋扈，胡作非为，疑心重重，唯我独尊，搞得国家民不聊生。这些自作聪明的家伙，根本不懂水能载舟，亦能覆舟的道理，视百姓如草芥，认为只要大权在手，谁也奈何不了自己。岂不知，秋后的蚂蚱，没蹦跶几下，就人亡政息，和幽王一样，被扫进了历史的垃圾堆。

看来，不管干什么职业，都要敬业爱岗，当农民的，做好农活，种好庄稼，按照时令，该施肥的施肥，该除草的除草，该灌溉的灌溉，该收割的时候收割；做工人的，严格按规章制度操作，提高水平，多出精品，少出次品，不出废品；当兵的握好手中的钢枪，保卫好人民的家园；为吏的，廉洁自律，自觉接受百姓的监督，扎扎实实地为民办些实事；为王的，抓住治国理政的核心，以法律为准绳，以德行树榜样，以国富民强为目的，建设好自己的国家，如果不务正业，大权独揽，为所欲为，步了幽王后尘，也会被钉在历史的耻辱柱上，遭天下人唾骂。

"爷爷，妈妈叫你下去呢。"回头一看，沫沫不知什么时候又上得观景亭来，扯我的衣襟。"再看看周围漂亮的风景吧。"我从深思中转过头来，看着沫沫说。"看过了，没意思。"小孩哪懂得烽火台的意义，只把攀登烽火台当成了游玩。估计妻和女儿在下面等急了，才打发沫沫叫我。我依依不舍沿着内楼梯出了烽火台的门洞。

回家的路上，开车的女儿激动地说："长这么大，我是第一次上烽火台。""有啥感受？"我不失时机地问道。女儿笑着说："周幽王戏诸侯，自取灭亡。""爷爷，周幽王是谁？"还没等我回答，妻就抢着说："是周朝的一个糊涂领导，喜欢玩乐，把江山玩丢了。"沫沫似懂非懂地点了点头。

卧龙巷

　　在东关南街"卧龙小区"居住了六七年，还不知道卧龙巷在什么地方。一日和妻去兴庆公园散步回来，出西门顺着慢坡向上走，无意中抬头，看见路边指示牌上赫然写着"卧龙巷"三字，才像发现了新大陆似的回过神来：原来这就是卧龙巷。

　　这条我很熟悉的路，已经走了七八年。

　　在东关南街左右延伸的诸多街巷中，街道中段的这条路并不起眼，狭窄的小巷，破破烂烂，向东南方向连折两弯，过了这两个转弯，就到了卧龙巷小区门口，从小区门口南走，经过卧龙巷机关小区、韵达快递服务点和两边的居民区，走到巷子南头，就到了比刚才路面宽约两倍，向东直通兴庆公园西门的大路。这段路的南边，是今年才拆迁完毕、正在里面搞基建的棚户区改造工地，北边有京东快递、西安综合中等专业学校。路两旁皆是粗壮的法国梧桐，到了盛夏季节，树冠搭起的林荫道，让火炉中的市民感到格外凉爽。这条路中间，南边有株三人不一定能合抱住的古槐，被政府用八十公分高的水泥方槽保护着。国槐的岁数已无法知晓，只是爬向南边的主干和枝干，部分已经枯萎，被两根四十公分粗，高约数米的水泥立柱并排支撑着。国槐的斜对面，有两颗直径约四十公分左右的椿树，也被政府用六十公分高的圆柱形水泥槽保护着。在离兴庆公园西门约八十米地方，平展展的路面忽然变成了约二十度的斜下坡。

这就是"一坡四折"的卧龙巷。

既然知道了卧龙巷，当然就要了解这响当当名字的前世今生。

妻提醒：卧龙巷口，新立了一块石碑，上面记载着巷子的历史。

恕我眼拙，怎么就没留意呢？

唐朝时期，卧龙巷的位置，横跨了隆庆坊和胜业坊，隆庆坊原是唐玄宗为临淄王时的官邸。唐玄宗登基后，为避其名讳，隆庆坊改名为兴庆坊，这里开始被称为"潜龙之地"。兴庆宫修建于兴庆坊，宫中的兴庆池因常年云雾缭绕，还传说有黄龙出现，也被叫做"龙池"。同时，这条弯弯曲曲的巷子，像一条蜿蜒的蛟龙，而街道上苍劲有力的古槐之根又似龙爪，这条街在命名时便用了"龙"字，又因唐玄宗登基前在此住过，故改为"卧龙巷"。明代时，城墙东扩，卧龙巷附近成了东扩的一部分，居民区渐渐形成。

既然是龙住过的地方，咱们就看看这条龙的表现吧。

唐玄宗，是唐睿宗李旦第三子，故称李三郎，先天元年（712年）至天宝十五年（756年）在位，因安史之乱而退位，是唐朝在位时间最长的皇帝，亦是唐代极盛时期的皇帝。

唐隆元年（710年）六月庚子日申时，李隆基与太平公主联手发动"唐隆政变，诛杀韦后集团。先天元年（712年），李旦禅位于李隆基，李隆基于长安太极宫登基称帝，改年开元。

开元年间，李隆基不仅慧眼识贤相，还对吏治进行了整治，提高官僚机构的办事效率。他采取了很多有效措施，精简机构，裁减多余官员，把武则天以来的许多无用的官员一律裁撤，不但提高了效率，也节省了政府支出；确立严格的考核制度，加强对地方官吏的管理。重新将谏官和史官参加宰相会议的制度予以恢复。这本是唐太宗时期的一种制度，让谏官和史官参与讨论国家大事，监督朝政；重视县令的任免。如此以来，社会安定，政治清明，经济繁荣，唐朝进入鼎盛时期，后人称这一时期为开元盛世。这段时期，唐玄宗表现得确实不错，励精图治，治国有方，开创了盛世之后，这家伙就像变了个人似的，骄傲自满，放松警惕，大搞腐败，沉溺于享乐之中。没了先前的那种锐意改革的精神，也没有改革时的节俭之风，正直的宰相先后被罢官，李林甫爬上了相位。李林甫最善于揣测唐玄宗的心思，弄得朝纲混乱，民不聊生，终于导致"安史之乱"，唐玄宗也像丧家犬一样，惶惶然弃长安城向西逃窜。从此，夕阳西下，唐朝由盛转衰。天宝十五年（756年），历史重演，太子李亨即位，玄宗无何奈何地退出了历史舞台。

前几年，我在临潼居住的时候，经常到华清池北广场游玩，每每看到唐明皇跟贵妃飘飘欲仙的雕塑时，就想起了华清池正在上演的《长恨歌》。《长恨歌》我看过两场，这是以骊山为背景，以华清池九龙湖做舞台，以亭、榭、廊、殿、垂柳、湖水为舞美元素，运用先进的高科技手段，再现了一段真实的历史和人间的至爱。我心里就感到可气：一个好端端的皇帝，不想着如何干好自己的本职，造福于国家和百姓，却不务正业，和一个妃子整天泡在一起，灯红酒绿，荒废朝纲，更不明白伟大诗人白居易，怎么会把唐明皇和杨贵妃这种腐败透顶的生活方式，写成了千古流传的《长恨歌》予以颂扬：

"在天愿做比翼鸟，在地愿做连理枝"。

知道了卧龙巷的来历，我就感觉唐玄宗不是真龙，而是始清终昏、毁掉江山的邪龙妖龙。这恐怕也是定此巷名的马屁文人们，万万没有考虑到的。不管怎么说，如今的卧龙巷，倒成了西安城文化的一部分。

就这条有着厚重文化历史的街道，名字也曾惹过麻烦。

"文革"开始的1966年，《人民日报》社论《横扫一切牛鬼蛇神》，提出"破除几千年来一切剥削阶级所造成的毒害人民的旧思想、旧文化、旧风俗、旧习惯"的口号，巷名也难逃一劫，狂热的红卫兵们，认为"卧龙巷"是颂扬帝王将相的，带有严重的封建思想，改其名为"新华街"。文化就是文化，文化是有根的，不会以某些人的意志而改变。寒冬过后是春天。改革开放初期的1981年，卧龙巷又恢复了原名。

单位在西安建小区的时候，起名就是"卧龙小区"。"卧龙小区、卧龙小区"地一直叫着，现在我才明白，小区在东关南街上，与卧龙巷没有任何关系，只是离此较近，想沾点"龙"气罢了。

临潼临潼

　　4日下午，正准备睡觉，朋友打来电话，问回临潼不？恰好我的一篇《登秦始皇陵想到的》，在临潼区第十三届读书征文活动中获优秀奖，12月5日下午颁奖。没想到瞌睡来了，就有人送枕头。

　　一个多月没回临潼，房子怎么样了？供暖前，管道试漏怎么样，有没有漏水？上次走的时候，煤气管道、水龙头关好了没有？搬到阳台上的铁树，是否也干渴难耐了？

　　进门看了看，诸神归位，一切均安，我长长地松了一口气。

　　闲话少叙，言归正传。

　　颁奖如期举行。

　　会议室里坐满了人，从前到后，扫视了几遍，没见一个熟悉的面孔。在临潼待了三十几年，怎么就不认识文学界的朋友？一天只知道在四堵墙内工作，把自己的思维、观念闭锁在一个狭窄的地方，怎么就没想到去社会上走走，看看色彩斑斓的世界？

　　不过，不认识人有不认识人的好处。独坐一隅，恰好可以胡思乱想：

看看参赛的人群，大体分为两类：

一类是喜爱文学的中学生，一类是五十岁以上喜爱读书作文的老年人，而三四十岁的中年人却寥寥无几。中年人才是文化传承的中坚力量。

参加长安的文化活动，情况恰好相反，中年人居多，老年人相对就少得多。长安作协组织活动，像我这样岁数的人，几乎没有几人参加。每次参加活动，我都成了咂着烟袋拐角坐的角色。

一个地方文化繁荣与否，关键看中青年群体。中青人敢想敢干，又有实践经验，精力旺盛，记忆力强，能吃苦，手下快，写出的文章质量高，老年人受说教影响较深，思想保守，知识僵化，反应迟钝，少有独立敏锐的见解，不过，却有丰富的经验，做事扎实，还有不到黄河心不甘的执着。

几十年来，我对临潼一直怀有偏见，认为兵马俑的故乡，人们有着和兵马俑相似的目光和知识。这可能与20世纪80年代至90年代中期，临潼华清池、兵马俑门前不少商贩常有坑蒙拐骗游客，以及欺行霸市、强买强卖、以假充好、漫天要价的现象有关。

例如，石榴丰收了，商贩提着笼，担着担，在游客中穿行叫卖。"多钱一斤？"撇着普通话问一声。一听是外地口音："三块。""能便宜不？""不搞价。"脸上挂着笑容，嘴里寸金不让。转了频道，用陕西话问："石榴多钱一斤？""一块五。""都是乡党，怎么卖得这么贵？"一听是当地人，立马换了口气："一块拿去。"

人分三六九等，木分花梨紫檀。百人百性，任何地方，都有良莠之分，不能"一颗老鼠屎，害了一锅汤"。奸商有之，诚信之士有之，缺德少教者有之，忠厚善良的更多。

实际上，临潼人杰地灵，文化人士亦不少。

不说科学家张彦仲博士、张殿琳院士叔侄俩，就搞文学而言，有新时期重要的西部小说家，国家一级作家、陕西省文联副主席、陕西省作家协会副主席高建群；著名龙凤文化研究专家、作家、中华龙文化当代十杰（首席）、著作等身的庞进；反映中国农民翻身作主的农民诗人王老九，他的诗富有生活气息，在表现形式上，通俗、生动、活泼、流畅，为人民群众所喜闻乐见。王老九五次去北京参加会议，曾即兴和郭沫若对过诗，还受到毛泽东的接见。他曾先后当选为中国文联第三届委员、中国民间文艺研究会第二届理事、中国作家协会第二届理事。还有王老九诗社社长、中国民间文艺家协会会员、陕西民间文艺家协会会员、陕西作家协会理事、西安市作家协会理事贺炳丁等。

这些都是临潼的优秀儿女，都是父老乡亲眼中引以为豪的典范。

从地里环境上看，临潼具有特殊的历史地位。

20世纪90年代中期，因搞资产评估，我常到河北一带的企业走访（渭河以北），感觉这里民风淳朴，名人典故遍布，传统文化浓厚，能人异士颇多，后来，翻看历史资料才知道，公元前383年到前349年，秦国首都就在栎阳，商鞅变法在此施行。后在秦孝公时，才迁入咸阳。

栎阳地处渭河平原，土地肥沃，农业发达。经专家考证，栎阳是当时秦国一处重要的兵器工业基地，不仅有工官，而且有左右工室，规模极其宏大。1963年遗址区内的官庄村出土了一件铜釜，内装八枚金饼，经专家鉴定，含金量达99%，为战国晚期秦国货币，可作为栎阳商贸繁荣的证明。

这里不少人，表面看与常人无异，实际上血脉里却流淌着贵族的血液，因为他们身上，具有深厚的传统文化基因。

渭河以北的平原上，一些村庄的名称，就比较特殊，并带有统一的规律或者缘由。例如，南屯、雨金屯、安屯、北屯、武屯等。再如，滩张、滩王、滩田、滩闫、滩里霍等。还有以姓氏命名的村名，如，朱家庙、庙底刘、二家李、高韩、任陈、北马、南马等等。

在以上三类村庄名称中，除以姓氏命名的村名外，前两类都带有一

063

定的历史缘由。带有"屯"字的村名，大都具有一定的规模，人口在几千以上。随着时间的推移和经济的发展，大都成为乡镇所在地，如雨金屯、北屯、武屯等。据有关资料记载，在明朝末年，朝廷在河北一带屯兵，防范西北少数民族进犯，并让这些驻军一边驻守，一边进行农耕，相似于解放后的新疆农垦兵团。

如此看来，临潼除了兵马俑、华清池、始皇陵外，还有着丰厚的历史文化，每每思之，就激动不已。

回过头来，再说说临潼这次读书征文颁奖活动，不少中学生，都取得了不俗的成绩，从他们身上，我看到了希望和未来。相信不久的将来，这些后起之秀，必将在璀璨的文化领域，闪耀着自己的光芒，到那时，临潼人就会更加自豪地说：

我们不但有兵马俑、华清池、始皇陵这些名胜古迹，还有与之匹配的文化。

花狸

  由于工作关系，经常在城市之间流动，每每走在街道上或经过居民小区时，我常看到不少美丽的妇人牵着形象各异的狗溜达或抱着各种名贵的小狗游玩，她们视狗如孩，爱如掌上明珠，甚至狗的生活远远超过普通人的生活，心里就冒出一股无名之火：改革开放几十年，西方的文明没学多少，倒把资本主义腐朽的东西学会了。

  一次，家里来了客人，我到啤酒烤鸭店买烤鸭，恰好遇到一位雍容华贵的妇人抱着一只小狗来到店里："给只烤鸭。"老板慌忙从吊炉上取下一只冒着热气的烤鸭放到案板上准备包裹，"不用了，两只大腿拧下来给它吃吧。"说完，指了指抱着的小狗，见多识广的老板迅速照办。"看把你馋的，不怕烧了嘴巴。"妇人摸着小狗的头亲昵地说，"它不爱吃其它部分的肉，就喜欢吃大腿肉。"妇人自得地给老板和周围的顾客解释。一会儿，小狗洋洋得意地把妇人手上的鸭腿吃完了，并伸出沾满油腻的舌头舔了舔妇人的手心，又摇了摇短小的尾巴，妇人脸上立即荡漾出了开心的笑容，扔掉骨头付过钱，抛下烤鸭的其余部分，抱着她的"宝贝"

扬长而去（烤鸭论个卖）。周围的顾客望着其远去的背影纷纷发出鄙夷的声音："世道变了，狗比人吃得好。""她妈还不知道在哪个拐角受苦呢，能把对狗的爱心分给她妈一点就好了。""人还不如一条狗，咱下一辈子也托生一条狗。"

听着大家挖苦谩骂的声音，深有同感的我心里隐隐作痛。

其实，从报刊网络上披露出的此类事屡见不鲜，有的甚至更甚。不少家庭把狗化成了其中的一员，称谓可算五花八门：什么"媳妇""老公""儿子""女儿"等让人眼花缭乱，狗和主人同吃同睡同生活，狗生病了有狗医院，狗吃食物有狗粮，狗的睡眠有指导，狗的营养有补给，狗的玩具有专卖店，狗竟成了高人一等的动物。

看着现在幸福的狗儿们，不由得使我想起小时候家里养的那只可怜的看门狗——"花狸"。

花狸是父亲赶集时从人群中捡回来的一只流浪狗。

花狸温顺，忠诚，懂人言，深受左邻右舍的喜爱。

花狸的名字是父亲给它起的，因为花狸浑身黑白毛色搭配得非常特别，除两只耳朵梢、尾巴梢、四条腿和脊背中间有一溜黑外，其余的毛色全是雪白的。

花狸走起路来雄赳赳，气昂昂，健壮威武，美丽漂亮。

在那困难的年月里，村民养狗为的是看家护院，防盗防狼或防其它动物骚扰，确保家里平安，可不是当宠物养着玩的。

"好狗护三邻"，花狸就是这样的一条好狗。

记得家里省吃俭用养了一头老母猪，一年就凭母猪下两窝猪娃卖钱的收入维持日常家用。每当母猪下猪娃子的时候，人们忙前忙后，花狸也跑前跑后，人忙着照顾母猪和小猪，花狸跟在父亲后面，忙着摇头摆尾地像小孩一样欢跃，还时不时地爬在猪圈墙上向里窥探，似乎也要看看猪宝宝长得什么模样。晚上不用人说，花狸就主动卧在猪圈边的小土堆旁做猪的守护神，尽心尽力地保护着母猪和猪娃不被狼或贼娃子伤害。

一天晚上，花狸先在猪圈旁狂吠，惊动了熟睡中的一家人，但都没太在意，因为狗耳朵灵敏，稍有动静就叫唤。后来狂吠的声音逐渐变得嘶哑起来，似乎还夹杂着恐惧和无奈，并从后院逐步地退至前院房屋的门口且不停地用屁股碰撞房屋的木门。我毛骨悚然，用被子捂住了头，父亲感到事情不妙，壮着胆子翻身下炕，顺手在门后抄了把铁锨，开门向后院走去。这时，狗仗人势，花狸直扑后院，当父亲快到猪圈门口的时候，灰蒙蒙的月光下，一条黑影倏地纵向墙头，跃入隔壁空园，逃之夭夭，原来是一只狼，怪不得花狸如此狂吠。狼比狗凶恶得多，狗不敢和狼斗，花狸怕狼，但又要保护猪娃，它只能选择这样的办法了，否则，狼吃了猪娃，那可是它的失职啊！

赶走了狼，父亲查看猪圈里的大猪小猪见它们平安无事，蹲在地上，一把抱住花狸的头，亲了又亲，双眼溢满了感激的泪水。

一天半夜，花狸在相邻五伯家的后院叫得厉害，叫醒了梦中的五伯，五伯感到奇怪，随即披衣起床到后院查看，原来贼已撬开了后门的木栓，进来欲偷盘晒在树上的包谷，狗的奋力扑咬，使得贼无法下手，正在僵持之际，五伯赶到，贼才恨恨地离开了。像这样花狸护院的例证，不胜枚举。

秋天的田野里一片翠绿，也是虫啊鸟啊以及小动物们欢乐的天堂，其中兔子就特别多，花狸腰细腿长，身体灵活，跑得极快，碰到兔子，多半都成了它口中的美餐。暑假领花狸撵兔，是最快乐的事情。一日，我们几个小孩领着花狸从苞谷地里出来，到了生产队里的苜蓿地。雨水充足，茂盛的苜蓿像绿色的毛毯一样，匍匐在地上，这正是兔子藏身的好地方。大家踩着柔软的苜蓿从一头走向另一头寻找兔子，花狸竖起长长的耳朵，睁着一双警惕的眼睛，走在大伙的前面，随时准备战斗。忽然一条土红色的花蛇从不远的地上窜了上来（大概被人惊动了），昂起半尺高的扁头，吐着长长的信子，向我们这边扑了过来，说时迟那时快，眼尖的花狸，纵身一跃，躲过花蛇的袭击，还没等前腿落地，回头一口咬住花蛇的尾巴，用力向后一甩，花蛇回过头来，本能地进行反击，恰好蛇头不偏不倚地缠到旁边一颗不高的野枣树上，纤细的利刺立即划破了花蛇的头，没待花蛇反应过来，花狸呜呜地叫着，发了疯似的扑了过去，花蛇见势不妙，只好向苞谷地里落荒而逃，大家惊出了一身冷汗。天不怕地不怕的我，一生唯独怕蛇，此时双腿松软如泥，脸色煞白，一屁股坐在地上，半晌说不出一句话来。

要不是花狸的机智勇敢，不知道后面会发生什么，如今回想起来，后脖根子都冒凉气。花狸救了大家。

那时候狗和人一样，都生活在物资匮乏的年代，一年四季饥寒交迫，花狸吃的只能是小孩拉下的臭屎和家里、邻居们省下的残汤剩饭和在野地里寻觅一些能填肚子的食物。

记得秋天的一个早晨，我们几个小伙伴去地里拔猪草，为了试验花狸是否忠诚，走到村外的麦场边时，我拿出了一块舍不得吃的黑馍放到地上，把花狸叫到跟前，指着馍馍说：“花狸，看着馍，我们拔草去了，等我们回来。”花狸蹲在地上，低头看了看，吐着鲜红的舌头，摇了摇黑色的尾巴梢，表示理解。我们在地里玩了一中午，等回来的时候，花狸老远就"汪汪"地叫我们，我近前一看，馍原地未动，花狸摇着尾巴围着我转圈，并用毛茸茸的额头蹭我的裤腿，似乎在说：“看，我没吃馍吧。”大家齐声欢呼，我拍着花狸的头，激动地说：“吃吧，这是奖励你的。”花狸看了看我，又看了看大家，才不好意思地卧在地上慢慢地嚼起馍来。

在那个饥饿的年代里，小孩见馍馍都馋得直流涎水，而花狸却能克制住自己的欲望，坚持到我们回来，我不知道它是怎么做到的，难道它也和人一样，讲仁义，守诚信，理智战胜了感情？

1966年的六七月份,"文化大革命"已在全国各大城市中轰轰烈烈地展开了,农村也开始了打狗运动,说狗糟蹋粮食,伤害贫下中农感情,民兵连长组织基干民兵们到处打狗。他们手里提着木棒,拿着刀叉,见狗就打,打死吃肉。村里顿时乌烟瘴气,怨声载道。那些天里,花狸一直围着父亲转圈圈,嘴里不时的发出"呜呜"的哭泣,父亲明白花狸心思,怕它难逃厄运,问该怎么办?一天早上,父亲把花狸叫到后院,掰开一块黑馍放在花狸跟前深情地说:"花狸,吃了馍就到苞谷地里躲去吧,白天不要回来,晚上回来吃饭,不然被民兵看见了你就没命了。"花狸感激地摇摇尾巴,听懂了父亲的话语,吃完馍,迅速地顺着隔壁墙根向城壕外面的苞谷地跑去。从此以后,每天黎明前,父亲喂饱花狸,它就跑出去躲难了,等天黑了再回来看门,如此坚持了两个多月,直至运动过去了,它才恢复了正常生活。

至今我都不明白,花狸怎么能知道运动来了,运动去了?是否身上有特异功能?

1969年冬季的一天早上,父亲开了大门准备上工,刚出门就看见躺在地上四蹄抽搐、口吐白沫、眼中流泪、凄惨挣扎的花狸,父亲立刻明白,花狸可能吃了药死的老鼠或别人下过毒的食物,赶紧叫来母亲,舀了两碗浆水,扳开花狸的嘴强行灌下,并提起后腿不断地抖动,欲让把吃进的食物吐出来(只会采取这样的土办法),尽管使尽了浑身力气,终因误食时间太长,毒性扩散无力回天。

花狸死了,父亲一天都没吃饭,他反复念叨:"花狸啊花狸,平时生人给你食物你是不会吃的,就连打死的老鼠也不吃,这几天怎么了?是不是饿极了"?面对着瘦骨嶙峋的花狸尸体,父亲的泪水濡湿了沧桑的脸庞,小小年纪的我,也鼻涕一把泪一把地嚎啕着。

天下幽幽,万物遭殃,人都在死亡线上挣扎,何况一条狗呢?

第二天早上,父亲破例没去上工,和我在城壕里草草地挖了个坑埋葬了花狸。处于饥饿状态中的人们哪能放过这大好的机会，下午生产队长叫了几个小伙子把花狸尸体抛出来，剥皮开肚，扔掉五脏（也怕中毒），支起生产队饮牛的大铁锅，在隔壁的空园中架起大火，连汤带水，煮了满满一锅狗肉，一巷子社员也不上工了，各自拿上家里的老碗，像过年一样，不等狗肉熟透，就你争我抢地吃了个精光。

父亲心里难受，下午和母亲窝在家里没出来。我到隔壁的空园里围着大锅转了一圈又一圈，看着锅里沸腾的狗肉，愤怒地骂了许多难听的粗话，饥饿难耐的人们哪有功夫搭理我，太阳快落山了，我只好悻悻地回了家。

花狸啊花狸，你命怎么这么苦？

此后的三年中，我没跨进隔壁空园子一步。

几十年过去了，或许花狸早已轮回转世，可我一直记得它原来的模样，多少次梦中见到它，它都眼泪汪汪地看着我，平时高高卷起的尾巴耷拉着，不停地围着我转，似乎要向我诉说什么？我知道它肚中充满了怨气，那又能怪谁呢？花狸如活到现在，肯定不愁吃不愁喝，不会忍饥挨饿，更不会忠心耿耿地劳累一生最后还落个凄悲的下场。我敢说，凭花狸的德行和能力，定会活出个狗模狗样来。

花狸生不逢时。

心中的春天

春天来了，无数文人以春天为话题做文章，其中不乏有感情充沛，辞藻华丽的文章，可我看了，心中很难引起共鸣，反而有种无病呻吟的鄙夷。那么有人会问，你心中的春天到底是为什么？我会自豪地说：1978年的春天。

1978年的春天，是我一生中感觉是最美的春天。

1977年冬天是被青春点燃的冬天，10月下旬，中国各大媒体公布了恢复高考的消息，全国沸腾了，被耽搁了十年的五六百万适龄青年，欢呼雀跃，跃跃欲试，我也和大家一样，翻箱倒柜，挖空心思，寻找复习资料，准备拼搏。这是改变命运的大好机会，必须紧紧抓住。12月11日至13日，我和上百万青年一样，像过江之鲫似的涌向考场。

压抑了太久的希望，期盼了太久的梦想，总算变成了现实。我以优异的成绩，考上了西部某化工学校。

1978年春节刚过，母亲就用平时节俭下来的棉花，给我缝制了厚厚的黑粗布棉衣和带着西北风情的粗布裤子，县招生办也传来了到外省上学发放路费的好消息。当招生办的老师看了我的录取通知书，愣怔地看了半天后，一脸灿烂地站在挂有全国地图的墙前寻找了片刻，又用板尺量了量西安到西部城市的距离后，热情地叫来工作人员给我了二十元钱，并笑着说：考学不易，要珍惜时间，好好学习，不能给家乡人丢脸啊。这是一个老师对家乡学子的期许，也是一个长辈对晚辈的忠告。老师，我记住您的话，不管走到哪里，我不会忘记自己的身份，一定好好学习。从1973年考上高中起，多少次期盼恢复高考的春天，迎来的却是更加寒冷的冬天，多少次的努力挣扎，都变成了耗神费力的无用功。运动一个接一个，把本来充满着理想的青春，搞得面目全非。如今，我拿着这笔"巨款"（从来没拿过这么多的钱），而且是国家给的，手在颤抖，眼泪在眼眶中打转。

天变了，春天来了。

1978年的2月26日，我背上简单的行李，告别母亲，怀揣着老师的忠告，一个人踏上了西去的列车。

这是一座美丽的城市，西部和南部较高，东北部较低，黄河自西南流向东北，横穿全境。学校在市区西边二十公里外的繁华工业区，它始建于1956年，是化工部培养化工人才的重要基地。经过十年浩劫，几度沉寂的化工厂重新奏响了欢乐的迎春曲，高耸入云的烟囱喷吐着烈烈的火焰，向老天汇报着春天的到来！

学校中的一切，皆变成了春色。天是蓝的，地是阔的，高大恢弘的四层灰色教学大楼在向我们微笑，宽阔的水泥路和操场周围，栽满了碗口粗的柳树，柳枝还没有吐出新芽，空气透着丝丝寒意，可它像肩披长发的少女，羞涩地向我们挥手；远处披着枯黄破败野草的灰白色的山梁也似乎睁开了惺忪的眼睛，乜斜着向大家问好。食堂的伙食如过年一般，散发着诱人的香味；人人脸上挂着幸福的微笑，走路如风吹一般；"要把'四人帮'耽误的青春夺回来"，机会来之不易，大家憋足了劲，如饥似渴地啃噬着书本。课堂上，聚精会神地听老师讲课，下课了，三三两两地围在一起，讨论分析老师的提问；饭堂里、宿舍里、甚至走在路上，都能听到大家讨论问题的争吵声；校园的角角落落里，到处是朗朗的读书声。

　　下晚自习的铃声响了，教室里没有人起身回宿舍。班主任苦口婆心一遍又一遍地做工作，学校巡逻队一遍又一遍地催促警告，大家就是不回宿舍休息。今天的作业做完了，就预习明天的课文。课本上的知识学完了，就找课外读物。知识就是力量，知识就是未来，知识就是建设祖国的砖瓦。校长大会小会反复强调，学生必须按时作息，身体是本钱，身体垮了，一切理想皆成枉然。话虽如此，晚上十一点了，教室里依然灯火通明。学校只好采取措施，组织值班人员一个教室一个教室的"搜索""驱赶"，学生虽不情不愿地离开了教室，回到了宿舍，还是挑灯夜战。实在没办法了，学校只好采取强制措施，强行关灯，强迫学生按时休息。

　　这是一个民族对知识的渴求，这是一个时代的拐点，这是重建社会公平与公正的开始。

　　我曾看过某著名学者回忆过这样的一段往事：他曾问自己的导师，一生中最快乐的时光是什么时候？老教授不假思索地回答：一是1945年日本鬼子投降；二是粉碎"四人帮"。

　　漫天滚滚的春潮，奔涌在历史的长河中，无情地冲刷着历史的垃圾。十年了，总算由天下大乱到达天下大治，由一地鸡毛，到百废待兴。

　　这是一个民族期待已久的正气，这是万众一心建设祖国的号角！

　　这就是1978年的春天，一个使人陶醉、使人怀念、使人至今难以忘怀的春天！

也说门当户对

以前，只要提起"门当户对"这样传统的话题，就感到市侩势利，令人讨厌，历经多了，尤其见识多了男女婚姻中的种种矛盾，才对这句话有了深刻的理解。

什么叫"门当户对"？是金钱财富的相当还是身份地位的相当？是，但不全是，真正的"门当户对"，是指家庭文化和观念上的接近。否则，思想观念、生活习惯、家庭文化等相差悬殊，即使以爱的名义勉强结合，婚姻也不见得能够长久，或者双方戴着假面具凑合着生活，一生都在痛苦中挣扎。

每晚躺在床上，二十一点三十分至二十三点，收听金荣老师主持的《秦岭夜话》节目。这是一档以解决情感、婚姻、家庭和子女教育问题为主的夜话类节目。听众提问最多的是家庭婚姻中感情纠葛。相当一部分矛盾，皆因当初门不当户不对，为了爱情，一意孤行，当俩人真正地生活在一起，才发现两人的节奏不一致，说话办事踩不到一个点子上，你说东，他说西，你说羊，她说猪，你往南，她往北。开始可能还以爱的名义互相包容。宽容和忍耐是有限的，时间长了，矛盾自然而生。

有共同语言、有相近的生活习惯，婚姻才相对稳定，而这些都建立在具有相同思想、相同爱好或相同经历的基础上。

一个人如果找错了对象，一生都不会幸福，一生都会在痛苦中生活。

当然，一个人，看门当户对的同时，还要看这个人的德行学识涵养以及拼搏精神，也就是说，要找潜力股，如果一个人德行学识欠佳，涵养不足，再是门当户对，也不会幸福的。

老一辈的人经常说门当户对，在现代社会婚姻中，无论你承认或者不承认，门当户对的爱情总是比较容易和谐一些。因为，不对等的爱情走不远，门当户对意味着两个人在思想上更容易沟通。

当然，几百年来，流传有"薛仁贵这样的穷小子最后娶了相府三千金"，"灰姑娘这样的普通姑娘最后嫁给了集财富和权利于一身的王子"等故事，用来教化人们要打破等级观念，不要嫌贫爱富；爱情要专一，思想要纯洁等。表面上看，好像这些故事都蛮有道理的，只要好好想想，就感觉到并不是那么回事。相府小姐看上薛仁贵，是因为薛仁贵身上有常人不具备的德行和能力。相府小姐是识文断字之人，长着一双慧眼，识得人心，知道薛仁贵有头脑，有魄力，终非池中之物，虽然暂时为一介平民，在艰难困苦中挣扎，而一旦有了机会，定会出人头地，名扬天下。如果薛仁贵能力平平，即使对小姐再百般殷勤，也不会入小姐的法眼，否则，她就不是千金小姐了，恐怕只是相府中的一个丫鬟而已。

同样的道理，王子看上灰姑娘，灰姑娘肯定有她的过人之处，除过长相美丽动人之外，兴趣爱好、思想境界、语言沟通等，都深得王子的敬重，否则，长得再好看，两句话就说到三岔里去了，还有什么美可言。女人往往不是美丽才可爱，而是由于可爱才美丽。

所以古书上的好多美丽的故事，都不能盲目地去崇拜去模仿，而要用分析批判的态度，加以认识，不然的话，过分的信以为真，只能把你带到糜子地里去了。故事只是教育人们，男人要正直勇敢，勤劳善良，勇于担当，女人要善良宽容，美丽大方，这恐怕也是古人择偶的标准吧。

尽信书不如不读书。

促成婚姻的因素颇多，一时的心血来潮或者盲目肯定或否定，都是不可取的。

男人追求女人，隔着一座山，女人追男人，隔着一层纸。容易得到的东西，不会珍惜，越是难于得到的东西，越觉得宝贵。历经千辛万苦，不离不弃的爱情，才值得呵护，所以真爱，并不是那么容易碰到。

对于大多数人来说，爱情就看你的命运了，碰到好的就是好的，碰到不好的，只能自认倒霉，一生就在委曲求全或者窝窝囊囊中度过，毕竟婚姻不是买衣服，不合适了可以更换，或者折钱不要了。传统和现实告诉人们，一旦上了婚姻的这条船，很难再下来的，怪不得钱钟书说：婚姻就是一座围城，外面的人想进来，里面的人想出去。为什么进来的想出去，没进来的想进来？没进来的不知道爱情的滋味，不知道要维护二人世界的平衡，必须具备诸多条件。进来的，尝到了滋味，才感到婚姻并不是理想中的那么甜蜜可爱。这就是婚姻的复杂性。

有一种误区，认为只要二人的学历相当，就是门当户对。其实学历不等于文化。现在的学校，主要教授的是知识、技能、专业，唯独缺少文化。培养出的人，很多都是精致的利己主义者，很多高学历的人，非常自私，对人对物，冷漠异常，这样的事例，在当今社会中屡见不鲜。所以，要了解一个人，不能只看他（她）的学历，最好把其生长的环境以及家庭背景了解清楚，否则，一脚踩空，后悔莫及。

当然，门当户对也不是绝对的，一亩低矮的麦田里，有时还会长出比大多数长许多的麦穗，且颗粒饱满。这就看你的眼力最初能否识得这些种子。

不少父母反对儿女的婚姻，也不全把自己的主观意志强加到儿女们头上。谁不爱自己的儿女？谁都希望自己的儿女生活得快乐幸福。当然，有些父母是明智的，是有思想有知识的，她们的一些想法、看法是阅历和经验的总结，对儿女的婚姻具有指导意义，儿女们应该认真参考才是，有些父母的想法是传统的腐朽的观念，儿女们如盲目听从了他们的"良好"建议，将会造成终身的遗憾或痛苦，所以，要用清醒头脑，结合实际，好好分析，不能一概拒绝或服从。

相当一部分听众，在婚姻问题上，不听父母亲朋的好言相劝，一根筋走到底，最终生活在一起了，发现对方有诸多难以弥补的缺点时，已经悔之晚矣，痛苦万分，问金荣老师怎么办？老师只能好言相劝，先凑合着过吧，实在走不下去了，再想着分手。尤其一些有了小孩的女士，被婚姻折磨得生不如死，分手吧，成本太高，不分手吧，每日如坐监牢。靠山山倒，靠水水断，前面的路又是黑的，好像碌碡拉倒半坡上，上不去，下不来。

找对象是一件很严肃的事，千万要慎重慎重再慎重，因为婚姻是人一生中的一大转折点。人常说："跟着杀猪的翻肠子，跟着当官的当娘子。""每一个成功人士背后，都有一个贤惠的内助。""家有贤妻，丈夫不遭横祸。"等，均说明了找对象的重要性。妻不贤惠，影响几代人，丈夫不争气，至少毁一代人。所以，我还是建议找对象最好在门当户对的基础上，找适合于自己的伴侣才是明智的选择。等级的差异，思想观念的差异，学识智慧的差异，都可能降低或破坏婚姻的质量。

婚姻这杯酒

吃罢晚饭，和朋友出去散步。

好长时间没谝了，俩人都有相似的经历，就谝婚姻观念问题。

这是生活中普遍存在的问题，也是影响人生的大问题。

就拿目睹的现象来说吧，80年代初，我们毕业分配到单位，看到一个个子弟姑娘，要身材有身材，要长相有长相，貌美如天仙，一看醉半天，再看我们这些分来的穷学生，一个个其貌不扬，脸上或多或少都带有黄土地的色彩。从心理上说，我们之间，无形中就隔了一道天然的鸿沟。看这些美丽的姑娘，犹如癞蛤蟆想吃天鹅肉，即使有贼心，也没有贼胆。实际上，我们根本入不了她们的法眼。她们选对象的标准，起码是长相英俊的单位子弟，或者是外单位家庭条件较好的小伙子。

几十年过去了，回过头来再看看这些女孩所嫁的老公，除过长相外，大多好逸恶劳，没有真才实学，职务最高的是车间副主任。职务和工资挂钩，家庭生活就可想而知了。买房子、供孩子上学等，几乎都凭父母资助，加之知识、环境、生活等的影响，多数单位子弟的后代，亦不如当年穷学生的后代。

近墨者黑，近朱者赤，跟着杀猪的翻肠子。

只有一人例外。

小妮是单位的子弟，大专毕业，个子高挑，面容娇美，追求的子弟不计其数，可她偏偏看上了长相平平，家在西部山区的穷大学生小李。俩人谈得火热。消息传出来，不少家长愤愤不平，碰在一起，就嚼起了舌头："一朵鲜花，插在了牛粪上。""小妮脑子怎么了，看上了小李？""农村娃，负担大，以后有小妮后悔的时候。"一句话，不看好这门婚姻。

还有些所谓的好心人，竟然当着小妮父母的面，做起了思想工作："什么样的对象找不上？怎么偏找了个农村的穷孩子？"其实，小妮谈对象，父母早知道。

男怕入错行，女怕嫁错郎。

小妮和父母懂得这个道理："别看眼下知识分子不吃香，从长远的发展看，知识就是金钱，知识改变命运。"

开明的父母用朴素的语言回答："有知识就能多挣钱，一月挣了一千，给父母一百二百不算啥，一月挣了二百，即使给父母五十块钱，都显得紧张。"

几十年后的今天，应验了小妮父母的话。

小李到单位后，专业对口，才华得到了发挥，从普通技术人员，逐步走上了领导岗位。部门效益不错，几年功夫，买了车，买了房，孩子考上了外地一所有名的大学。当年不看好这门婚姻的人们，这才回过神来，用钦佩的目光重新打量着小妮的父母。

还有一位家在农村的大学生，因为个子低，尽管毕业于南方某名牌大学，可迟迟找不上对象。姑娘择偶的标准：起码要长相英俊，父母是城镇户口。没有几个姑娘有伯乐的眼光。什么知识才华，都是看不见摸不着的东西。个子低，就意味着身体残废，走不到人面前。

同事朋友，见小伙子人品不错，聪明能干，张罗着给介绍了不少女朋友，俩人一见面，女方就不谈了，理由只有两条：个子太低，走不到人面前；家在农村，以后负担大。几年过去了，小伙子岁数扛大了，最后没办法，只好找了当地菜农结了婚。

二十年多年过去了，当年那个矮个子小伙子，竟成了某公司的业务骨干，为公司的发展，做出了巨大的贡献。如今有车有房，孩子也考上了大学，日子过得红红火火，成了大家羡慕的对象。

以上两个例子，常在我心中翻腾：找不同的对象，会带来不同的命运。

好青年找了个善良聪慧的媳妇，犹如好马配好鞍，事业腾飞，家庭幸福，不但子女有出息，还会改变几代人的命运，如果找个知识浅薄、不明事理的媳妇，再优秀的男人，都经不起折腾，弄不好，还会毁掉这个男人。反过来，聪慧的女人，找个不成器的男人，即使再具备女人的贤惠，家庭也不会幸福。

青年们谈对象，多数是戴着面具跳舞。如果没有清醒的头脑，没有敏锐的观察分析判断能力，很可能会误入歧途。

找对象是一门复杂的学问，知识层次，门当户对，生活习惯，志同道合等，都是考虑的因素。因人而异，不会千篇一律，但一点始终不变：长相不能当饭吃，家庭优越与否，和自己没有多大关系。好儿不在家当，好女不在嫁妆。人品能力最为重要！

年轻人找对象，心是热的，谈着谈着，容易头脑发烧，走火入魔，变傻变痴，做出不理智的选择，等问题出来了，生米已做成熟饭，就悔之晚矣。

晚上二十一点三十分至二十三点，经常听陕广新闻FM101.8，金荣老师主持的秦岭夜话，这是一档专门解答情感、婚姻、家庭和子女教育类的节目。大多数听众，反映咨询的皆是此类问题。

普遍存在的问题是，年轻人不成熟，往往在谈恋爱阶段，就选错对象，成了胎里的毛病，以后再怎么校正，矛盾都难以解决。这时候，就需要小妮那样的父母，出来给孩子把关。

儿女谈对象，父母很关键，关把好了，儿女们一生幸福，关把不好，就会毁了儿女们的一生。当然，不少知识浅薄，脑袋发热的孩子，怎么也听不进去父母的忠告，看不清前面是坑是崖，就是不回头，那也没办法。

父母的知识涵养观念，是把好关的必备条件。平时父母喜欢学习，明事理，懂道理，对孩子正确引导。孩子身上，有父母的影子，自然谈对象的时候，智商就不会打折扣。

找对象和买衣服不一样，衣服不合适了，可以随时退货或者干脆扔了，婚姻一旦出了问题，退货的成本就高得难以估计，孩子、房子、车子、各种错综复杂的关系，折腾得人犹如走了一回地狱。

婚姻这杯酒，开始入口时，感觉甘甜，随着时间的推移，不少酒就变了味道，苦涩辣口。

回头看，幸福的家庭依然幸福，不幸福的家庭，依然不幸福。关键看当初的选择。

善心佛念

万事开头难，朋友到新公司任职近一个月，千头万绪的事情，搞得心里郁闷，晚上打电话，约我到家里坐坐。

八点多了，朋友还没吃饭，桌上放着水果和一堆零食。我问他是否下班迟，朋友摇头，是否在家里还处理公司的事情，朋友亦摇头。"莫不是遇到劫色的了？"朋友扑哧一声："老哥真会开玩笑。"然后心事重重地说，这几天烦闷，感觉头是昏的，脑是胀的，饭也不想吃，做事没精神，于是，就想到了老哥，找老哥谝谝，心里会舒服些。

原来如此，提着的心放下了。

刚坐下，还没喝上一口水，朋友就迫不及待地说，他到新公司后，处理了两件事：一是外来人员不遵守门卫管理制度，开车硬闯栏杆，造成事故。几十年来，门卫管理都处于松弛状态，外来人员进进出出，如上市场，管理混乱，家属楼上，常发生偷盗案件。二是对坚持原则、主持正义的人员予以奖励。事故发生后，手下的几个员工及时赶到现场，挡住肇事车辆，并打110通知派出所。民警迅速赶到，及时处理了问题，才没有酿成更大的事故。对于这些员工，及时给予重奖，树立了正气。更重要的是，通过这次事件，强化了门卫管理，震慑了一些不法之徒。

朋友说完，脸上露出了得意的笑容。我知道朋友的魄力和能力，看来开局不错。建议少说话，多观察多了解，等把问题了解清楚了，再对症下药。不可操之过急，欲速则不达。朋友点头称是。

一个责任心很强的人，到了新岗位，总想干点实事，无形中，自己就对自己有了更多的要求。尤其那些难以驾驭的单位，更想破冰远航，开辟一条新的航线。可心里想的和实际往往相差甚远，才能一时难以施展，心里着急，所以头上一天到晚总像罩了个什么东西，昏昏沉沉。

公司职工多，大多是其他部门精简下来的人员，还有不少子弟，成分结构复杂，牛咬马挤者多，工作难安排，干活不积极，时不时地还弄出点事情来。心里总担心，不知道什么时候，拦路虎就会跳出来，挡住自己前进的道路。这些无形的压力，使得你似在黑暗中行走，总想着前面有无数的狼，打跑一只，又来一只，自己给自己增加压力，其实黑暗一旦散去，前面什么也没有。

分析到这里，朋友露出了会心的微笑：还是老哥了解兄弟。

在西安，朋友和我楼上楼下。二十年前，我们都在同一个公司供职，朋友是学生出身，工作认真，性格倔强，为人厚道，说话直爽，不会做拉关系、拍马屁这之类的事情，自然成了公司中的另类，当然也不会受到领导的待见，只好跳槽到另外的部门寻求出路。闲暇的时候，我常去他的办公室，有时遇到困难或不愉快的事，总爱找他聊聊，他若遇到类似的问题，也常到我的办公室倾诉。久而久之，我们成了无话不谈的朋友。

朋友是个极有能力且善良的人，前两年到一个半死不活、两月仨月发不出工资的部门，不到半年功夫，部门起死回生，不但给大家发全了工资，去年到今年，还陆续给员工长了两级工资，尤其年初，又大幅度地提高了大家的养老保险基数，为大家退休后能拿到更多的养老金打下了基础。

朋友心地善良，不管到哪个部门任职，都是职工利益优先，个人利益为后。他经常说的一句话是：咱在岗位上，工资毕竟比工人们高，所以尽量为底层职工着想，能为他们办多少事，就办多少事，尤其不要和职工们争利，争民利者，终被民唾弃。看看当今社会，大官大贪，小官小贪，无官不贪。贪污腐败，成了官场中的一道看得见摸得着的丑恶现象。

朋友说，通过一个月来，对公司多方面的了解，基本上找到了症结所在，心里粗略有套治理方案，等待完善后实施，争取明年七月份前，让公司的面貌有个大的改观，至少保证大家的工资能够按时发。我插话说：这是国有企业，体制上存在着诸多弊端，人浮于事，大锅饭吃出了瘾，干活没积极性，还经常讨价还价，尤其你公司，几十年积累下来的顽疾，更是深重，不少人还抱着自己是国营单位职工，干与不干一个样，看你把我怎么样的态度。不像私企，矛盾少，管理简单，不干活走人，想干活就留下来。所以，首先要摸清大家的脉搏，多做思想工作，让大家认识到，你是来和大家同舟共济的，不是混日子捞钱的。再干几件实实在在的事情，让大家心服口服。众人拾柴火焰高，只要大家团结起来，就没有过不去的火焰山。工作中，肯定会涉及到某些人的利益，趁机制造矛盾，惹是生非，也不要紧，合力会逼着他慢慢地转变。朋友拍手称善，说和他想到一块去了。

话是开心的钥匙，朋友脸上的乌云散了。

最后，朋友问我这几天写什么文章，我说，写了一篇有关佛学的文字，很浅显，不如意。听到佛学二字，朋友来了兴趣，让我给他普及一点佛学知识。我说，我也不懂较深的佛学理论，只知道善念，就是有为大家做好事的思想，普度众生，就是为大家多做好事，同时引导大家跳出人生苦海。咱们普通人，没有大的能量，只能做些自己力所能及的事情。朋友听得津津有味。我继续说：修炼有两种，一种是出世修炼，与世隔绝，终极目标在于渡己，即追求自身的解脱，一种是入世修炼，在纷乱的尘世间，修炼自己的同时，还帮助大家多做好事，以求正果。朋友说，我看尘世间的修炼，要比出世修炼更有意义，修的正果也大得多。我同意朋友的观点，我说：你现在就是用出世的精神做入世的事业，所以功德无量。

朋友脸红了，连连摆手。

一路走好

  从印尼旅游回来，已经是凌晨两点多了，睡了个囫囵觉，还没有解乏，中午就接到朋友的电话，说侯师走了。半天没醒过神来，农历二月二早上还发微信问候，怎么说殁就殁了，不会是谣传吧？过年回临潼和侯师谝闲传，看他精神状态蛮不错的，也没听说身体有啥问题。是否是心梗一类的急病，不然的话，怎么走得这样急？问朋友，朋友亦说不清。

  侯师是从华阴农场调到单位的，是汽车司机，我最早认识侯师，是在设备科任职的时候。不管拉运什么配件，侯师既当司机，又当搬运工，当时我劝侯师，这些脏活苦活，还是让我们年轻人干。侯师不以为然：闲着还是闲着，我再能帮个啥忙？这句实实在在话，给我留下了深刻的印象。

  1998年单位集资建房，我和侯师有幸买到了同一个单元，他住四楼，我住一楼，他和妻子张师，每天都从门前经过，俩人性格开朗，对人热情，一来二往，两家建立了良好的关系。想不到出了这样的事，我匆忙将噩耗告诉妻子，妻子二话没说，叫收拾东西，心急火燎地赶回临潼。

　　下午两点回到临潼。眼前的一切，让我脑海里一片空白，仿佛地球停止了运转。门前已撑起了帐篷，周围摆了不少花圈，帮忙看望的同事来来往往，脸上都挂满了悲戚的表情，临时搭建的灵堂中央，供着侯师的遗像。儿子、女儿、女婿、外孙们，身穿孝衣，泣不成声地守在灵前。

　　看见侯师的遗像，不由得悲从心起，妻的眼里溢满了泪水，无法控制自己的感情，失声痛哭，我哽咽地说：侯师：你怎么不哼不哈地就走了？上了一炷香，三鞠躬。回家坐在沙发上，我放声大哭。

　　侯师是单位坚持爬山最久的人，按说，身体应该没啥问题，谁知，天有不测风云，人有旦夕祸福，刚过了七十二岁生日，就扔下亲朋好友，匆匆忙忙地走了，怎不令人心痛。

　　平时不管刮风下雨，侯师都坚持上山。春夏秋冬，热冷寒暑从未间断。夏天早上六点出发，八点多下山，冬天七点上山，九点多下山。十几年如一日。四年前，侯师忽然生病，在西安二附院查出肝上有点毛病，准备做手术，谁知进了手术室不到半小时又出来了，家里人吓蒙了。原来，医生在手术前例行检查，发现侯师心脏有点问题，暂不宜手术。恰好我去看望侯师，就和张师商量，还是不做手术为好，回家休养，或许身体还能恢复，做了手术，加上化疗折腾，人不更受罪么？张师参考了我的意见，和女儿商量后，隐瞒侯师：医生说了，没多大问题，建议保守治疗，回家休养一段时间就好了。

　　侯师信以为真，回家后，经过一段时间的休养，慢慢地又能上山了，不过，不像以前那样，每次都能爬到烽火台下面，现在只能在山底下转转，或者爬到兵谏亭就回来。

　　每次从西安回到临潼，侯师见我家灯亮着，总会敲敲门，笑眯眯地进来坐坐，彼此通报情况。当问他身体时，他总是乐呵呵地说：好着呢，能吃能睡能爬山。我也一直认为，好人有好报，侯师再活二十年没问题。

不幸的是，18 日晚上，侯师忽然感觉不舒服，张师劝他到医院看看，侯师说不用，过一会就好了，到了 19 日早晨，病情加重，女儿女婿送他到临潼医院检查，医生检查后说问题严重，必须到大医院治疗。到了西安二附院，人已昏迷不醒，肝脏血管破裂，口鼻大量出血，经反复抢救，亦未留住侯师的性命，20 日早上七点许，侯师走了。

望着窗外的灵堂，泪水模糊了我的双眼。

侯师的儿子在兴庆路住着，他和张师每次去看儿子，总会抽时间走到我家里来坐坐。

前几年在临潼住的时候，楼上楼下的几个同辈，每年都会到我家里聚几回，自从 2012 年住到了西安，相聚的机会少了，但我们也在西安聚了几次，尤其女儿去年生了老二，我还专门请侯师张师和二楼的卢师夫妇等，其乐融融地吃了顿喜庆饭。

侯师是单位里最热心的人，不管谁家里有了事，侯师都热情帮忙，出钱出力，并且尽心尽力，绝不马虎误事，被大家誉为最靠得住的人。

"侯师，退休办举办活动，帮我领东西。""没问题，领了搁到我家，你回来拿。"只要我回来，侯师就把东西送到我家。

"侯师，来了几个人朋友，想爬骊山，你认识山上的人，能不能给说说。""没问题，我马上打电话。""你让他们到山门口找某某，就说是我的朋友。"来人一路畅通。

"侯师，某某朋友心里不痛快。"或者"家里有些小矛盾、小纠纷，去给做做工作。""没问题，我抽时间过去看看。"几天后，矛盾消除了，家里和谐了。

"侯师，出门几天，钥匙你拿着，帮忙给花浇浇水，打扫打扫卫生。""没问题，你放心走吧。"回来看花，花郁郁葱葱，卫生和走以前一样干净。

不管什么事，只要托付给侯师，你就放十二条心。

女儿结婚时候，家里所有的准备事宜，都是侯师张罗操办。家里来了人，侯师负责接待，缺东少西，侯师安排购买，哪些问题想不到或安排不妥的，侯师补充修正，本来乱哄哄的事情，让侯师安排得井井有条。还有张师的一手好厨艺，把简单的饭菜，做出了不一样的味道，更受到亲朋好友的一致赞许。

侯师走了，他走得那么匆忙，走得那样不可思议，走得人们都信以为假。

侯师走了，回到临潼，再也没人敲我的家门，和我热情地打招呼了；侯师走了，我心里甚是悲戚，我少了一位朋友，少了一位老哥，少了一位尊敬的长者。

火化侯师的时候，家里家外、楼前楼后，站满送行的人群。

从火葬场出来，我仰望南边巍巍的骊山，骊山顿首，我远眺北边滔滔渭水，渭水呜咽。天地同悲，我深深地沉浸在悲痛之中。

侯师——我的好老哥！西方接引，一路走好！

放心的早市

　　经常拉着购物车到东门里的顺城巷早市买菜，二三百米长的市场中，人头攒动，熙熙攘攘，秩序井然，不管是商贩还是市民，脸上都挂着温暖的笑容。八点十分了，忽然，一个穿着红色的，印有"碑林平安志愿者"马甲的管理人员，手持喇叭，从北至南，反复提醒大家：抓紧时间采购，八点半准时收摊。并且边走边和路边的商贩打招呼："小王，赶紧收摊，媳妇给你把饭做好了。""大姐，准备收摊，明天可要来早啊！""老李，快收摊，三缺一等你支腿子呢。"路两边的商贩，也在不断地向他点头，"老郭，辛苦了，马上收摊。""放心，八点半前，肯定收摊，不会给你们添麻烦。"一路走，一路嘻嘻哈哈。这个姓郭的管理人员，引起了我的兴趣。

　　星期六早上，我又来到顺城巷买菜。正在买西瓜的时候，只见老郭提着喇叭走过来了："北头有复秤台，怀疑秤有问题的师傅，请去复秤。""谁短斤少两，就把谁踢出市场。""有啥问题找我，我是这里的管理人员。"老郭边走边喊。很少见到这么负责的管理人员。买好西瓜，我便偷偷地跟在老郭后面，观察老郭的一举一动。说实话，见多了听多了城管的负面消息，对这位心里装着市民的管理人员，我打心眼里喜欢。

老郭一路走，一路用喇叭喊，偶尔碰到路中间放置的摩托车、自行车，就顺手推到一边，并再三告诉主人："买菜的时候，车子靠路边放，不要挡行人路。"或者看到地上有散落的塑料袋、塑料制品等杂物，就顺手捡起来，放到随身携带的塑料袋中。我跟着老郭走到南头，恰好有几辆来迟了的卖菜车，没上到路边划出的车位上，老郭像见到熟人一样，笑呵呵地说："老尚、老周，来迟了车也要放到位，不能占了路面。"老尚、老周点着头，赶紧发动车辆。从南头折回来，老郭还是这样，说话不急不躁，满脸笑容，一路走，一路和商贩们打着招呼，不知底细的人，还以为这些商户都是他的熟人或亲戚呢。回到北头路西的复秤台前，两个老头，正在复秤台上秤刚买的茄子、豇豆、西红柿，老郭问道：叔，数量足么？高个子老头连忙点头：够着呢，够着呢。低个子老头接着说：我走了多少市场，一般都是七两或八两秤，如果是九两秤都OK了，只有你们这里秤量最足。从南头过来一位六十多岁的老太婆也笑着说：这里的市场管理真好，我给儿子在北郊看过几年娃，给女儿在南郊看过几年娃，去过不少菜市场，只有这里没见过欺行霸市的商贩，没见过小偷小摸的窃贼，让人放放心心地来，安安全全地回去。说完，给老郭竖起了大拇指。

听着大家对市场的评价，我忽然冒出采访老郭的念头。

两天后的早晨，我以买菜为由，又来到顺城巷，恰好碰到老郭正在复称台前，和几个买菜的老人聊天。等老人们走了，我才走到老郭面前，做了自我介绍，说自己是今年元月二十日，在《西安老男孩》上发表《东门早市》的作者，今天来，就是想再了解咱们这里的管理情况。老郭高兴地握着我的手，像久别重逢的朋友。不过，老郭稍微迟疑了一下，不好意思地看着地面上一堆苞谷棒皮说，我正准备打扫呢，来了几个复秤的老人，就耽搁了，等我把这些杂物处理完，咱们一块到市场里转转。说完，老郭喊来了小郭小田，拿着黑色的塑料袋子，弯下身来，把一堆棒子皮，装满了两大袋子，送到停在路边不远处的垃圾车旁，然后领着我，向菜市的南头走去。

　　走了几步，我问老郭，市场好管理么？老郭说：人心都一样，市民不容易，商贩们也不容易，互相理解，互相配合，就能搞好市场。开始的时候，欺行霸市、短斤少两的情况严重，经过批评教育，现在好多了。老郭边走边说：以前，我们就收过十几台秤，曾经把四个屡教不改的商贩踢出了市场。就拿昨天来说吧，复了三百多人次的秤，只有十个重量不足。说着，老郭指着西边一字排开的三辆西瓜车说：你看中间这家，买的人就少，北边和南边的两家，客户就多，他们秤准，中间这家，以前经常短斤少两，批评教育了几次，虽然现在改了，但老百姓的心是一杆秤，所以买的人就少。走过了西瓜车，老郭又指着东边卖茄子的年轻人说：这娃实诚，买卖公平，从不欺人，你看他的菜卖得就快，再看西边这家卖芹菜和西红柿的妇女，丈夫身体不好，干不成活，俩孩子正在上学，家里条件不好，几年来，起早贪黑地劳作，从来没见群众反映过她短斤少两，诚信做事，诚信做人，给大家树立了很好的榜样。我惊异老郭对市场如此熟悉，那个摊贩叫什么，甚至家里是什么情况，都如数家珍，能娓娓道来。走着走着，我的脚下出现了"呲啦"的声音，原来，左脚踢上了一个破旧的塑料袋。老郭立即弯腰拾起塑料袋，装到顺手拿着的塑料袋中。我看了老郭一眼，老郭解释道：塑料袋、塑料制品，绝不能乱扔，若风一刮，到处乱飞，会严重污染环境的。我感动地点着头。快到南头了，一个卖鲜花的老头推着三轮车停在路中间，老郭赶紧走上前去，扶着车头，对老头说：叔，赶紧往南头推，南头有地方，停在这里会挡大家的路的。老人嘴里说着，马上走，马上走，就是不挪步。老郭无奈，只好亲自动手，帮老人把车挪到路边，并笑着说：叔，尊老爱幼，你也应该爱护我这个晚辈啊！老人不好意思地推着车子向前走去。转到南头，老郭见周围一切正常后，又带着我往回走。走到市场中段，碰到路东一家卖肉的摊点，老郭高声叫着摊主的名字，问生意怎么样？姓张的中年汉子笑着说，不错不错。然后，老郭对我说：这人原来是在文昌门里摆摊位的，由于信誉好，很受客户欢迎，我们特意请他到咱们市场来，给大家提供放心的猪肉。

回到北头复秤台前，有个买黄瓜的市民，正在复秤，老郭帮着算账后说，两斤少二两，这是九两秤。立即叫来小郭小田，让领着老人去找摊贩。老人说，差不了多少就算了。老郭大声说不行，必须查清，严肃处理。老人再三恳求说：算了算了，都不容易。老郭态度坚决，非让小郭小田陪着老人向南走去。旁边过来一个提着菜的中年人，对老郭说，批评教育就行了，不要没收他的秤，更不要罚款。老郭看着我笑着说：价是价，量是量，绝不能放过这些欺哄群众的家伙。

又过来几个市民和老郭打招呼，我抓紧时间，赶快问老郭一个大家最关心的问题：早市上还有小偷么？"有。"老郭回答干脆。我一阵紧张，老郭解释说：以前有过，现在很少见了。以前这里的小偷很多，街道办和协警联合行动，集中对市场进行过几次整治，曾经逮住过四个小偷，两个扭送了派出所，两个交给了协警处理，同时，对那些倒假钱的，用假钱、用游戏欺骗坑害群众的，进行了严厉打击。通过整治，从去年上半年到现在，这类丑恶现象基本上就没有了。我又问道："这么大的市场，有几个管理人员？""刚你看到的小郭小田和我三个人。不过，八点半散市后，有几个保洁人员和我们一起打扫卫生，有时忙不过来，还得请其他保洁人员来帮忙，九点半必须恢复正常路面。"他们三个人，每天早上从六点半开始，就不断地在市场上转悠，从市场的北头走到南头，又从南头走到北头，发现问题，及时解决，九点半以后，还要捡拾烟头和垃圾。我动情地说：你们给市民创造了一个放心平安的市场，确实辛苦了。

老郭说，这是大家共同努力的结果。我顺口问了一句，怎么没见高师傅（上次写《早市》采访过的高小平师傅）？"高师傅轮换到文昌门市场去了，我们这是一年一轮换，到了明年三月，我也就调走了。"

市场上每天的人流量都在五六千人以上，星期天甚至过了万，偌大的市场，如果没有碑林区柏树林街道办的大力支持，如果没有高师傅、郭师傅这样责任心很强的城管人员默默无闻的劳作，就不会给市民创造出这样良好的市场秩序。

临走，我们互相留了手机号码，我说，我的手机号就是我的微信号，有事微信上聊。回到家中，打开微信，老郭果然加我为好友，他的网名是"好人有好报"，我笑了，随即在聊天栏里写了一句话：祝好人一生平安！

（注：老郭：全名郭文战。）

塘土

挖掘机、压路机、推土机、拉土车、铲车、翻斗车、吊车，到处是车辆的轰鸣声。

十几天没下雨了，路面上全是细如面粉的黄土。车辆过后，一条黄龙飞扬跋扈地尾随着汽车奔跑。

这些细密的黄土，陕西话叫塘土，厚的地方，三寸以上，薄的地方，也有寸余。

这是正在安装设备的工地，这是车辆碾压路面的"杰作"。

宿舍离安装现场不到三百米，上班下班须经过一条铺满塘土的土路。经过时，眼睛不但要紧盯着路面，还要像袋鼠一样，蹦着跳着，挑拣略高出地面或塘土薄的地方下脚，否则，一脚踩下去，塘土四溅，裤腿脚面变成了黄色，甚至鞋中都灌进了塘土。昨天晚上下班迟，回来的时候，太阳已经缩到西边的山梁后面去了（这里黑得迟），天空昏暗。走在路上，一没留神，脚没踏稳，一个趔趄，失去平衡，一屁股坐在了路中央，身前身后，溅起了一片黄浪。多亏两个胳膊肘撑着，才没摔个仰面朝天。

好在身体无大碍，只是成了"土人"，身上头上，都是塘土。挣扎着站起来，同事赶忙过来帮着拍打身上的土。表面上的浮土拍打掉了，钻进布眼中的塘土，怎么也拍打不掉。"倒霉！"一腔怨愤，对着天空喷射。

同事扶我回宿舍。

宿舍里没有洗澡的地方，打了两盆凉水，才把头身粗略地洗了一遍。当把衣服洗完的时候，已是晚上九点多了。

晚上躺在简陋的床上，心里好生不快。老了老了，却跌倒在了塘土窝里。是命运的捉弄还是老天有意安排？越想心里越窝火。直到夜深人静，偶尔听到远处传来狗吠的声音时，心里才渐渐地平静下来。想想自己从小是在塘土窝里长大的，难道还怕土吗？心里也就坦然了许多。

记得小时候，每年到了七八月份，干旱少雨，车碾人踩的土路上，到处是灼烫的塘土。厚的地方，没过脚面，走在上面，如行走在散装的水泥里，一脚下去，"噗"的一声，细面的塘土，像水一样，漫向两边，抬起脚跟，两边的塘土立即填平了足迹。破烂的鞋中，烫脚的塘土，不断地从破损处冒着黄"烟"。穷极无聊的孩子们，从地里给猪拔草或给羊割草回来，顶着烈日，赤脚踩在松软的塘土里，绵绵的，烧烧的，心里开心极了。随即在塘土窝里，蹦蹦跳跳，踢踢腾腾，把塘土当成了玩物。尽管玩物到了中午，是滚烫的。练就了一副铁脚板的伙伴们，并没有太多的感觉。贪玩是孩子们的天性。大家玩到高兴处，干脆坐在塘土中，你抓一把土，扔在了我的身上，我抓一把土，放在你的怀里。二牛是个俏皮的家伙，经常无故欺负黑娃。在他撺掇下，我们把黑娃压在塘土中，扒掉他的裤子，抓上几把滚烫塘土，放到他裆中的鸡鸡上，烧得黑娃一把鼻涕一把泪地哭骂。耍完黑娃，又把铁蛋压倒，给他脖子灌土。塘土和着汗水，在铁蛋黝黑的脊背上结成了一层厚厚的黄痂，蛰得铁蛋翘着脚地大哭。打完了，骂完了，回家的路上，大家都成了土鳖。你头上落了一层厚厚的黄土，我脸变成了大花猫。你看看我，我看看你，欢乐的笑声在毒辣的太阳下回荡。

天气变了，一场雨来临，"雨打尘埃"，先是噗噗作响，随之一缕缕黄烟升起，土路变成了一道黄雾腾腾的"墙"，墙下是深浅不一的麻子窝，随之是一股股沁人心脾的泥土清香。急着避雨的农人，反而心情舒畅地吸吮着飘荡在田野中略带香荃味的空气。随着雨点增多增大，"墙"慢慢地消失了，路面变成了没过脚面的稀泥。刚才还趾高气扬的塘土，一下子失去了棱角分明的性格。

"面面土，好了，货郎来了贴膏药，不看先生就好了。"这是小时候常说的儿歌。人们在地里割草，不小心镰刀割破了手指，伤者赶紧抓一把塘土，敷到伤口处，不一会儿，鲜血凝固了，疼痛减小了。请放心，伤口绝不会感染，更不会发炎化脓，过不了两天，愈合如初。塘土比创可贴还管用。

是否炎炎的太阳，把窝藏在塘土中的细菌烧死了，是否塘土中含有益于人体健康的元素，我没有研究过。

岁月匆匆，转眼过了花甲之年。儿时的回忆，常在脑际中萦绕。凌晨两点多了，我还在床上翻腾。

自1977年考学出来后，在城市中生活了几十年。夏天和秋天根本见不到塘土。偶尔回农村，也是来也匆匆，去也匆匆，更是少到田间地头转悠。尤其近几年，村上的土地被开发商征用了，周围修上了宽阔的水泥路。田地没有了，土路自然也没有了，过去的一切已不复存在。不过，我坚信，从塘土中走出来的我，最终还得回到塘土中去。

远处，隐隐约约地又传来了狗吠声。

我的郭杜中学

  1975年元月25日中午，我把被子竖着叠成三层，长形地搭在肩上，气呼呼地走出了郭杜中学的大门，大门外两边墙上血红地八个大字："开门办学，面向农村"，似乎在看着我幸灾乐祸。学校刚开完毕业典礼，靠造反起家的政工主任，唾沫星子四溅的"教诲"，还在耳边嗡嗡作响："农村是个广阔的天地，在哪里都可以大有作为；只要好好表现，贫下中农的眼睛是雪亮的……""去你妈的蛋，你咋不到农村去呢？"我恨恨地骂了一句。

  我懊恼极了，像一条被砸了一砖的狗，夹着尾巴，深一脚浅一脚向着家乡的方向走去……

  满怀激情地考入高中，本想学点知识"建设国家"，可两年的高中生活，多半时间都被无聊的政治运动荒废了。

  一腔热血付之东流。

  1973年元月，我考上了郭杜中学。

  这已是"文化大革命"的第六个年头了，天下乱象依然如故，不过，中断多年的高中教育却在两年前奇迹般地恢复了。虽说上高中全凭贫下中农推荐录取，可个别地方冲破了重重阻力，除过推荐外，还要通过考试选拔录取（1971年恢复高中，我是第三届）。

我们村在郭杜公社算个小村，不到两百户人家，是有名的穷困落后村，也可能是"穷则思变"的原因吧，几个受文革浪潮冲击以莫须有的罪名下放回村的老教师和几个长安一中的"老三届"组成的民办教师队伍，还是高瞻远瞩地想通过教育来改变村里的落后面貌。功夫不负有心人，通过几年不懈的努力，把这个原本很不起眼的村办初中，办成了教学质量名列公社前茅的学校。这些"顶风作案"的老师们，不但给村民赢得了不少的声誉，也使我们这些穷苦的孩子成了荒唐时代的幸运儿。

当时，初中升高中的名额是公社教育组按实际毕业人数分配的，本来我们只能分到四个名额，由于学校每次在教育组抽查或统一考试的成绩都很优秀，所以多分了个名额变成了五人，不过，五人参加考试，规定录取还是四人。

为这五个名额的推荐，班主任胡老师颇费了一番心思。

胡老师是长安一中的高材生，本怀着崇高的理想，想考个不错的大学，可惜，"史无前例的文化大革命"，破灭了他的梦想。造反、游行、大批判、破四旧、打派仗、大串联……折腾利用完了，发配回乡扛起了镢头锨。恰好村里办初中需要老师（普及初中教育），阶级斗争观念淡薄的村支书，就让胡老师等几个"老三届"及回乡的老教师们组成了学校的教师队伍。

本想通过革命的洗礼，使人们的思想纳入到极左的轨道上去，可具有讽刺意味的是，对这些饱受摧残的老师们却适得其反，他们从心眼里对政治产生了厌恶情绪，而把自己全部的精力都投入在了教学上，成了那个时代逆天的另类。

从1972年上半年开始，胡老师就到处搜集各种数学、语文、政治习题，让我们练习，尤其到了下半年，经常用搜集到的各门习题对我们进行突击考试，并把每次考试的成绩汇总起来，供村干部推荐时参考。我能理解老师的苦衷，这样做的目的既体现了自己的良知，又避免了以阶级斗争为纲的年代中不必要的麻烦。我排名前列，家里又是贫农，自然在推荐之列。

通过入学考试，我如愿以偿地上了高中。

（在一篇《我心中的佛》中，曾经讲叙过在三年的初中阶段，如果没有遇上像胡克正、简炳琦、郭秋蓉、胡随汉、胡康民、邱文理这样的好老师，我人生的历史将是另外的模样，所以她们都是我命中的佛。）

高中四个班，每个班分一个同学，我分到了三班。

学校在镇上，离村五里路，校内虽有宿舍、食堂（上灶从家里背粮），但为了节省费用，除过雨雪天和特殊情况外，四个同学每天中午、下午步行回家吃饭（晚上还要上自习）。有时不想回家了，从家里拿俩黑馍，就着学校免费供应的开水或在灶上买碗苞谷糁稀饭就凑合了，或者周日下午上学时，背上一兜馍（周三回去再取一次），就熬过了一周的时光。这样虽说有些辛苦，可想着能为家里节约一点开支，心里也就坦然了。

宿舍通铺，一个班的男生是一个大房子。每人不足二尺宽的床板，我们像沙丁鱼似的挤在一起。一块破砖当枕头，一条被子盖两年。天冷了，把被子折起来，半边当褥子，半边当被子，天热了，身上盖件破烂的衣服就行了。

正是十七八岁的小伙子，能吃能睡能干活。可惜，当时"国民经济停滞不前，农民少吃没穿"，如回家吃饭，中午不是苞谷面搅团，就是苞谷糁面条，晚上吃些剩饭或红苕等充饥。全是不耐饥的食物，一天跑两个来回，肚子早已咣里咣当了。如不回家吃饭，每顿也只能吃个半饱（必须省着吃，否则背的馍馍根本接济不上）。肚子不争气，一天到晚，咕咕叫个不停。

　　1973年秋天，宿舍门前的田地里种了一片萝卜，葱葱郁郁，长势喜人。到了深秋季节，萝卜成熟了，白胖硕大，煞是诱人。记得一天晚上，饥肠辘辘的我实在无法入睡，人不能被尿憋死，左思右想，还是做"贼"去吧。趁同学们进入梦乡，借上厕所之机，偷偷地跑到萝卜地里拔了一个大萝卜，蹲在厕所里吃完了才回来睡觉。为此，我提心吊胆了好几天，怕被同学发现，或有人见少了萝卜（萝卜拔了坑还在）告到领导那里进行追查，"做贼心虚"的我很容易被查到。

　　侥幸的是，几天后平安无事。

　　"悠悠万事，唯吃为大"，有了第一次，就有第二次第三次。我的胆子越来越大，晚上隔三差五地光顾一次萝卜地。不记得总共"偷"过多少次，反正肚子饿了就跑出去拔萝卜吃（为了使拔过的坑不被人发现，每次都在地中间且分散着拔）。就是这些萝卜，才使我熬过了一个个饥肠辘辘的夜晚。

　　那是一个读书无用的年代，社会上的知识分子成了"臭老九"，好好读书成了走"白专"道路的典型，"硬要社会主义的草，不要资本主义的苗"，可淳朴厚道的农民们根本不信这些鬼话，还是以传统的观念寄希望于儿女们能认真读书以改变凄苦的命运。

　　不管生活多么困难，学习还是抓得很紧的。只要我们四个同学碰到一起，就讨论学习问题。例如：某道数学题的答案是什么，某道几何题是怎么解的，对物理、化学的某些概念怎么理解，谁从什么地方又找到了新的习题，谁的作文成了班上的范文等。尤其到了期中、期末考试，四个同学就来了精神，比赛看谁卷子做得快，交得早（当然，分数要高）。人人心里较着劲，出来早且分数高的，肯定是学得最好的。汗没有白流，一学期下来，四个同学都成了班上的尖子生（村里一二届师兄、师姐们大多都是学校挂名的人物）。

满腔的热血和激情，就是幻想有朝一日，老天开眼，恢复高考制度，踏入大学的大门。

　　纯真的理想，被现实碰得粉碎。

　　学工、学农，走"五七"道路，是当时教育的主流，尤其到了1974上半年，为了纪念"五七"指示发表八周年（1966年5月7日毛泽东在给林彪的信中提出各行各业均应一业为主，兼学别样，从事农副业生产，批判资产阶级），把开门办学推向了极致。学生几乎不念书了，不是在学校里劳动（学校里有部分田地），就是走出校门到农村去，帮村民们干活，或到公社农机站学开拖拉机，或到试验站学习小麦育种，或到社办工厂学开机器。每遇到这样的情形，我不是背着书包跑回家，就是躲在无人的角落里偷偷地看书，为此，没少受老师的批评，什么"思想落后""白专典型"等等的帽子也没少戴过。不过，每每遇到这样的待遇，我都一笑了之，家里是贫农，根正苗红，能把我怎样？我妈我大供我上学，是来学知识的，不是给你们干活的，要干活，不如回生产队去，一晌还能挣几分工呢，所以腰杆直，胆子正，他们拿我没办法，最后只好把我这个"坏"学生告到政工处。政工处主任看到我的材料后，如获至宝，抓住我看书这一点，大做文章，说我被封、资、修的书籍严重地腐蚀灵魂，再不挽救，非滑到资本主义的深渊里不可，号召师生先在班里批判，后在学校里大张旗鼓地批判，更可气的是让我在全校师生面前做检讨，要求我发誓悔过自新，重新做人，并感激领导和同学们的帮助。我不知道当时检讨是怎么写的，怎么过关的，肯定写得比较深刻（发挥了特长），触及了"灵魂"，感动了主任和表现积极的分子们，才稀里糊涂过了关。实际上通过几年"文化大革命"的锻炼，我已经成了社会上的"老油条"，学会了说假话、大话、空话、鬼话，学会了伪装，学会了欺骗。心里明镜似的：不就是毕业回家当农民，地、富、反、坏、右不也在农村改造么？

姑妈是小学教师，也是我命中的菩萨。她认识我们校长，我考高中的时候，姑妈就找过校长，我上了高中以后，姑妈常到学校里去了解我的学习情况，后来我在学校受到了批判，校长还到过我家找过姑妈，我不知道她们之间说了些什么，反正一向严厉的姑妈，这次没有批评我，并且事后连此事提都没提过，这是我至今不解的一个谜。或许校长以告状为名，应付应付政工主任，或许她们心有灵犀，还说了些同情我的话（当校长不易，尤其这些有良知的知识分子。既不敢打击革命师生的积极性，也不敢支持像我这样的"落后学生"）。

1974年的下半年，教育界刮起了反击右倾回潮风，学校又开始给老师贴大字报了，有些紧跟形势的同学，反戈一击，对几个认真教书的老师开始了上纲上线。这时，班上几个要好的同学也动员我给整过我的老师贴大字报，以眼还眼，以牙还牙，叫他们也尝尝整人的滋味，我摇头拒绝了。说不清当时是怎么想的，只知道不能跟着潮流跑，"文化革命"八年了，尽管我家是贫农，父母没有整过任何人，我从一年级开始，就没造过反，没骂过老师，更没斗争过老师（斗争牛、鬼、蛇、神时，跟着造反派后面，挥挥拳头，呼呼口号，看看热闹，倒是经常有的），"害人的事是不能做的"，这是我大我妈给我划出的做人底线。

闹哄哄的运动折腾了一段时间后无疾而终，而我美好的青春年华也走到了1975年的元月。

两年的高中生活就这样结束了，满打满算，两年中，好好读书的时间连一年都没有，大部分时间都用在了学工、学农和搞莫名其妙的运动上了。

理想破灭了，大学梦落空了，只能继承我大我妈的革命事业，回家修地球。

回到家里的第一件事，就是准备把我学过的书本全部烧掉。妈的，什么世道？学生想安生读点书都这么困难。我满脸的怒气，骂骂咧咧，只好拿书本出气。正在这时，恰好碰到回家看我婆的姑妈，她问明了原因后，严肃地对我说，不要扔掉书，书是思想文明的结晶，是通向进步的阶梯，现在虽然不重视教育，但这只是暂时的现象，国家最终会走向正轨，书本迟早会派上用场。我不以为然，但慑于姑妈的威严，才不情不愿地把所有的书本扔到了土楼上，避免了愚蠢的"焚书"。

就姑妈的这几句话，在恢复高考制度的1977年，彻底改变了我的命运。

1977年七八月份，传来了恢复高考制度的消息后，我想到了扔到土楼上的书本，爬上爬下了几次，弄得浑身是土，才算从杂物中找到了这些书本，保证了复习考试的资料。现在回想起来都有些后怕，要不是姑妈那几句话，在那知识被浩劫了的年代，要在较短的时间内，找几本复习资料，还真不容易。

顺便说一句，1977年恢复高考制度后村里第一届就考上了八个本科生，十几个中专生（我所在的生产队三十几户就考上了五个大学生），其中一个是西安市应届毕业生中的第一名，现在美国，一个西安医学院毕业，现在美国，是著名的医学博士，一个是长安县中专生中的第一名。

转眼几十年过去了，回想高中的两年岁月，确实使我难以平静。它是我心中永远的痛，也是我人生中的一笔财富。两年的高中生活，不但磨砺我的性格，使我变得坚强，也使我明白了自己的命运和中国政治息息相关——只有社会变革，才能给自己带来希望。

两年的高中生活，也使我更加坚信在未来的岁月中，对任何政治运动，不盲从，不跟风，不随波逐流，学会独立思考。

光阴荏苒，日月如梭，往事回首，感叹不已——我的郭杜中学！

洨河岸边

潏河源于大峪河，出峪后流经大峪、王莽、杜曲、申店，和源于石砭峪耍钱场流经五台、王庄、王曲、皇甫的滈河于香积寺西南交汇后，变成洨河，向西南方向滚滚而去，洨河抽水站就坐落在离交汇处不远处的西岸上。

1975年元月高中毕业后，我在父亲生前好友的帮助下，3月份从村里抽调到洨河抽水站劳动（相当于社办工厂），每天除生产队记十分工外，一月还有十几块钱的伙食补助。中午大灶上有雪白的杠子馍和机器压的面条（尽管有量的规定，基本上可以吃饱），这比普通农家生活不知要好多少倍，所以成了那个年代农村青年梦寐以求的地方。工地离家三里路，中午上大灶，早晚回家吃饭，一月下来，也能节省三五块钱，就这三五块钱，可帮了家里的大忙，母亲不但用它来维持家用，还能供弟妹上学。

到抽水站干活，不光经济上有了变化，还有一个较为良好的环境以及开阔的视野，也使我高中毕业时一度渺茫的心里燃起了希望之光，这里的干部毕竟和公社干部打交道的机会多，不管是招工还是推荐上大学要比在农村的机会多得多，我也坚信只要用智慧头脑和勤劳的双手努力劳动，"相信群众的眼睛是雪亮的"，总会有出头之日。

纯洁善良的心中一旦注入了青春的活力，浑身就有使不完的劲。脏活苦活抢着干，走路脚下都生风。在抽水站大渠砌水泥板不到一个月，不知我的表现感动了领导，还是父亲朋友的帮助，我被抽调到刚成立不久，设立在洨河岸边的公社水泥预制厂当出纳。

从此，我的命运发生了变化。从1975年3月到1977年9月，高中毕业后的两年半时间里，洨河岸边不但留下了我对命运的迷茫和艰涩的思考，也留下了我痛苦的泪水和美好的回忆，它使我从一个走出校门的莽撞少年逐步地成长为一个学会分析、学会思考，不跟风、不盲目崇拜，遇事多问几个为什么的社会青年。

下面就将我难忘的一些事情记录下来，与喜欢我文字的朋友分享。

过石子

预制厂紧挨着洨河抽水站北边面东坐西而建，进门中间是一片不大的场院，南边依着抽水站大渠盖有几间水泥平房，作为厂里的办公室、食堂和水泥库房，北边建有简易的钢筋库房以及钢筋加工房，房里有两台脚踏式的点焊机，利用强电流产生巨大热量，点焊各种4—6毫米钢筋构件（水泥制品的骨架），西边是帐篷搭成的员工宿舍。

厂里主要生产抽水站砌渠用的水泥薄板和盖房用的楼板以及电杆、水管之类的水泥制品。

公社当初在这里建预制厂，主要考虑的是取沙子石子方便。对面就是白带一样的洨河，宽阔的河滩上到处都是取之不尽、用之不竭的白亮沙子（至少当年是这样），用架子车拉回即可，可取石子就困难得多了，大家要在沙滩或河水中用铁筛网从沙中过取。

正副厂长是公社从当地村上选取的两位大字不识几个的革命干部。厂长就是土皇帝，一人说了算，厂里根本没有什么财务制度，作为出纳的我，只不过是挂个名而已，手上没有几分钱的现金，平时也很少干出纳的事，至于进出账是怎么走的，只有厂长知道。钢筋水泥等原料采购以及产品的销售，全由洨河抽水站指挥部控制，厂长只向指挥部负责。我和普通员工一样，整天干着繁重的体力活。

夏天在河滩里过石子就是其中最重的活之一。

银链似的河水靠着西岸缓缓流过，而大面积的沙滩却在河水的对面，干旱的时候水量较小，人们赤脚涉水到沙滩上去过石子还相对容易，如遇到暴雨或雨水较多的季节，河水泛滥，河面宽阔，过石子就困难多了。

每天早上吃罢饭，趁天气凉快能多干一会活，大家就扛着铁锹，拉着筛网去了河滩，找好位置，用木棍斜支好筛网，将沙子一锹锹地倒在筛网上，沙子顺着较小的网孔落到了筛网的后面，而石子顺着筛网就溜到了前面，不一会儿，沙子和石子就分成前后两大堆，同时，筛网的前面也出现了一个大大的沙坑，然后再换个位置，重复着前面的动作，一上午下来，七八百斤石子就过出来了，下班前再把石子堆放整齐，等中午吃完饭，用扁担挑着两只担笼，一担担地挑过河来倒在厂门前的平地上，由验收员分类检验（块大了用来做水泥电杆或其它水泥制品，一公分以下的用于做楼板）量方记账。

从河滩到岸上，至少有二百多米的距离，一担石子七八十斤，一下午来来往往近十趟。担着沉重的担子，双脚踩在松软的沙滩上行走非常吃力，头上的汗水顺着赤裸的上身流到了沙滩上，流入了哗哗的河水中。尤其涉过水上岸有段十几米的陡坡，几乎要爬着上去，所以必须在陡坡前喘息片刻，攒足了劲才能上去，否则，爬到半坡没了劲，人和担子从坡上滚落下来也是常有的事。

过石子最怕的是天气变化。夏天的天气像孩子的脸说变就变，有时烈日炎炎的天空中，忽然飘过一片黑云，一场大雨下来，暴涨的河水瞬间会将一晌的辛苦化为乌有，有时终南山外是朗朗的天空，山里不知什么时候下了一场暴雨，浑浊的河水忽然滚滚而至，来不及担完的石子就被水吹没了。

一天家里有事，母亲叫人捎话让我下午早些回去，所以早上就早早地来到河滩，赤膊上阵，顾不上喝口水，顾不上喘匀气，一口气干到中午十一点多，回到宿舍匆匆地洗完脸，准备去食堂吃点饭后，中午不休息把过出来的石子挑上岸。端上一老碗面条刚吃了一半，似乎听到远处传来了隆隆的雷声，心中一惊，一种不祥的预感掠过了心头。赶紧端着碗走到场院中看看天空，天空万里无云，太阳像火球一样烘烤着大地，哪里有下雨的迹象？难道是幻觉？问问周围吃饭的同事，大家摇头，都说没听见什么雷声。惴惴不安地吃完饭，挑着担子刚走到河岸边上，就听见东边传来了呼啸的声音，抬眼望去，河水像一头发疯的怪兽，顺着河道咆哮而来，眨眼功夫，淹没了宽阔的沙滩。原来上游局部地区下了暴雨，刚才的雷声就是从那里传来的。一早上的汗水算是白流了，我一屁股坐在岸边，犹如泥塑一般，双眼溢满惋惜的泪水。

随着岁月的流逝，人也在不断地变化着。仅干了一个夏天，身上就脱了几层皮，人也晒成了黑铁，双手结满了厚厚的老茧，肩上磨出了核桃大的硬茧，赤脚底变成了铁脚板，即使在夏收后利如刀刃的麦茬地里赤脚行走，也没了异样的感觉。

倒楼板

每每想起洨河岸边的艰苦岁月，就情不自禁地哼唱："洨河岸边平展展，一排排楼板现眼前，这些楼板宽窄长短都一般，崭新的草帘盖上面……"这是当年看着亲手倒出的水泥楼板即兴哼出的顺口溜。

除过过石子拉沙子，平时就是倒楼板。

倒楼板的劳动强度并不亚于过石子。

钢筋弯成的支架上放着做楼板的模具（3.3米长，60厘米宽），模具底部铺上水泥灰浆后，放入点焊好的钢筋骨架，中间穿上四根带锥头的钢管（$\Phi 89$ 或 $\Phi 76$），再倒满按比例和好的砂石水泥，先用振动棒振实，再用平板振动器前后拉上两三个来回就把模具顶部拉平了，待水泥稍凝固后，翻转支架，楼板就倒在铺着沙子的场地上，再用卷扬机抽出钢管拆除模具，一块楼板就成了，然后盖上稻草帘子，安排专人按时浇水保养。

倒楼板各道工序都是出力活，所以分工明确，责任到人，有人搅拌水泥，有人负责振动，而最重的活莫过于穿管子和装填水泥。我身强力壮，思想积极，自然重活苦活抢着干。一根三四米长的钢管，只要前面人把锥头抬到模具孔边，我用右手攥挂钢管的另一端把手，像装填炮弹一样，用尽全身的力气，一口气就把钢管推到模具的另一头，然后迅速地拿起铁锨，从等候在旁边的架子车上把和好的水泥铲到模具中，这是个连贯的过程，容不得半点喘息。如果力气不足，管子就很难推到位（长管子和水泥摩擦阻力很大）。只有在震动水泥的时候，才有片刻的缓歇机会。

倒楼板和过石子一样，每天也有任务，一天下来筋疲力尽。没有星期天，没有假期，大家盼望的就是老天下雨，下雨天楼板倒不成了，只能在厂房中干些杂活磨洋工，权当成了休息日。

记得一天中午，穿钢管的时候，不知分心了还是用力过猛，右手的大拇指一下子挤到了模具孔上，指甲盖子立即暴裂起来，鲜血直流。十指连心，疼得我大汗淋漓，倒吸凉气。厂里没有医生，邻村离厂还有二里多路，我用左手紧紧地攥着右手的大拇指，几个同事陪着小跑去了村里的医疗站。不巧的是，住在南村的赤脚女医生没上班，同事急急去南村叫医生，我咬牙站在炙热的太阳下焦急地等待着。滴滴答答的鲜血顺着手指间滴在干渴的土地上，一会儿就浸红了一片。钻心的疼痛使我有点麻木，过多的流血使我有些头重脚轻，我大口大口的喘着粗气，头上的汗如断了线的珠子，浑身的衣服湿透了，要不是同事扶着，会立马坐在地上。"坚持一会，医生马上就到。"同事不断地鼓励着我，我牙齿咬得咯咯直响。半小时后，同事陪着年轻的女医生来了。医生检查了我的伤势，见拇指的指甲盖几乎掉了，吓得出了一身冷汗，一时没了主意。也难怪，一个农村的赤脚医生，平常就是看看感冒打打针，抹抹碘酒消消毒，哪见过这等阵势？问我怎么办？我咬着牙说："掉了就取掉吧。""这很疼的，你能受得了？""有什么受不了？关云长刮骨疗毒，还在谈笑风生，你就动手吧。"关键时刻生出了英雄气概，牙一咬，心一横，闭眼把右手伸到了医生面前。医生战战兢兢地用镊子把血肉模糊的指甲剥开，并将血肉连着的部分慢慢的取掉，再用酒精清洗干净，涂上药膏，包扎好后才深深的出了一口气。

"完了。"医生用发颤的声音说。我睁眼一看，医生原本美丽的脸色变得煞白，头上的汗水浸湿了桌上的处方笺。我忘记了自己的疼痛，心中升起了一种怜香惜玉的情愫。

"没见过像你这样坚强的人。"医生赞叹道，我却用异样的眼光看着医生。

即使这样，第二天我照常上班，重活干不了，可以干轻活。右手动不了，左手可以拿东西。

从春到夏，从夏到秋，楼板的数量不断地增加，大家的思想也起着变化。每天除过繁重的劳动之外，几个志同道合的朋友待在一起，也常常谈论着人生的理想、忧虑未来的前途。

晚饭后不想回家了，我们就爬到数十丈高的抽水站渠顶，享受从终南山上刮下来的习习凉风。夕阳西下，站在高高的渠顶向东北望去，香积寺的秃顶高塔，巍巍地矗立在潏河岸边，破败不堪的灰色寺院，早没了昔日的香火，显得凄凄凉凉。东南方向一眼无垠的开阔洼地，村庄连着村庄，树林连着树林，直至与终南山北麓衔接。滚滚流淌的洨河像个博学的智者，汨汨地诉说着历史的沧桑，岸边茂密的芦苇在微风的吹拂下，发出飒飒的声响。

触景生情，大家不免有些惆怅。就拿我来说，高中毕业本想考大学，可今天这个运动，明天那个运动，折腾得天下不得安生，尤其"开门办学，面向农村"这八个大字，就像一条带血的锁链，生生地锁住了自己的理想。正是风华正茂的年龄，本该有"较大的作为"，却沦落到此（还是走后门来的），不由得悲从心中起：总不能一辈子都倒楼板吧？

太阳早落山了，黑暗笼罩了大地，天空中明亮的星星眨着眼睛，早早休息吧，明天还要倒楼板呢。

拉水泥

站在洨河岸边看终南山似乎近在咫尺，其实这里离山还有三十多里的路程。长这么大，我是没进过山的。终南山里到底是什么样子，只能远远望着遐想着。

有机会一定去山里看看，撩拨开它神秘的面纱，欣赏它美丽的芳容。

机会终于来了。

预制厂所用的水泥全是县办水泥厂生产的。水泥厂位于"终南独秀"著称的太乙宫。

1976年夏天的一日，刚吃过早饭，指挥部领导匆匆忙忙地来到厂里对厂长说："叫五个人去水泥厂拉水泥。"厂里的人员，都是从各村来的青年，和我一样，都没去过山里，听说进山拉水泥，个个摩拳擦掌，跃跃欲试。谁不想去山里逛逛？经过厂长筛选，我有幸加入到拉水泥行列。

半个小时以后，一辆解放牌卡车拉着我们五个人，呼啸着向太乙宫驶去。

五个人站在车厢前面紧紧地抓住车帮挤成一条线，昂首望着远方，心中充满了幸福和欢乐。车越开越快，迎面的夏风吹得蓬乱的头发向后背去，路旁树木和零散的村庄纷纷地倒退着，嘴唇紧紧地抿在一起，眼睛不断的流着泪。长这么大了，这是我第一次坐卡车，第一次跑这么远的路，第一次进山，尽管飞扬的尘土在车后卷起了一条黄黄的长龙，没跑几里路，浑身就变成了土黄色，可一想到这难得的机会和享受如此的待遇，激动的心就怦怦直跳。

到了太乙镇就算进山了，可水泥厂离镇上还有七八里路。平路上风驰电掣的解放车，一到山里就成了狗熊，尤其遇到坡度稍微大的山路，就像老牛一样吼叫得厉害，有时车开到半坡就爬不动了，必须让大家下车帮忙推之，才能继续前进。就这样开开停停，到正午的时候，我们赶到了水泥厂。

水泥厂坐南面北，门前是一片宽阔的水泥平台，平台和出料厂房相连。汽车停在平台下面，车厢恰好与台阶平齐，装水泥非常方便，这恐怕是建筑师们利用地理条件有意设计的吧。

领导下车后指着一堆装好的水泥袋子，让我们尽快装车，他整了整衣冠直奔厂里销售部而去。当联系好业务回来后，我们早已装完了车。

太阳已经偏西，肚子饿得咕咕作响。

领导办完事，会领我们到食堂饱餐一顿。我们做着甜蜜的梦。没料到领导一句话，让我们像泄了气的皮球："这是三十五个馍，中午一人三个，早晚各两个。每天早上我让司机把馍送来。"说完，从驾驶楼中取下装着馍的编织袋和一包口罩、肥皂、毛巾之类的劳保用品放在我们面前。

不是装一车就回去了，怎么打开了持久战？大家用疑惑的眼睛看着领导，领导根本不看我们，用手指着东边山坡下的一户姓李的人家："我已经联系好了，他家有苞谷糁稀饭，每天三顿管饱，我来结账。"说到这里，似乎又想起了什么，忽然指着我说："这里由小王负责，有什么事，让司机带话回来。"说完向司机挥了挥手，爬上驾驶室一溜烟回去了。

望着四周茫茫的大山，像挨了一记闷棍，大家一下子瘫坐在地上。

吃饭问题解决了，可住宿怎么办？

来时根本没说在此要待几天，如果说了，大家会多带件衣服和晚上盖身体的物件来的。"活人不能被尿憋死，既来之，则安之，自己想办法吧。"不知谁说了一句。是的，埋怨是没用的，只有自力更生，才能解决现实问题。大家七手八脚，到周围找来了装水泥用的纸袋子以及用户遗弃的稻草帘子等，扑打掉上面的灰尘，铺到西边平台角上，将就着做成了自造的床铺。好在是炎炎的夏天，平台晒了一天，水泥地面是温热的，晚上睡在上面，肚上盖件工作服，勉强能凑合。

做完了这一切，该到晚饭的时候了。我们来到姓李的人家，主人倒是热情，知道我们是下苦装水泥的，就给我们熬了一大锅稠苞谷糁，还把家里腌制的酸菜端了一大碗。不争气的肚子使我们早没了吃相，风卷残云，一锅稀饭一扫而光。

这里确实比山外舒服，夜幕降临了，山涧吹来了清爽的风。

忙绿了一天，总算休息下来了。毕竟到了山里，白天的辛苦忘得一干二净。看看四周墨绿的山峦美丽如画，小溪在身边哗哗地流淌，年轻人睡在一起，说说笑笑打打闹闹，又恢复了平日欢乐的气氛。

其实，艰苦的生活刚刚开始，更大的考验还在后头。

第二天早上吃罢早饭，大家就开始干活。

原来，单位为了降低水泥成本，省去包装水泥的费用，水泥必须由我们自己包装，厂方只提供牛皮纸包装袋。

偌大的出料车间里堆满了面粉一样的水泥，当我第一个踏进车间的时候，一下子愣住了，车间里雾气腾腾，飞扬的粉尘呛得人直打喷嚏，眼泪簌簌的往下流，脚像踩进了七八月份农村土路上的塘土中，一下子没了脚踝，而且烫得脚生疼，我赶紧退了出来。环境这么恶劣？心像被蜜蜂蛰了一下。不干是不可能的，干吧，人能受得了吗？"既来之，则安之"，同事昨天的话在耳边回响。是的，开弓没有回头箭，哪怕是刀山火海，也要咬牙冲过去。我立即组织大家穿上工作服，戴上手套口罩，穿上鞋子，工作服毕竟吸水，如果不穿工作服，汗水碰到了飞扬的水泥，身上会发痒发疼甚至蚀烂皮肤的。

  厂房中有现成的大锨，我们先从离出料口较远的地方逐步往前装料，因为较远的地方水泥温度相对较低，脚踩进去还能受得了。离出料口越近，水泥的温度和厚度越高，有时厚度淹没了膝盖，温度高达四五十度，烧得两脚不停地在地上蹦跶，坚持不了多长时间，遇到这样的情况，人肯定是受不了的，所以只好将人分成两班，轮流休息，二十分钟或半个小时换一次。即使如此，只要从包装车间出来的人，个个汗流浃背，工作服和身体紧紧地贴在一起，松软的头发结成硬块，身上处处是斑斑的红迹，双眼变成了兔眼。

  大家出来透透空气，休息片刻，或下到河道里在湍流的水中洗洗脸，喝一肚子清冽的河水，再进去换其他的同事。

  就这样一锨锨一袋袋地装着，再把装满的袋子扎紧口子，抬到平台上整整齐齐地排列起来，等待着汽车的到来。每天至少装两百袋，除过中午饭后就地睡会儿觉外，一天到晚，几乎没有闲暇的时间（五吨的汽车，一天要跑两趟，一趟拉一百袋）。

  当初的喜悦早飞到了九天云外，太乙镇不想去了，风景区不想去了，美丽的群山失去了诱惑，汨汨的溪流变成了噪音，只想早点完成任务，快点回家。

  筋疲力尽的大家，每天晚上躺在平台上，发着这样那样的牢骚。有人骂领导心黑，不该用欺骗的手段哄我们来这里，有人说领导把人不当人，干这样的活，只有西安劳改窑的犯人才干的，也有人说我们连犯人都不如，犯人装一两辆车水泥就回去了，我们却没完没了要待在这里。为了不让大家泄气，为了顺利完成任务，我只好安慰大家：领导能挑我们来这里，或许是经过深思熟虑的；或许是对我们人生的考验；"群众的眼睛是雪亮"，苦不会白下的。

或许我的话起了作用，或许大家的觉悟没有我想象的那么低，牢骚归牢骚，第二天活照干不误。没人偷懒，没人避尖溜滑。心里都清楚，一块出来了，就要团结一心，苦往一块下，汗往一起流，反正就是这些活，你少干了，别人就得多干。还有一个重要原因，就是只有每天早点完成任务，才能提前收工去河道里洗个痛快澡，才能有时间把身上的衣服洗干净（大家只带了一身衣服）晾晒在水泥平台上，利用水泥的余温和吸水性，赶在睡觉前干了，晚上方可盖肚子防风御寒。

几天下来，大家手上、脚上、脸上，几乎全脱了一层皮，嘴上、手上出现了道道裂纹，尤其水泥进入裂口，蛰得人钻心地疼。尽管如此，中途没人退却，没人当逃兵，没人叫苦叫累，没人流泪气馁，更没有人向厂里提出过要求。

就这样整整坚持了七天。

当司机通知这是最后一车水泥的时候，大家热泪盈眶，欢呼雀跃，心中的阴云一扫而光。

人的一生中，七天只不过是暂短一瞬，可这炼狱般的七天，却在我的记忆中像刀刻斧凿般地难以忘怀，因为它使我懂得了这样一个道理：不管遇到多大的困难，只要不屈服，不要泄气，咬咬牙，定能挺过去。

期待

"文革"开始的时候我已经是十岁的孩子了，经过造反、批斗、打砸抢、破四旧等举世无双的折腾，尤其林彪事件后对我的冲击以及高中毕业后这段时间的劳动改造，使我的思想慢慢地变得复杂了，开始把国家的命运和自己的前途联系起来思考，且隐隐地感觉自己的命运和中国的政治息息相关，所以在预制厂里，不管是批林批孔还是反击右倾翻案风，自己并不积极，即使领大家学习中央文件也只是机械地照本宣科，宣传栏里，也就是摘抄几段两报一刊上的批判文章，我对目前的政治运动没了丝毫的兴趣，同时尽量保持少说话多干事的原则，免得祸从口出，惹火烧身。不过，表面上还是保持着年轻人的青春活力，努力干活，幻想着领导慧眼识珠，有机会招工或推荐上大学。

可从春天到走到夏天，从夏天走到冬天，从 1975 年走到 1976 年，自认为表现不错的我，一次次看着别人拿着招工指标高兴地报到去了，或走后门幸福的进了大学，而自己每天在预制厂里下苦却无人问津，心里就生出诸多的凄凉：什么时候才能跳出"农门"，和她们一样吃上商品粮呢？

一次次对天发问，老天不答，一次次地质询大地，大地不语。

现实把理想碰得粉碎。

苦闷的时候，我就拉上我的高中同学也是我的发小，一块儿爬到大渠上，互诉衷肠，说着说着，自然联系到了没完没了的"文化大革命"，自然联想到听到看到的无数事实，自然联系到屁股下面的这座洨河抽水站。脑袋发热的造反派们，拍脑袋干出了多少劳民伤财的蠢事，还美其名曰"文化革命的丰硕成果"。20 世纪 60 年代末 70 年代初，公社党委为了落实"农业学大寨"的精神，"腊月三十不收兵，正月初一又出兵""苦战三年，誓把郭杜变成江南"，带领郭杜人民战天斗地的"杰作"。领导只说为了抗旱需要建立抽水站，而根本没进行科学考察，连最重要的水源怎么解决都没搞清楚，就匆匆上马，浪费了巨大的人力物力，建立了这座"辉煌的政绩工程"。虽说依靠"滔滔"的洨河以及滹河上的大坝拦水，可遇到干旱少雨的季节，可怜的河水仅没过人的脚面，抽水池中的水自然少得可怜，大泵抽不了几个小时就见了底，老百姓讽刺说："水到新闻（周家庄），还有些门，水到北周（北周家庄），慢慢悠悠（水流很慢），水到居安（小居安村），像条蚰蜒（形容水很小），水到郭北（郭杜北村），苞谷杆成灰（早旱死了）。"虽说有些夸张，反映的却是实情。

"文革"走到了1976年已是第十个年头了。元月8日周总理去世了，噩耗传来，正在厂里干活的我们，一时愣在了那里，几个同事流出了悲伤的眼泪。大家积极地准备纪念活动，可公社领导今天说统一组织吊唁，全体人员参加，明天又说让厂里派几个代表去公社参加吊唁，直到了元月15日北京开追掉会的当天，忽然通知说奉上级指示公社不开追悼会了，大家在厂里自行组织悼念。总理去世了，大家怀着悲痛的心情寄托哀思本在情理之中，为什么要这样反复折腾？后来才听说中央出现了不同声音，有人在极力压制纪念活动。

"文化革命"十年了，经过的风风雨雨太多了，由当初响应领袖号召造刘少奇反，打倒刘少奇后，又说林彪叛党叛国了，号召大家批林批孔。越批国家越乱，越批人民越穷，人们开始反思"激情燃烧的岁月"，同时看看眼前的乱象和穷困的生活，心中不免生出上当受骗的悲哀和愤怒的情绪，正好借助打压纪念周总理活动的缘由爆发了。从3月份开始，北京的群众自发地集合到首都天安门广场，在人民英雄纪念碑前敬献花圈花篮，张贴传单，朗诵诗词，发表演说，抒发对周总理的悼念之情，以发泄对极左思潮的不满和痛斥中央的倒行逆施。

1976年4月7日，《人民日报》发表吴德的广播讲话和记者关于天安门事件的"现场报道"。文中把群众的革命行动说成是"反革命"活动，是"反革命"政治事件，并以"欲悲闻鬼叫，我哭豺狼笑。洒泪祭英杰，扬眉剑出鞘"的"反诗"为证。

捧着报纸组织大家学习的时候，我心里在说：这不是什么反动诗，而是十年动乱以来人们心情的真实写照，如果再这样下去，真要"国将不国"了。

1976年5月16日，郭杜公社举行"隆重纪念文化大革命十周年"大会，本来要求各村各单位都去人参加，预计有两三千人的大会，最终来了三四百人。我作为单位的代表之一，看不到任何喜庆的气氛，而是看到了逛自由市场般的混乱。偌大的广场上，稀稀拉拉的参会者中不是俩一堆仨一堆的谝闲传，就是被太阳晒得像断了蔓的黄瓜，耷拉着脑袋昏昏欲睡，书记在台上慷慨激昂地讲话，台下根本没人理识。大会即将结束惯例喊口号时，更是出现了奇怪的一幕，上面一句："无产阶级文化大革命胜利万岁！"下面有气无力地跟着喊道："万岁！"前面的词语全部省了。"打到刘少奇！""刘少奇。""坚决反击右倾翻案风！""翻案风！"……

从大家的情绪中，充分看到了广大人民群众对政治的淡漠和对"文革"的不满。

1976年7月6日，又传来了朱德委员长逝世的消息，7月28日，唐山发生了7.8级的大地震，正在全人民全力以赴抗震救灾的时候，9月9日下午，正在工地上倒楼板的我们，忽然听到广播里说有重要通知，不一会儿就传来了毛主席去世的噩耗，犹如惊雷一般，所有干活的人都放下手中的工具，呆若木鸡。

主席去世了，中国怎么办？这是大家共同关心的问题。

在以后的时间里，大家都沉浸在悲痛和惶恐之中，每天除了劳动之外，谈论最多的就是"国家大事"，我和同学晚上照例坐在大渠上，望着月明星稀的天空和远处起伏的山峦，猜测着世事的变化，因为种种迹象表明，中央的一场政治较量正在进行。

"不该落的落了（1976年3月8日下午，在东北吉林地区降落了一次陨石雨），不该死的死了（周、朱、毛相继去世），不该震的震了（7月28日唐山大地震），天怎么还不变呢？"我一遍又一遍地重复着这样的话，相信变化是必然的，不变是不可能的，久合必分，久分必合，内战了十年，也到该整合的时候了。

预感没有错，10月10日以后，逐渐传出了北京粉碎"四人帮"的消息，尤其10月18日北京几百万群众自发地走上街头热烈庆祝粉碎"四人帮"的伟大胜利，那种发自肺腑的欢呼和第二次得解放的高兴，使我看到人心的向背和希望的曙光。

1977年七八月份第三次上台的邓小平提出恢复停滞了十年的高考制度，全国上下一片欢腾，我也结束了两年半的劳动，离开洨河岸边，回家准备复习功课，迎接盼望已久的高考。

三十九年过去了，每每回忆这段艰难的岁月，心潮起伏，难以平静，多少次提笔欲将其经历真实地记录下来，又因思绪烦乱，无从下手而作罢，今天我总算鼓足勇气，再一次提起这杆重如千斤的笔。

我觉得这不仅仅是我个人的一段历史，也包含着中华民族的一段艰难的历史。

因为选择守护记忆，拒绝遗忘，不但是我们的义务也是我们应尽的责任。

狗日的老鼠

　　自从住到西安后，临潼单位一楼的房子就一直闲着，毕竟在此工作了三十多年，有着难以割舍的情感，所以隔三差五地回去看看。六月初回去就发现厕所里有了老鼠，盆子罐子盒子全被掀翻在地，毛巾也掉到了地上，一大块肥皂啃得只剩下了三分之一，地上到处是麦粒似的老鼠屎，就连半墙上放洗发液的玻璃架上都堆满了老鼠屎（真不知道这些家伙在上面练什么功），害得我打扫了半天才收拾干净，可我找遍了所有的角落，都没见到老鼠的踪迹。下水道的盖板好好的，包管子的塑料板好好的，奇了怪了，就这三四平米的地方，能到哪里去呢？该不会练出了什么遁地术吧？因家里有事，没时间寻找了，就急急地拉紧了厕所的门回了西安。

　　七月中旬以来，炽热的天气让人喘不过气来，几篇构思了好长时间的文字都无法静下心来完成，心里着急，就想到了临潼房子凉快，何不回去待上几天？

　　七月下旬的一天，我背上电脑回了临潼。一个多月没回来了，地上桌上积了厚厚的一层灰尘，爱干净的我，自然是放下东西先打扫卫生。当推开厕所门的一刹那，哗啦一声响，一条小黑影箭一般地从眼前穿过，吓得我毛发倒竖，几乎跌倒。待稳住神后，方想起了那只可恶的老鼠。关好门，拉亮灯，和上次看到的一模一样，地上到处是老鼠屎，一股难闻的味道弥漫了整个空间。还是先在厨房接水打扫吧。忙碌了半个多小时，总算把房子卫生打扫完了，然后来到厕所，用水龙头上的塑料管对着周围的墙壁和各个角落狠冲了一气，再用木棍把坐便背面，面盆侧面，洗澡盆后面等平时根本不注意的地方全捅了一遍，也没见老鼠的影子。肯定在厕所里，要不，等晚上老鼠出来再说。拉好门，就忙自己的事去了。晚上十点半，正在电脑上打字的我忽然听见厕所里有吭哧吭哧啃门的声音，心中一愣接着笑了，总算出来了，今天定要揭开老鼠的藏身之谜。蹑手蹑脚地来到门前，右手开灯的同时，左手迅疾推门，老鼠万没想到我会从天而降，一时慌了手脚，从门后掉到了地上，不过练家子毕竟是练家子，翻身一跃，迅速地跳到面盆侧面的不锈钢软管上，然后跳跃了几下，就钻到面盆后面不见了。我一步跨过去，在墙面和面盆立柱的空间中看了半天，也没看出个门道来。明明跑到这里了，不会看错的。我知道老鼠天生狡猾，祖上都像在少林寺偷学过武功似的，绝非等闲之辈。莫不是像壁虎一样静贴在面盆下面的什么地方或躲在立柱的什么凹处？我单膝跪在地上，半张脸紧贴墙壁从上到下细细地看了一遍，才发现立柱侧面的半腰处有一长方形的孔。哈哈，谜底原来在这里。战战兢兢的我把手伸进孔中摸索了半晌，由于空间窄狭，既摸不到底，也摸不清周围的状况，只是感觉面盆下面的塑料管子被老鼠咬断了。何不用开水浇灌之，我就不信烫不死你，我为自己忽然想出的这条妙计而得意。赶紧去厨房烧水，不一会儿电热壶烧开了，可从侧面怎么也倒不进去，干脆从面盆里往下倒吧，一壶热水倒完了，满地都是腾腾的热气，也没见老鼠的影子。其实，老鼠早顺着下水管道逃之夭夭了，我还傻乎乎地在此瞎忙活。逮又逮不着烫又烫不着，一筹莫展的我，浑身被汗水湿透了，眼看十二点了，还是先睡觉吧。

疲惫不堪的我躺在床上怎么也睡不着，20世纪90年代在单身楼上打老鼠的经历又浮现在眼前。

单身楼上大多住的都是一头沉的单职工，楼道里堆满了蜂窝煤和各种杂物，给老鼠提供了生存繁殖的良好条件。楼道里老鼠甚多，有时成群结队如游行一般，常常从人们的眼皮底下经过。单位也想了诸多办法进行过灭鼠，可老鼠像赶不尽杀不绝的英雄一样，消灭一批又冒出一批。一日，家里进了一只不大不小的老鼠，怎么撵都撵不出去，一到晚上，老鼠像发疯似的，从门口跑到床底下，从床底下又跳到床上，又好像故意气人似的，把床当成了运动场，从东头跑到西头，从西头跑到东头，甚至从我身上跳到妻身上，从妻身上又跳到孩子身上，闹腾得一家人整夜整夜地无法安眠，有时借着窗外明亮的月光，还会清晰地看见老鼠从桌上跳到案板上，绕着锅碗瓢盆乱转，甚至还在立柜上腾挪跳跃，在门后挂毛巾的细绳上荡秋千。我屏住呼吸，起身开灯去打，老鼠早没了踪影，关灯刚睡下，不知老鼠从什么地方又出来重复着刚才的动作，气得我拳头攥得叭叭直响，又没个好办法。（我怀疑这家伙肯定啃过游击战之类的著作，深谙我进鼠退，我疲鼠扰的军事思想。）

实在没办法了，只好采取送瘟神的办法，打开房门，在门口放些老鼠爱吃的食物，祈求老鼠赶快吃饱出去玩吧，别在家里捣乱，明天我还上班呢。可老鼠根本不领我的情，看都不看这些食物，依然顽强地和我打着游击战。

老鼠啊老鼠，咱们今日无怨往日无仇，你为什么要这样害我呢？

一周过去了，疲惫不堪的我像害了一场病一样，到了第八日晚上，躺在床上的我忽然从老鼠在门后细绳上玩耍中得到了启发，何不把单缸洗衣机放到门后，里面放进半缸水，再用两根竹棍支在沿上，上面铺上干净的抹布当盖板，抹布上面放些饼干馍馍之类的食物，或许老鼠在细绳上玩累了跳下来休息，或许老鼠饿了要在布上找吃的，踏空就会掉入缸中。老鼠再聪明，也想不到这是陷阱啊！我对自己的阴谋非常满意。想到这，翻身下床立即行动，如此这般地伪装了一番，便躺在床上睡觉去了。凌晨四点，迷迷糊糊中被一阵扑腾声惊醒，赶紧开灯一看，洗衣机上抹布不见了，顾不得穿衣服穿鞋，两步并做一步跨到门前，洗衣机里的老鼠正在水里挣扎，妈的，你也有今日。我叫醒妻子，找来夹煤球用的火钳，夹住老鼠的身子，又叫妻子取来了剪刀。今日老子要开杀戒，以泄心头之愤。我用剪刀先剪掉了老鼠的尾巴，后剪了老鼠的两只耳朵和一只后腿，然后把血肉模糊的老鼠从四楼的窗口上扔了下去（少儿不宜）。我不知道平时还算善良的我怎么有了如此歹毒的心肠，竟对一只小小的老鼠施了这样的酷刑……

快到三点了，还是睡不着，眼前全是那只血肉模糊的老鼠在蠕动。第二天起床后，头脑又昏又胀，尽管还是坐在电脑前码字，可时不时地惦记着厕所里的这只老鼠。以前用智慧逮住过那只可恶的老鼠，可今天怎么办呢？中午十点多了，肚子有些饿，去大门外吃早饭，恰好碰到同楼的朋友，她家也住一楼，当我谈起昨晚打老鼠的事时，朋友笑着说，前几天她家也从下水道里爬进了一只老鼠，在家里乱咬乱拉乱撒尿，她用粘鼠板擒住了老鼠。听到"粘鼠板"三个字，眼前一亮，好像在什么地方看到过介绍。我问她是什么样子，怎么使用，什么地方有卖的，她一一做了介绍。并说前面两元店里就有，三块钱一张，放到老鼠常出没的地方，保证解决问题。我如获至宝，吃罢饭，立即买了一张。

老鼠的感觉器官是非常发达的，嗅觉味觉听觉触觉非常敏锐，知道家里有人，白天是不会出来的，只能等晚上下手。

夜幕降临了，我把厕所打扫得干干净净，并敞开房门通风晾干地面，再按说明书上的步骤在面盆下面顺着墙壁的地方铺上报纸，然后打开粘鼠板，把小包中的诱饵倒在中间，轻轻地关了电灯关了门，回到电脑旁边等着胜利的消息。晚上十一点睡觉前上厕所，没见老鼠的动静，凌晨三点起床小便，还没见老鼠的动静，莫非这家伙练过什么气功，开了天

123

目或有了预测功能,知道我要害它,早躲了起来?不可能吧,还是等等,三年总会等出个闰腊月来。

　　肾虚的我,五点又去上厕所。当推开门一看,一只半大不小的老鼠,侧身躺在鼠板上吱吱乱叫,尖嘴两边几根长长的胡须无力地颤动着,上面那只黑豆似的小眼珠发出乞求的目光,前后两条小腿在空中乱蹬。足智多谋的老鼠恐怕也感觉到了危险的存在,但它急着出来或想冒一次险,没想到刚从孔里跳出来就落到了粘鼠板上,鼠板上的粘结剂极强,本来只粘住了前腿,可老鼠的不断挣扎,竟然连半边身子也被粘住了。我小心翼翼地把粘鼠板端到门外的花园旁,用尖嘴钳子夹住老鼠,费了好大劲才从胶板上拔出老鼠扔到了水泥地上,老鼠身上的粘结剂很快又和地面粘在了一起(粘鼠板还能再用)。

　　让你在中午炎炎的阳光下暴晒去吧,让你在干渴和痛苦中慢慢地死去。我狠狠地诅咒着这只可恶的老鼠。

　　收拾完了老鼠,天已经大亮了。不过,我心里并不踏实,消灭了这只老鼠,还有其它老鼠前赴后继地从地下管道中钻出来怎么办?要得彻底解决问题,一是把面盆拆除,想办法堵住下水道中老鼠的通道,二是把立柱后面的方孔用什么东西堵了,绝了老鼠的出路。显然前一种办法比较麻烦,后面的做法相对简单。等单位八点上班了,给车间朋友打电话,让他找块石棉橡胶板或白铁皮一类老鼠咬不动的硬物和一点铁丝,用它裹住立柱的孔,然后用铁丝扎死,即使老鼠出了地道也未必能从孔里出来。中午下班的时候,朋友送来了我要的物件。顾不得吃午饭,立即动手包裹立柱。

　　下午一觉醒来已是晚上七点多了,我肚子鼓鼓的,不想吃饭,老鼠消灭了,心情舒畅的我想想还有些文字没有完成,便来了精神,打开电脑,一屁股坐到十一点半,终于完成了回家的计划。

　　第三天早上八点,当太阳在地平线上不太高的地方挂着的时候,我已经坐单位的班车回到了西安。

炕席

睡在宽敞舒适的弹簧床上，我不但感觉不到幸福，反而像烙烧饼一样，翻来覆去地折腾，常影响妻无法安眠。妻问是否有什么心事，我说没有。确实没有，孩子已成家立业，两家老人都已作古，自己也退休了，经济上、精神上，都没负担。那为啥不好好睡觉呢？我无言以对。只能躺在床上，不敢动弹，假装睡觉。

老了的特征之一，就是容易触景生情，回忆过去。摸摸身下柔软光洁的床面，竟然触动了那一抹淡淡的深埋心底的睡光炕席时的忧伤。

小时候，农村家里生活艰难，用土坯砌成的四堵墙中，靠墙盘着用大土坯砌成的土炕，炕上铺些麦草或谷草瓢子（谷穗去掉了米粒），或者干脆什么都不铺，上面只一张芦苇经过破蔑、浸水、碾压后，编织的双纹席子，就成了一家人的"温床"。夏天，人们在炎炎的阳光下，忙碌了一天，晚上筋疲力尽地躺在光炕席上，肚上盖片破布或一件破衣服，就呼呼噜噜的进入了梦乡，到了寒冷的冬天，呼啸的寒风，从窗户、门隙或椽眼中钻进屋里，身上盖条破旧不堪、脏兮兮的被子，在下身燥热

125

（烧炕）、上身冰冷的瑟瑟中入眠。这还算好的，有的家庭，生活困苦，吃不饱穿不暖，哪还有钱买炕席？只能在光炕上扔些麦草或谷草瓢子睡觉。

平时，很少见炕席上铺褥子的家庭，偶尔见到谁家给炕席上铺条灰土布做成的褥子，就羡慕不已，认定这家一定是富户或者有德高望重老人的望族。其实，所谓的富户或望族，早已被整治得奄奄一息。真正的原因是家里有岁数大的老人或病人，睡不得硬席，勉强做件褥子铺在身下，减少硬席对身体的磕碰。

记得三四岁的时候，我在锅炕上睡觉。炕上没有芦席，只是铺了些谷草瓢子，像猫啊狗啊似的躺在草窝里睡觉。开始的时候，谷草瓢子有棱角，刺得人身体难受，睡得时间长了，谷草瓢子被身体碾压得没了棱角，就没多大感觉了。虽然谷草瓢子在身体和炕面之间，起到了缓冲和柔软的作用，但易生跳蚤。跳蚤型小、无翅、是善于跳跃的寄生虫。据说，跳蚤身上有许多倒长着的硬毛，可以帮助它在动物的皮毛内爬行，跳蚤有两条强壮的后腿，因而善于跳跃，一次能跳七八寸高，相当于身长的三百五十倍，犹如一个人跳过一个足球场。人被跳蚤咬了，皮肤马上出现点点红斑，又痒又疼。当你点上煤油灯去抓它时，怕光的跳蚤，就立即钻到了谷草瓢子下面去了，当你刚吹灭煤油灯睡下，它又来咬你。晚上常见人和跳蚤开展丰富的游击战争。有时，眼睛刚看见跳蚤，还没等手伸过来，跳蚤就跳得不知去向了。偶尔也会抓住一两只，看着吸足了人血，红红肚子的跳蚤，嘴里就恶狠狠地骂道：叫你咬，叫你咬。然后拇指和食指夹住跳蚤，反复揉搓几下后，把奄奄一息的跳蚤放在炕沿的青砖上，用大拇指指甲使劲一撮，"嘭"的一声，淡淡的臭味就飘了出来。

时间长了，我就在心里祈盼，祈盼父亲给我买张炕席，以减少跳蚤的骚扰，跳蚤要从谷草瓢子中爬到炕席面上来，也不是太容易。

记得家中的东炕上，一条席子铺了近十年，席面变得油光锃亮，部分席篾，由于冬天烧炕过度，已变得破损发黑。有一年冬天，五六岁的我，按说，正是疯玩淘气的时候，可肚里空空如也，只能昏昏沉沉地坐在炕上玩耍。一天中午，昏黄无力的阳光，从破烂的窗户纸中射到我的身上，我正看着光束中无数滚动的微粒发呆时，忽然，屁股下面被什么东西垫了一下，我慢慢地移开屁股，掀开席面一看，顿时眼里放出光来，原来是一颗黄澄澄的生苞谷粒，我如获至宝，赶紧放进嘴里，用牙齿使劲地咬碎，反复咀嚼，感觉越嚼越油，越嚼越香，然后和着唾液，咽进肚里。原来，秋天阴雨绵绵，从生产队里分回来的苞谷棒子，怕发霉变质，母亲剥掉外皮后，把光棒子倒在炕上，给炕洞里煨上火，让热炕慢慢地把潮湿的苞谷水分烤干。可能在收拾炕上苞谷时，个别脱落的颗粒从破席处遗落到炕席下面。一颗吃完了，心里不甘，幻想着可能还有第二颗，第三颗。我怀着侥幸的心理，把炕席下面翻了个遍，席下没铺任何东西，光炕面上一目了然。还好，幻想变成了现实，我又找到了两颗苞谷粒。我以同样的方法津津有味的吃了，犹如吃山珍海味般的幸福（山珍海味到底是什么味道，我不知道，只是听德高望重的老人说过）。

还有一次，我和母亲到舅舅家去看望舅奶，晚上没回家，和舅爷在锅炕上睡觉。也是个寒冷的冬天，炕上没有铺麦草或谷瓢子之类的东西，光炕上只有一张发黄的破席。尽管贴身的炕面很热，烙的人皮肉生疼，但一条薄薄的破被子，怎能遮挡住上身的寒冷？外面呼呼作响的寒风如刀子一样，在灶房里肆虐，冻得我根本无法安眠。舅爷只好找来舅奶蒸馍盖锅盖用的破麻袋片子，压在被子上，才缓解了寒冷。当时我就想，小孩尚且如此，对于八十多岁的舅爷，冬天就蜷曲在这又窄又脏的土炕上，挣扎着过冬，若稍有不慎，风烛残年的老人，就有冻伤或冻死的危险。看着这些破旧的麻袋片，我心里涌出了阵阵酸楚。偌大的一个家庭，竟然连一床像样的厚棉被都没有。据说，年轻时的舅爷，也算得上村里的一位能人，冬天在终南山里贩木材，春秋两季在西安城里做点小本生意，挣钱养活一家几十口人，日子还算过得滋润，如今到了晚年，日子过得却如此凄凉。不等天亮，我就爬起来穿好衣服，跑到舅婆房间，拽住母亲的衣角，死活要回家。

几十年过去了，如烟的往事，没有多少在心里留下印记，唯独想起生在炕席上，长在炕席上，在炕席上滚大的我，十八岁前，晚上没离开过炕席，心里就感慨不已。自从1978年外出求学以后，农村发生了天翻地覆的变化，家里撅屁股的厦子房，也变成大瓦房，再后来又变成了二层小洋楼，土炕也换成了弹性好、承托性佳、透气性强、耐用时髦的席梦思。冬天冷了，床上有电褥子，夏天热了，房间里电风扇。土炕退出了人们的视野，更别说炕席了。

每每和亲朋好友谈起现在的生活，尤其谈起生活变化的标志之一——席梦思床，就感慨不已。每年到了春暖花开的季节，我常坐车到偏远农村的集镇上去逛会，有意到杂货铺、和路边的摊位上去寻找当年的炕席。兴奋而去，失望而归。

社会的进步，创造了很多先进的东西，同时也淘汰了许多不适应时代潮流的落后物品。若要得后人记住这段历史，看到当年睡过的炕席，恐怕只有到历史博物馆等收藏部门去寻找了。

记住这段历史，珍惜来之不易的美好生活。

母亲的饺子

吃了几十年饺子，如论馅好馅坏，总吃不出母亲那顿饺子的味道。

那是一个特殊的年代，那是一段艰难的岁月。

四十多年前的一个夏天，刚割完西渠岸上的麦子，我和几个小伙伴就去麦茬地里搂柴。天空中没一丝云彩，太阳像发了疯似的，烘烤得人们喘不过气来。我们从早上一直搂到中午，地里的麦茬搂了一遍又一遍，生怕漏掉一根麦杆。汗水湿透了破衣烂衫，黑红的脸上，污迹斑斑。地里没有一棵树，也没有任何阴凉处可以休息。干渴的嘴里直冒烟，只能用青春的毅力支撑着。家里一年烧锅做饭、冬天烧炕取暖，就凭秋、夏两季在地里拾些柴禾。我理解父母的艰辛，知道自己应担的责任，我不能偷懒，要利用忙假不多的时间，为家里多干些活，为父母分忧（那时候，每年秋、夏两季，学生都放忙假帮家里干活）。直到地里确实无柴可搂了，才和几小伙伴疲惫地回家去。

刚进门，母亲就高兴地说："中午吃饺子。"我喜出望外。那时候，一年吃不了几顿饺子，吃饺子简直是一种奢望。喝了两碗凉水，擦了两

129

把汗，坐在房檐下，气还没喘匀，母亲就端来了一大碗酸汤饺子。顾不上刚出锅饺子的烫嘴，顾不得碗里调料的轻重（仅调些辣、盐、醋），风卷残云一扫而光。这是母亲把萝卜切成生丁，再放些大葱、香菜、食盐做成的萝卜馅饺子，那时候，一个人一年分不到二斤食油，饺子馅中肯定没有多少油水，但是我吃到的却是世界上最香的饺子。

往事如烟，几十年了，多少事在心中都没了记忆，而这顿饺子的味道却永远留在了我的心中。

改革开放以后，生活有了质的变化，饺子已成了人们生活中的家常便饭。我每次去岳母家，岳母都张罗着给我包饺子，她知道我不吃荤，热心地问我吃啥素馅的，我都会毫不犹豫地回答：萝卜馅的。开始的时候，岳母把萝卜煮熟切碎，炒几个鸡蛋拌馅，后来熟悉了，我让老人学我妈的样子，把萝卜切成生丁，去水后不要放鸡蛋，仅放些大葱生姜香菜之类提味的鲜菜即可，可老人不愿意，说吃这样的饺子没味道没营养，还是添加了很多辅料。岳母精心做出来的饺子，怎么也吃不出母亲原来的味道，后来，妻按我的要求也做了多次，也没吃出原来的味道，最后干脆自己动手，也没做出母亲那个味道。

我琢磨了好长时间，后来才明白过来个道理：饱了吃蜜蜜不甜，饥了吃糠赛过蜜。在那个困难的年代里，在物资匮乏的条件下，能填饱肚子都不错了，吃饺子成了每年正月初一的迎春饭，平时哪有这福分？偶尔能吃顿饺子，就像进了天堂，当然念念不忘。

岁月匆匆，人生苦短，转眼几十年过去了，母亲早已作古，母亲做的那顿饺子的味道，却永远留在了我的心中。

吃搅团

回到临潼才知道，美丽星期五要去新加坡了。

"这次去准备待多长时间？""至少两年。"美丽说。

十年前，美丽的女儿大学毕业后，嫁到了新加坡，三十多岁的人了，总算怀上了孩子，10月份分娩，婆婆身体不好，无人照顾，任务只能落到母亲美丽的身上。

美丽是妻的徒弟，也是妻的好朋友，我们两家关系一直不错。不管我们何时回到临潼，只要美丽知道了，总是热情地招呼我们到她家吃饭，或把可口的饭菜送到家中。

美丽心地善良，为人实在，美丽要出国，一走又是两年，一定要设宴饯行。

妻问到外面吃饭，还是在家里吃饭？我不假思索地回答："外面有啥吃的？在家里打搅团。"妻愣了片刻，忽然拍手叫好："美丽和他老公，都爱吃搅团，到了新加坡，就吃不上了。""是的，华人饭店，到处都有，花再多的钱，也买不来搅团。"我兴奋地说。

美丽是个巧妇，几十年来，一般的饭菜都会做，唯独不会打搅团，可又特爱吃搅团，在临潼住的时候，每过一段时间，我们就聚在一起吃顿搅团。自从2013年搬到西安给女儿看娃后，就很少回临潼了。

"叫上尤哥和嫂子，她们也爱吃搅团，人多热闹。"妻子建议。我赶忙拿起手机。

打搅团是我的绝活，尤其高压锅打搅团。

苞谷面是没有的，只好用麦面代替。

舀了半盆麦面，放了两小勺碱面，用凉水和成糊糊。筷子不停地搅拌。千万不能有疙瘩。

高压锅去掉安全阀，添上适当比例的水，放在煤气灶上。

"今天是送行宴，搅团一定要打好，让美丽吃了忘不掉。"我一边工作，一边思考。

几十年来，爱吃搅团的我，为了学会打搅团，付出了不少代价，例如，几个铝锅都被我戳破或烧坏了锅底，苞谷面也没少糟蹋。后来，经过仔细分析，才知道打搅团的锅底不能太薄，薄了传热快，锅底容易糊，可哪里能找到厚锅底呢？铁锅不好找，最后发现高压锅锅底较厚，导热均匀，用筷子或擀杖搅拌，也不怕戳破。压力大怎么办？去掉高压阀。

"搅团要好，七十二搅。"为什么要费这么大的力气？不就是为了搅拌均匀。如果先在盆中和好面糊，不就和在锅里边撒干面，边吃力搅拌一样么？

搅团怎么做吃着才筋道？面糊中多放点碱面，熟了才有韧劲。

按着我的秘籍，把和好的面糊，拌到滚沸的锅里，再用筷子搅匀，盖上锅盖，微火慢烧，要有耐心，待安全阀冒出股股热气后，就基本上熟了。

第一阶段的活干完了，妻六个凉菜也做好了，下来做水水的任务，自然由我来完成。

水水的好坏，决定着搅团的味道。

菜要新鲜，吃着才有味道。葱、芹菜、红萝卜、西红柿、韭菜、香菜等，都是做水水上好的食材。

洗好菜，切碎，炒菜调料放重。把炒熟的菜，倒在盆中的开水中。盐醋酱味精适中，再在水水中撒点香菜，倒点香油。用小勺搅搅，红白分明，香气四溢。

十二点准时开饭。

几年来很少打搅团了，手艺还没生疏，稀稠合适，搅团舀到碗里，光滑细腻，感觉筋道。

搅团上来了，大家没了吃菜的兴趣，都争着给碗里浇水水，放辣椒，不待搅团凉下来，就响起了一片吸溜声，本来还想说几句饯别的话，没时间了。

美丽吃了两口，高兴地说："水水真香，柔和味绵，不酸不咸，我就爱吃这个味道。"妻指着我笑着说："这是他专门为你做的。"美丽的老公刚吃了两口，顾不得擦嘴唇上的红辣椒，就抢着说："筋道，味浓，真香。"很少表扬我的妻子，也以裁判的身份赞道："总算干了个人活。"难道以前就没干过人活？心里想着，不敢说出口。

"吃菜，吃菜，等会再吃搅团。"我有意岔开话题。"谁叫你弄菜来？有搅团谁还吃菜？""谁弄的菜谁吃。"大家七嘴八舌，一句话，搅团比菜香。一碗吃完了，美丽搅着碗里的水水，不断地夸奖："确实筋道，你看，搅团吃完了，水水还是清的。"说完，又端起第二碗。汗水津津的尤哥，干脆脱掉上衣，赤膊上阵。美丽的老公头上腾腾地冒着气，一再喊叫："热死了，热死了，风扇怎么转得这样慢？"

不一会儿，桌上摆满了空碗。美丽说她吃了三碗，尤哥说他破例吃了三碗，美丽老公说他肚子撑得受不了，还一边打着饱嗝，一边摸着肚皮，嘴里嘟囔："真过瘾。"

133

坐在一旁的我，看着摆满空碗的桌子，心中别提多高兴了。

"美丽要走了，没啥招待，粗茶淡饭，留个纪念。"我诚恳地说。"搅团是咱关中地区著名的小吃，吃了这顿搅团，我不管走到哪里，都忘不了自己是老陕。"美丽红着眼睛，激动地说，她老公也接过话茬，不无伤感地说："到了新加坡，即使花再多的钱，也买不来一碗搅团。""大鱼大肉吃腻了，偶尔吃顿搅团，感觉新鲜爽口。"尤哥擦了一把嘴，继续说，"你打搅团，在单位里有了名气，吃你的搅团，有种特殊味道。"我遗憾地说："可惜没有苞谷面，只能用麦面代替，没有浆水，只能用醋水代替，等十月份新苞谷下来了，想办法搞点苞谷面，再问农村的妹子要点浆水，咱们再相聚。"美丽看着大家，情绪低落地说："可惜我们吃不上了。""走了又不是不回来了，不就是一两年么，以后有的是机会。"妻子话音刚落，就听到美丽抽抽搭搭起来。

"后天就要走了，两年以后，才能见面，真舍不得大家。"美丽抹着眼泪。我心里也酸酸的，一时不知道说什么好。一切劝慰的话都是多余的。好出门不如瞎在家，这是祖先们留下的老话。

还是尤哥会说话："新加坡离西安也不远，想回来，几个小时就到了，不能回来了，视频也能见面。""搅团代表了关中特色，搅团代表乡音乡情，今天用搅团给你们送行，以后不管走到天涯海角，都不要忘记大家。"嫂子说话直来直去。

"嫂子说得对，寂寞了，想家了，会和大家视频聊天。"美丽脸上露出了笑容。

美丽的老公，半晌没吭声，忽然开口说："实在想吃搅团了，我和美丽就学着做，做不好，还做不瞎咧。"

"对，路是人走出来的，做几回就会了。"鼓励完美丽老公，我便把自己做搅团的"葵花宝典"写在纸上，交给了美丽。

女儿给我发工资

吃完晚饭，又是洗窗帘，又是拖地，忙得是四脚朝天。忽然女儿来到身边，一声爸没叫，就给口袋塞了一卷东西，并小声说道，规矩不能变。愣了片刻，方明白是怎么回事。今天是 20 日，女儿发工资的日子，也是女儿给我们发工资的日子。

自从女儿有了小孩后，孩子一直由妻管着。当初请妻看娃，女儿就对她母亲说，从今起，咱立个规矩，看娃每月发工资。接着进一步解释说：看娃辛苦，无以报答，只能用微薄的工资略表心意，一是对你们劳动付出的回报，二是对你们劳动的尊敬，三是孝心的体现，四是权当给你们发买菜钱和给小孩买小食品的零花钱。想想也是，妻就默许了。尽管我们都有退休工资，吃饭买菜根本不用她们的钱。

就这样，四五年过去了，随着孩子上了幼儿园，女儿买了车，压力也越来越大，我们就多次提议，让女儿停发工资。女儿不同意，说本来当初定的工资就不高，你们还逼着我砍了一半，就这点工资，再不能坚持发，就有些说不过去了。女儿还强调了一堆理由：压力大是好事，它

135

会逼着我们动脑子想办法,去打拼、去挣钱。

2015年以后,随着女儿工资的调整,我们的工资也涨到了一千元,不过,每次发工资的时候,女儿总会偷偷地问我:爸你私房钱花完了么?花完了再给你点。女儿的话,让我非常受用,不过,我总是挺起腰杆,硬朗地说:工资卡在爸手里呢。

5月底,孩子身体不适,妻建议,干脆连暑假、报班都省了,即六、七、八仨月,孩子不去幼儿园,在家学习。女儿高兴,于是想着母亲辛苦,提出每月增加五百元工资。

虽是一家人,经济上是独立的,尤其女儿成家后,更是明显。女儿的钱是女儿的,我们的钱是我们的,有时女儿经济紧张,倒不开手,就向我们借钱,事后不久,如数归还,就连寄包裹,交话费之类,也不欠账。人常说:关系要得好,亲兄弟明算账。女儿说:要得平安,母女俩,常算账。

这里需说明一点,不是每月发了工资后,女儿什么都不管了,平时,家里所有大的开支,如每月的物业管理费,水电费,孩子的托费,日常家里的米面油以及增添的固定资产和物件,包括妻和我的衣物等,都是女儿女婿承担。

孩子的这些观念,都是从小养成的,尤其女儿走向社会以后,我们要求更严:从现在开始,走自己的路,独立生活,不能靠父母,若再问父母要钱,只能说明你无能,是耻辱的表现。一个连自己都养活不起的人,没人能瞧得起。有人说,一家人这样算账,是否薄情寡义?家庭是讲亲情的地方,同时也是讲规矩的地方。无规矩不成方圆。有些规矩,是不能破坏的,破坏了规矩,虽说以爱的初衷出发,最后会害了孩子。还有人说,和娃斤斤计较有什么意思?死了都是娃的。这话没错,人生后浪推前浪,前浪死在沙滩上,从长远利益来看,现在不和孩子斤斤计较,以后孩子就会和你斤斤计较。父母健康的时候,尚能照顾孩子,若父母身体不行了或者去世了，孩子不良习惯养成了，又身无一技，吃不得苦，受不了罪，如何生存？人无远虑，必有近忧。年轻吃苦不算苦，老了吃苦才算苦。

家族和家族的竞争，不仅仅是财富的竞争，更重要的是思想观念的竞争。世上大多数人，生前都在为孩子们积攒财富，以房子车子票子多而荣耀。其实，真正要使家族兴旺发达，不是留给孩子多少物质财富，而是看留下多少精神财富，否则，财富再多，富不过三代的魔咒，很快会在后代身上重演。

去年刚过完春节，我正在卫生间里洗漱，女儿进来，给梳妆台上放了一沓钱，说是这个月的生活费（工资）。我连忙说，才过完年，身上还有几千块钱，这个月就算了。女儿一本正经地说：规矩不能坏，这个月你不要，下个月可能就不想给了，下下个月，可能就忘了。想想也对，不少孩子的毛病，都是父母心太软惹的祸。

9月1日，外孙女上了中班，一日，女儿下班早去接孩子，老师当着女儿的面，表扬孩子聪明懂事，学得东西多，识得字多，女儿回家得意洋洋。我说孩子优秀，功劳多半应归功于你妈。女儿女婿上班，起早贪黑，很少有时间陪孩子，孩子大部分时间都和姥姥在一起，姥姥管吃管穿，管学习。女儿点头称是，笑着对我说：社会主义的分配原则是"按劳取酬"，看来，还得给我妈加工资。我知趣地说：以后工资给你妈吧。妻笑容满面地说：看娃不只是光管娃的吃喝拉撒，更重要的是，还肩负着培养孩子品德形成和对书本知识的兴趣，我只是尽了我该尽的义务。听起来怪怪的，好像开党员学习会。妻子看我了一眼，接着说：工资还是给你爸吧，买菜做饭，都是他的事。

女儿的脸上飞满了彩霞。我给女儿扮了个鬼脸，心里说：本来我就爱钱，多多益善，来者不拒。

读《长安话》（中集）有感

放下手里的活路，加班加点，看了几天，终于看完了刘君瑞老师的《长安话》（中集），才深深地松了一口气。

老师用他的心血和汗水，完成了这部皇皇巨著，实令我敬佩。

《长安话》（中集）分长安俗语部分，长安话，长安地名，长安区各村名，普通话和长安话的发音区别，长安常用的歇后语，农村杂字，长安农村的那些事，关中（长安）一百怪等十二大类。尤其长安话、普通话和长安话的发音区别、长安常用的歇后语、关中（长安）一百怪等，看得我心情激动，久久不能平静。这是我多年来，很少听到或看到的、地道的、熟悉的长安话语。长安地名、长安区各村名等，使我们在了解长安人文地理的同时，亦熟悉了长安的村村寨寨。

长安是我的家乡，我的祖辈在这里，我的父辈在这里，我的根在这里，我是吸着这里的空气、喝着这里的水长大的，我和这里有着千丝万缕的联系。所以，我读着读着，眼中就不由自主地溢满了泪水。

想起和刘老师相识，是在刘老师《长安话》（上集）的研讨会上。刘老师告诉我，他正在写《长安话》（中集），当时不以为然：能出这本书就够费神劳力的了，还出续集？没想到不到一年时间，老师的话变成了现实。

老师是个非常勤奋的人，多年如一日，每天坚持写几十句或上百句长安话。往往为了一句话，一个词，一个字，反复琢磨、多方推敲，尽量做到发音准确，语句完整，表达恰当。老师为了完成这部著作，走农村、访城镇，听大人小孩们聊天，和老人们拉家常，甚至在市场、商店闲逛时，都手不离笔，笔不离纸，随时把看到的、听到的、感悟到的，写在纸片上，回家整理。

为写好长安地名，老师翻遍了长安县志和有关资料，逐一核对，尤其对那些雷同的地名村名，经过细心分析、鉴别后，再骑自行车跑几十里或近百里路实际考察，走访长辈，了解清楚后，方能放心。刘老师说：吃点苦无所谓，如果粗枝大叶，出现谬误，必将贻误子孙。有时，老师为了找张人文地理照片，一天数次往返于该地和复印部之间进行校对。

为了写普通话和长安话的发音区别，老师先把长安话的发音记录下来，然后再翻看《新华字典》，找出相应普通话的发音加以对照，并找有关方面的老师学者请教，力争做到准确无误。一本《新华字典》，被老师翻看得破旧不堪。

为了写好这部书，刘老师看了几十部有关长安人文地理方面的书籍，仅笔记就做了几十本。这部书籍，都是老师利用晚上休息时间整理出来的，老师经常从七点开始，一屁股就坐到十二点，尤其在此书将近完稿的最后一个月里，凌晨两点前，老师没睡过囫囵觉，有时写着写着，兴奋不已，一干就是通宵，常常刚睡下，忽然想起了一句话或一个字来，又翻身起床补上。

老师不会电脑，全部文稿都是靠手写心记完成的。初稿完了，老师又一遍一遍地跑打印部，给老板说好话，打印数十套，散发给朋友，让朋友帮忙修改后，再打印数十套再修改，如此反复，至少八至十遍，方能定稿。

每年，老师花费在出书上的钱财都在五万元以上。老师书籍每次出版都在千册以上，送给朋友，分文不取，朋友们过意不去，多次给他书钱，都被他一一婉拒。

老师做此事，实在是吃力不讨好。老伴孩子，怕他身体吃不消，多次劝他不要再写了，他不为所动，他常说：我一不抽烟，二不喝酒，一生没有其它爱好，只有一个目的，就是在我有生之年，写几部有关长安的书籍，承传长安文化，给子孙后代做点力所能及的事情。

我理解老师的心情，老师是长安人，生于斯长于斯，从小受这片土地上文化的熏陶，骨子里都浸透着长安人的睿智和幽默，长安人的血脉早已融入了他的灵魂。

在时代大变革和普及普通话的今天，长安土地上的部分村庄也在不断地搬迁，大量的人口在不断地流动，长安话在这片古老的土地上，也逐渐地退化或消失，老师这部心血之作——《长安话》，更显得弥足珍贵。或许过不了多少年，一些村庄，就会从长安地图上或人们的心中彻底消失，一些文化，就淡出了长安人的视野，后辈们再想了解过去的长安话、长安文化，就只能费尽心思地从有关资料中查找研究。从这一点上看，老师的《长安话》，是在保存长安的文化和血脉，所以它利在当代，功在千秋。

刘老师退而不休，多年来，笔耕不辍，从《长安婚礼实用手册》《长安红白喜事纪实》《婚丧礼仪》，到《长安话》上、中集等，弥补了人们日常生活中的空缺，亦拾遗补缺了一段长安文化，期盼老师的《长安话》下集早日出版，以飨读者。

作品评析会

2018年4月22日上午春光明媚，长安作协在长安区图书馆举行作品评析会，对王选信、刘平权、高美燕、苗小英、郭天部五位会员的作品进行评析。

桌上没有华丽的铺设，只有五位学员的纸质作品，长安作协主席张军峰、名誉主席王渊平、副主席王长红、秘书长张立、吕维等肃然而坐，全神贯注地阅读着稿件，只见他们一会儿摇摇头，一会儿点点头，一会儿蹙眉沉思，一会喜笑颜开。一支支笔在纸上写着画着，会场里安静得掉枚针都能听见。五位学员忐忑不安坐在那里，心里像揣着小鹿般地乱跳。

评析我的作品《搬迁》时，感觉前期发表反响还不错，我自认为会受到赞许，可张主席锐利的眼光，一下子就点出了问题，并毫不客气地指出来。张主席说"开头未直奔主题，绕了足足五六百字，才入主题，读者不知你想表达什么。"

我的原作是这样写的："听说建于隋朝杨坚时期，距今已有1400年历史的赤兰桥要搬迁了,立即给同学打电话询问情况。赤兰桥和杜回毗邻,赤兰桥都搬迁了,杜回还能长久么?"

张主席建议改成:"赤兰桥都搬迁了,毗邻的杜回村还能长久么?"

本来简单的一句话就能说明白,怎么绕了十里八里,才回到正题。我恍然大悟。

接着又指出我了第二个写作失误:"文字不精练,显得有些啰嗦。"

我脸一下子红了。想想以前写过的文字,每篇都存在同样的问题。不当面锣、对面鼓地指出来,自己是看不见的。

一棵树苗要长大,没有园丁的辛劳修剪,是很难长成的。一个好的作者,没有明师的指点,很难写出好的作品。

我是一个纯粹的野生野长的作者——没有理论,没有榜样,只凭感觉摸索写作。闯进文学领域纯属偶然。几年来,虽凭热情写了不少作品,回头看看,惨不忍睹。不少文章稚嫩、繁琐,病句、错别字处处皆是。原因就是半路出家,没受过正规训练,更无名师指点。

张主席睿智的眼光闪动着,拿着我的作品扬了扬,语重心长地说:"以前的文字,给人一种杂而乱,有过多东西要表达,但又抓不住要领的感觉。其次是写实的多,写虚的少。文章应虚实结合,才更精彩,就像一颗树,树干配上绿叶,看起来才完整。"

我点头称是。

是啊!我写作犯的第三个误区是:一篇文章,不管需要不需要,不管是否扣主题,总想把自己知道的东西容纳进去,写出来的文章,就显得赘肉太多,读着别扭。文章有文章的要求,文章有文章的"道",文章不是垃圾坑,什么东西都能填充进去。再说,写实的多,写意写景的少,文章像一个干瘦高挑的人,怎么看,都不丰满。好的文章,就是情景交融,有血有肉。

王渊平老师的点评,如醍醐灌顶:"散文的关键是形散神不散,要用文字的形，表达文章的神。坚持写真实的生活，坚持写身边的人和事，坚持用打动人心的细节突出文章的神。"

回想自己前两年，一味地追求作品的数量，认为写文章和做数学题一样，熟能生巧，写得多了，自然会掌握写作技巧，现在看来，未必正确。写作的同时，更重要的是要多读书，尤其多读名家的作品，正如张立老师指出的那样，多看名家的作品，从中吸取营养，丰富自己的知识，武装自己的头脑，寻找写作的技巧，掌握写作的方法，提高写作的水平。

是的，正像古人说的：读书破万卷能，下笔如有神。积累不够，如何写出好文章？

吕维老师与大家分享了九个写作技巧：在散文中，要言简意赅地叙述。比如《鸿门宴》诛杀告密者时用的一句话"沛公至军，立诛曹无伤"，把议论和叙事相结合。他又讲了散文语言的三大特点，写出的文章才会流畅；在叙事中以物喻人，以物作为媒介，充实虚空的感情；比如，今天的几篇文章，有写故乡的，有写母亲的，但共同的特点是写的是公共感情，不是写的个体感情，写的是大家共有的故乡，共有的母亲，在选材时，一定要挖掘独特的人和事，写出来才是自己的故乡。谈到如何写文章的结尾时，要提出问题，给人思考，使文章具有"凤头、豹尾、猪肚子"的特点。同时，又给写作者提出了写作状态的问题，希望大家在写作时放松自己，形成"微风所致，路随我行"的格局，开阔思维，拓展思路。

最后，吕维老师又给大家分享了他的两篇读书笔记。提出两大问题即：人的问题，乡村问题。

他说，在众多的写作中，很多人"目中无人"。其实文学就是人的生命学、心灵学、情感学、精神学、思想学，是活生生的人的文学。"文学即是人学"，要尊重人的自然天性，珍惜人间真情。文学不是服务于人的工具，也不是取悦于人的技巧，更不是促销人的手段。第二个问题是乡村问题，如果把一个村庄放大，就是当下之中国；如果把整个中国缩小，就是一个乡村。

在讲到取舍文字时，吕维老师讲到，他的一篇两千字的文章，最后压缩到了四百字左右。这句话在他的嘴里轻巧地说出，但对我触动很大。文不在于长而在于精。只有精炼的文字，才能看出作者的文采。回头再看自己的作品，大多数如写日记，文章显得苍白无力。

有时也想坐下来，整理整理自己的作品，可一直没有勇气。不是不想整理，而是心虚不敢整理。我一直有个心愿，就是期盼明师指点、辅导。这次作协提供了机会，总算如愿以偿，使我敢于当众揭作品中的伤疤，完善自己的作品。

去年下半年至今，越写越感到心虚，越写越不知怎么写，越写越感到茫然。以前一篇文字，一天两天就完成了，现在一篇文字三天五天完不成，甚至一篇文字拖拖拉拉半个月，即使勉强写完了，也不敢贸然发出。文章在平台上刊发了，不敢去阅读。怕文中出现病句、错别字，就连简单的标点符号都怕乱用。

"文学是人学，文字表达的是人文情怀。文字首先是给自己看的，只有写出了自己的心境，写出生活的真实，文章才有质量。自己都不满意的文字，何以打动他人？"王渊平老师的话又在耳边响起。

窗外下起了淅淅沥沥的小雨，润泽着复苏的春天。评析会恰似一场春雨，我是春雨中的一朵野花。在文学的道路上，没想过花香能飘多远，只希望能融入大自然，就算安妥了我的灵魂。

人生的偶遇，常能写出壮丽的诗篇。瞬间的火花，可点亮一盏不息的灯塔，长安作协就是这盏不息的灯塔，为初学写作的人引领方向。

道不远人

今年以来，妻身体垮得厉害，不是头疼脑热，就是浑身乏力。从五月份开始，腰也时有疼痛，开始以为扭了或闪了，过几天就自动恢复，谁知过了一月，不但没有好转，反而越来越重，没办法了，只好到医院拍片检查，不查不知道，一查吓一跳：腰椎间盘膨出。医生建议扎针按摩。在医院治疗了一段时间，也没有实质性的进展。后来，妹妹知道病情后，就再三推荐家乡一专治腰椎间盘的医生，并现身说法，说自己患了同样的病症，治了两次就痊愈了，至今生活正常。八月份孩子放假（七月份有课），妻回到老家，按图索骥，找到该大夫。第一次去，三捶两棒子就复了位，人一下子轻松了许多，妻大喜，心想，按照医生建议，再来一两次，就基本痊愈了。可惜妻回到妹妹家没半天，感觉又不对劲了，腰疼腿麻走路困难，第二天又去治疗，医生检查后，说又错位了。好在医生手法独特，稍微折腾几下，就听见了腰椎复位的响声，效果和前天一样，感觉良好。回到妹妹家，没多少长时间，感觉又不对劲了。如此反复了四次都复不了位。

外孙女是妻一手带大的,姥姥有了病,外孙女也像赶热闹似的,三天两头生病,不是今天感冒,就是明天咳嗽。感冒、咳嗽、拉肚子,还有帮助消食等方面的药物,摆满了桌子。

总不能整天和医院打交道,还是回临潼找王大夫吧。我提议,得到了妻的支持。

王大夫是我几十年的好朋友,妻二十多年的鸡鸣泻、岳母折腾了半年不得痊愈的眼疾、初中时,女儿的"鬼剃头"等,都是王大夫治好的。王大夫修炼至深,医术精湛,一年四季,多在外面云游讲课,恰好这几天回到了临潼。

星期一,送孩子上幼儿园后,和妻坐车回临潼。

诊所里坐满了人,不少病人早早地从西安、三原、高陵等地赶来排队。两个小时过去了,总算打发完了患者。王大夫给妻把脉。摸了右脉摸左脉,最后沉吟了半晌,才忧虑地说:"身体太虚弱,俩手的脉,几乎都摸不着。"

妻脸上布满了阴云。

王大夫问:"姐,是否今年以来,你身体一直感觉不好,困乏无力,腰椎颈椎时有疼痛?"妻点头,并把自己从五月份以来,腰椎间盘膨出、身体不适等病症以及到长安找人反复复位无效等,絮絮叨叨地说了一遍。王大夫又问:"是不是孩子晚上和你睡觉?"妻点头。王大夫说:"是不是孩子三天两头有病?尤其今年进医院的次数比往年多?"妻睁大了惊异的眼睛。

"姐,能不看娃就不要看娃,你身体都不好,娃身体能好么?"王大夫见妻不理解,就进一步解释:"身体不好的人,尽量少看娃。想帮儿女,想给儿女减轻负担,心情能理解,实际上好心不见得有好的结果。小孩三天两头地生病,不但父母花钱,孩子受罪,还折腾得全家不得安生。"

王大夫看了我一眼,继续解释:"高电位向低电位流动,高温度向低温度传播，这是物理常识。身体虚弱的人，吸收身体强壮人的能量。反过来，身体强壮的人，尽量不和身体虚弱的人待在一起。老人一般身体都虚弱，尽量少和孩子生活在一起，尤其晚上，不要陪孩子睡觉。晚上全身放松了，经络畅通了，汗毛孔开了，能量交流起来就更加顺畅，老人就容易吸收孩子的能量。这就是身体不好的老人管小孩，孩子容易得病的原因。"

这是一般家庭中经常出现的问题，道理很简单，但大家都忽视了。

老人们给孩子看娃，成了约定俗成的任务。岂不知，有些老人适合看娃，有些老人不适合看娃，不是说没知识，没责任心，没能力，而是身体不佳，容易传染给孩子。正像老年人和年轻人在一起，感觉心里年轻了许多，因为相互交流，相互感染，相互提高，相互受益。

正在思索之际，一个熟悉的声音在耳边响起："王大夫说得极是。中医院有个朋友，是搞针灸的，每天要扎几十个人，一月下来，人就支持不住了，总要休息一周十天左右，否则，身体受不了。"侧脸一看，师傅的儿子不知道什么时候站到了身后。"叔、姨，我来了好长时间了，没敢打扰你们看病。"

师傅的儿子，是我看着长大的，他从小喜欢习武，到过少林寺，到过陈家沟，投过高师，学了一身武艺，年轻的时候，在省市武术比赛中屡屡获奖。十年前，离职办了个武术学校，方圆几十里都有名声。英雄相惜，师傅的儿子和王大夫是好朋友。每过一段时间，俩人就聚在一起，交流修炼心得。"今天闲了，来看王大夫。"我知道他们说自己的话，外行的我待在旁边，只能傻愣愣地瞪着眼睛听天书。不要干扰他们，下午还要接娃呢。我拿上王大夫开的药方，和妻匆匆离开。

坐上307，心情久久不能平静：尽量少和病重的人长期待在一起，尽量少去医院危重病人区，尽量少去阴暗潮湿的地方（今年夏天，为了躲避炎热，在地下室支了一张桌子读书学习，感觉身体就不舒服）。只有自己身体强壮了，才能带出健康的孩子。不是王大夫今天提醒，我们还会在错误的路上继续行走，还会让女儿开着车，拉着孩子，三天两头地跑医院。

　　人们在大事面前，一般都很慎重，而在简单的常识面前，往往糊涂了。

　　常识是什么？常识就是规律，规律就是道。

　　道不远人。不遵守规律，只能被规律所惩罚。生活中的大多数人，都以满腔的热忱，做着违反道的事情。

洗衣服的革命

　　长长的楼道里，只有一间水房和一间隔开的男女厕所，水房里有一条长方形的水泥槽上面安装了五六个水龙头，全楼道的男女老少吃饭刷碗、洗衣服洗菜全在这里。这是单身楼，公共水房，公共厕所。好不容易休个礼拜天，水房里就围满了洗衣服的人。中午大部分时间都在水房里度过。一周穿脏的衣服、铺盖时间长了的床单被罩，统统都拿到水房里来洗。为了节省力气，先给大盆里接上半盆水，放入洗衣粉搅匀，衣服放到里面泡上半小时，等把污垢泡软了，然后蹲在地上用手在搓板上使劲地搓洗，搓得差不多了，再把衣服拿到水槽中冲掉泡沫，不放心的话，再翻看一些重要部位，看看污垢洗净了没，没洗干净，再抹上肥皂，在搓板上使劲地搓洗一番。等彻底洗净透净，再拧掉大部分水分，在楼外两树木间拉上绳子，搭上晾晒。夏天衣服薄而单好洗，冬天衣服厚而多，尤其棉袄之类，手搓起来就很困难。冬天手指伸进冰冷的凉水中，冻彻骨髓，浑身激灵，洗不了几下，手就红肿麻木了，只能咬牙坚持，再使劲地搓上一会儿，手上才能慢慢地恢复知觉。尤其遇到大雪天或消雪天的时候，窗外是呼啸的寒风，墙上、房檐上挂满了几尺长的冰溜子，水房里污水横流，地面滑湿，瑟瑟发抖的人们，稍不留意，还有仰面八叉的危险。往往一盆衣服洗下来，紫红色的手背上多出几道鲜红的裂口，手掌上的皮肉变得白嫩如纸，没了血色。结婚后有了小孩，小孩子尿布多，随时需要清洗。仅仅是尿布还好办，放点肥皂或洗衣粉，搓洗搓洗就行了，如尿布上有粘稠的臭屎，就难洗多了，必须放在水龙头下面，一边用水冲着臭屎，一边用刷子刷，等把大部分屎冲刷掉了，再抹上肥皂或洗衣粉洗涤。

这是20世纪80年代的生活。

到了20世纪90年代中期，工资涨了，生活有了些许的积蓄，就想改变洗衣服的条件。当年，西安北郊的红旗机械厂生产了一批单缸洗衣机，价钱不贵，洗衣服方便。想想这几年洗衣服消耗人了多少时间和精力，尤其和妻不在一个单位，俩人工作都很忙，回家做饭犹如打仗一般，等收拾完锅碗瓢盆后，也累得浑身没了力气，还要洗衣服，累上加累，于是就产生了购买现代化工具的欲望。恰好科里和红旗机械厂有点业务联系，就托科长找熟人花170元买了一台不锈钢单缸洗衣机。从没见过这现代化玩意儿，怎么看怎么稀奇，怎么看怎么顺眼，白亮亮的方桶，圆盘波轮是塑料的，开动起来，呼噜噜转动煞是带劲。方桶中放进水、洗衣粉和衣服，盖上乳白色的盖子，启动后不一会儿，一锅衣服就洗完了。洗衣机代替了人力，再不用人使劲地揉搓了。再多的衣服、被褥，用不了半天，就解决了。

还是小平先生说得好：科学技术是生产力。

可惜好景不长，洗衣机没用上两年，皮带断了，电机也出了毛病，想找厂家修理，反馈的消息说，此类洗衣机已被双缸洗衣机取代，早已不生产了。用过了机械，就懒得再回到手搓的过去。无奈之下，只得又掏了六百多元，买了台水仙牌双缸大容量洗衣机。功能质量都不错，不但放的衣物多，洗涤时声音小，振动小，还有定时控制装置，衣服不但洗得干净，还节约时间。更重要的是，洗完的衣服透净后，还能脱水甩干，衣服不管晾晒在家里或走廊里，再也不怕给地面上滴水了，实在又是一次劳动力大解放。阿弥陀佛，洗衣服的罪算是熬到头了。

这是 2000 年初的事。

2013 年从临潼搬到西安居住以后，女儿把她开始上班时买的一台小型单缸洗衣机拉回来让我们凑合着用，可羽绒服、被单被罩等较大的衣物洗不动，妻和我又回到了手搓的时代。享过福的人，再回去吃苦，就很难接受。洗的人生气，看的人心酸。最后母女俩一商量，干脆买台全自动洗衣机，彻底把我们从繁重的劳动中解放出来。

为此，女儿做足了功课，在网上浏览了好几天，把各种性能的洗衣机看了个遍。国庆节到了，商家打折搞促销搞活动。女儿在网上选了厂家和型号，和妻到商场预定了一台滚筒全自动洗衣机，回家给我炫耀，说这款洗衣机性能如何如何的了得，只要把衣服放进去，打开程序，洗衣机就自动把衣服洗净甩干，不用动手，非常省力。听得我迷迷糊糊，只是问价钱多少，女儿让我猜，我猜了半天也没猜准。科技变化一日千里，新东西层出不穷，谁能猜得准呢？女儿说是三千多元，我伸了伸舌头，没敢吭声。女儿掏钱，为我们服务，夸赞都来不及呢。

国庆收假后的第三天，师傅们把洗衣机送到了家里，麻麻利利地安装在阳台上，连接上水龙头，插上电源，按照说明书指导示范完毕，把所有的脏衣服找出来放进去，按程序操作：加洗衣粉，打开电源开关，选择所需的程序后把旋钮旋到速洗上，再启动程序。自动进水，自动洗涤，自动清洗，自动甩干，洗衣结束，自动关闭。打开圆形机门，里面全是干干净净的衣服。不愧是现代化设备，体积小，重量轻，外观漂亮，使用方便。

尤其做饭或干杂活的时候，把衣服放进洗衣机，打开程序，洗衣机会自动地完成程序，等忙活回来，打开机门，取出衣服晾晒到阳台上就行了。

有了这台洗衣机，家里出力的活路，至少省去了一多半。

经济的发展和科技的发达给人带来现代化的生活方式，不仅物质不断丰富，还节省了大量衣食住行所花费的时间，使人们有了更多的闲暇，来创造更加舒适便利的生存环境。

从手洗衣服到洗衣机洗衣服的变迁，不就是时代进步的见证么？

我给老人送寒衣

"十月一，送寒衣。"

刚进家门，正在打扫院子的妹子就笑着问："回来没拿纸？"知道妹子开玩笑，赶紧挺直腰杆，麻利地打开袋子，取出几身非常漂亮的"衣服"，在妹子跟前显夸：你看这衣领，你看这纽扣，你看这口袋，做得多好。妹子瞪圆了眼睛。"以后别哪壶不开提哪壶，犯了几次错，就叫你盯上了。"得理不饶人。妹子转怒为喜："哥我不是说你，同样的错误，你犯了几次？""三次。"我厚着脸皮回答。

也不怪妹子说话带刺，就拿前天来说，心灵手巧的妻子，费了一天的功夫，做了几身寒衣，坐307回临潼提前给岳母上坟。

车上人很多，根本没坐位，挤腾了半天，才挤到售票员的座椅旁，稍微松泛了，就将装满寒衣的袋子放到了售票员的脚下。

售票员是一位五十岁左右的中年汉子，态度和蔼，热情大方，一路上，和周围的乘客议论着重庆万州公交坠江事故，并打开手机视频，让我们看事发前车内真实的一幕。大家为车上乘客不幸惋惜的同时，亦对中年妇女纠缠厮打司机的恶行表示愤慨。不知不觉，车到了斜口。刚下车，妻就发现，放在售票员旁边的袋子落在了车上。望着绝尘而去的307，心里悒悒惶惶。我说丢了算了，在斜口买点寒衣不也一样么。妻说，这倒不是钱的问题，只是辛辛苦苦忙了一天，精心为老人做了几身衣服，就这样白白地丢了，心里难受。说的也是。想起妻给老人作衣服时的认真细心劲，以及做出的衣服与众不同，例如口袋衣领都是彩色纸的，扣眼和扣子是用黑笔蓝笔画的，上身口袋里，还煞有介事地装上一沓厚厚地"冥币"，于是说：寒衣肯定没人要，不如在斜口等着，307从兵马俑回来，看能否找到。妻说，如果售票员把东西放到了兵马俑调度室怎么办？有道理，不如坐后面的车去兵马俑找之。十分钟后，后面的车到达斜口，二话没说，我又上了307，问司机能否赶上前面的车，司机说，不等我们到兵马俑，前面的车就掉头回来了。我说了原委，司机让和后面的女售票员联系。说来也巧，前面车上的售票员和后面的售票员是师徒关系。徒弟立即给师傅打电话，让把东西放到调度室。

感谢司机！感谢售票员！

等坐了一个多小时车，从兵马俑转回斜口，在路边焦急等待的妻子才放下了心。

做什么事都不能大意，一时的疏忽，叫人莫名地折腾了一阵。我低头自责。妻说：有啥自责的，权当老人到兵马俑游玩了一圈。一句话，让一路的辛苦，全变成了心中的太阳。

晚上回到西安，刚吃罢饭，嘴长的妹子就从长安打来电话："姐，'十一'我哥回来，就不要让他买纸和寒衣了。"妻问为什么？妹子愤愤地说："多少年来，你让我哥买的纸和寒衣，没拿回来几回，还害得我到车站跑了多次。"瞒不住了，我只好如实交代：

前年"十一"前，为给老人上坟，妻让我专门骑车到八仙庵买了不少纸钱和寒衣，心想，老人过冬无忧了，有钱有衣，有吃有住，也算得到了心里安慰。谁知坐616回到家里，才发现装寒衣的袋子丢在了车上。好在终点站离家不远，妹子骑摩托去找，才从打扫卫生的员工手里，拿回了袋子。

去年"十一"回家，提前就叮咛自己，不敢把东西落在车上，回家再弄出笑话来。

从门口坐教育专线，再到体育场倒616。当气喘吁吁地走进家门，突然看见房檐下妹妹准备的纸钱和寒衣，觉得自己两手空空，似乎丢了什么。愣怔了几秒之后才醒悟：把寒衣又忘在了车上。没办法，只好硬着头皮给妹子说好话，让骑摩托车去车站。妹子转了一圈回来，一脸的无奈。知道找不到了，心里酸酸的，还没等我道歉，从不敢在我跟前多嘴的妹子，忍不住说道："哥，我问遍调度室的所有工作人员、司机和打扫卫生的员工，都说没见着。以后做啥事，再不敢这样毛糙了。"

脸一下子红到了脖子跟。粗枝大叶惯了，总是丢三拉四，回家前还再三叮咛自己，千万小心，老毛病还是犯了。

低头呆呆地坐在凳子上，思量了半天，也没想起在什么地方丢了寒衣，或许开始就丢在了教育专线上。头是蒙的。妹子继续嘟囔："多少年了，你回来拿过几次纸（钱）？"妹子善良，不是责备我吝惜钱财，而是批评我屡教不改。

像这些啼笑皆非的事，一生中不知道做了多少次。"十一"回家给老人送寒衣，只是其中一例。尽管是件不起眼的小事，可在这特殊的时间里，特殊的环境下，就显得如此窝囊。

十月一，送寒衣，是寄托今人对故人的怀念，是承载着生者对逝者的悲悯。不烧些纸钱，不送些御寒之物，感觉老人们无法过冬，心里就聚了疙瘩。

像这些意念作用的事，还是虔诚些为好。

第二天中午，我对妻说："你给'老革命（平常对岳母的称呼）'做的衣服，比街道上卖得要好得多，今天没事了，也给我家老人做几身衣服，十月一回去也好显摆显摆。"妻笑着说："没时间。"这是气话，言下之意：做得再好，保不住又丢在了车上。我只好陪着笑脸："如果你不做，我就叫我婆我姑妈我大我妈，晚上捏你鼻子。"妻噗呲笑了："明天中午，你把小桌子搬到阳台上，我给老人好好做几身衣服。"

"这才是王家的好媳妇。"说完，我用弯成勾的右手食指，在妻的鼻子上爱抚地刮了一下。

三次获奖

人都有闪光的时刻。

我第一次闪光，是恢复高考制度的 1977 年。

寒冬过去了，恢复高考的消息，像春风一样，席卷着祖国大地。折腾了十年，总算看到了春天的曙光。

把扔到土楼上，早已落满灰尘的课本找出来，夜以继日地复习。这是跳出"农门"的好机会，必须紧紧抓住。

考完试回来，等候在家里的初中班主任，听了我的汇报，笑着对母亲说：给娃准备被褥吧。后来，在县教育局工作的亲戚捎话来说，全县中专生中，我考了个第一。再后来，录取通知书下来后，我到教育局领上学路费。当主管老师看了录取通知书后，半天说了一句话：你就是×××？然后，到挂在北墙上的全国地图上看了半天，取出 20 元钱塞到我手里（慢车半票 5.4 元）。活了二十多岁，从来没拿过这么多钱。老师见我傻愣愣站在那里，亲切地说：给咱争气了，算是奖励吧。不知道是怎么走出教育局的，到了大街上，我才感觉脸上挂满了泪痕。

1978年11月，学校进行数学竞赛。这是"文革"结束后，学校举行的首次数学竞赛。校领导非常重视。此次竞赛，我取得了全校第一的好成绩。那个时候，"文革"余毒远远没有肃清，"物质刺激""金钱挂帅"等批了十年的东西，还像幽魂一样，惊悸着人们的心灵。学校隆重地召开了表彰大会，我站在主席台上，激动地接过校长递来的奖品：一本复印的《理论力学》和一本《材料力学》（"文革"后，教育界一片荒凉，连一些普通的教材都没有），尽管不值几个钱，但在当时的环境下，算是相当不错的奖励了。

　　参加工作后，我兢兢业业干了十几年，从技术员，到助理工程师，到工程师，再到设备科长，用汗水铺就了一条艰辛的路。

　　1996年是公司最困难的一年，设备科欠客户配件款二百多万元。公司产品积压，资金运转困难，根本无力还债。用户像催命似的每天打电话催款，其中很长一段时间内，早上十点前，我不敢在办公室里待。急着要配件的时候，好话能说几箩筐，该付钱的时候，却用各种理由忽悠客户。单位要讲诚信，躲是躲不过的。经过再三考虑，我给公司提出用产品抵债的办法。经公司同意后，我把各用户请到单位，诚恳地说了公司目前存在的困难，商量用单位生产的民用产品抵扣配件款，虽然用户吃点亏，受点麻烦，毕竟产品能卖出去，能盘活资金。都是多年的老关系了，见我的态度诚恳，大家纷纷表示理解支持。两个月后，沸沸扬扬的欠债风波平息了。

　　库房账务管理混乱，多少年来，没人弄清过具体的库存量。我安排专人，按照账本数量，对照实物，一一核查，对那些报废的、更新淘汰的配件以及过时的阀门、管件等，上报公司按废品处理，对那些账物不符的配件，以实物数量为准，重新登记。经过三个多月的繁忙劳作，终于查清了库存，并以此为基准，规定库管员每月5日前，上报库存量，并做配件消耗动态表，以便及时补充库存。

作为管理部门，必须有一套完善的管理制度，并严格执行，才能保证设备管理在良性轨道上运行，否则，出了设备事故，责任不清，互相扯皮，不是各打五十大板，就是不了了之；修复设备的速度远远赶不上设备损坏的速度；配件采购跟不上，常常给公司造成停车等待配件的尴尬局面。设备科成了救火队，一天到晚忙得团团转，公司不满意，车间有意见。为了尽快扭转这种被动局面，我参考《吉化设备管理规定》《化工系统设备管理细则》以及其他单位的设备管理经验，并结合公司的具体情况，制定完善了设备科、车间两级设备管理制度以及奖罚处理办法，并组织设备管理人员学习理解制度，监督落实制度。如设备管理不力，巡回检查不到位，操作不精心，检修质量不过关等，造成的设备事故，按照规定该处罚的处罚，该承担责任的承担责任。如此一来，设备的事故率大大降低，设备科也从过去的"救火队"逐步地回归到管理上来。

到了年底，设备科的面貌发生了很大变化，上报公司的年终总结中，除过罗列各项管理制度、库存量，还第一次将科员出差费用、电话费用、配件资金消耗量、设备事故率等明细列于其中。

1997年，公司评选劳动模范，我被评十大标兵之一，并代表获奖者上台讲话。这是我第三次获奖。获奖本是件高兴的事，可后面发生的事，却令人唏嘘。

表彰完标兵，紧接着升工资。当年升工资比例是5%，也就是说，僧多粥少，一百个人中，升工资只有五人。公司四百多人，按比例，有二三十人能升工资。我是十大标兵之一，应该没问题。可暗箱操作的结果是，十个标兵中，唯独我没升工资。心里不平，打电话到企管科，科长说他不知道，让问经理。奇怪了，企管科就是管工资的，怎么不知道，里面一定有猫腻。经理是我的同学，本不想问之，思虑了半天，还是硬着头皮打通了经理的电话，想不到的是，经理给了个干脆：不知道。没听错吧？这么大的事情，经理竟然不知？大白天说鬼话。

后来，朋友告诉我，本来升工资有我，经理为了照顾关系，硬把我一级工资拿下，给了自己的哥们。

自从参加工作以来，从没为调工资和领导多说一句话，唯独此次，心里别扭了好长时间。人善被人欺，马善被人骑。干事的往往是老实人，欺负的也是老实人。不会阿谀奉承，不会见风使舵。默默干活的人，总是吃亏。当需要干活或解决问题的时候，你就成了香饽饽，一旦失去利用价值，你连一个不学无术，什么都不会的"闲人"都不如。

这件事对我的刺激很大。虽说获奖了，我却乐不起来。

人一生中，都有获奖的机会，一般来说，获奖越多，成绩越大。我虽谈不上取得了多大成绩，但不遗憾，不悔恨，因为生活中，没昧良心做人做事，没碌碌无为虚度光阴。

退休了，也没闲着，干自己喜欢的事情，一天忙忙碌碌，感觉蛮充实的，我经常问自己，以后还有获奖的机会吗？

戒酒

我年轻的时候是不喝酒的，一是感觉喝酒烧心辣嘴，二是没钱也没机会喝酒。喝酒是从结婚后开始的。

妻子尚能喝酒，婚后常说男人不吸烟可以，不喝酒何以与人交往，鼓励我还是学着喝点酒好。想想也是，于是就慢慢地学着喝酒了。从开始喝着辣嘴，喝一口吸溜半天，到舌尖逐步地接受了酒精的味道，再到三两四两不醉，仅用了不到一年时间。

确实如妻所说，学会了喝酒，场面上的事也就能应付了，再不像以前那样，热气腾腾的酒桌上，一人尴尬地呆坐一边。酒是催话剂，酒壮熊人胆，久而久之，性情中的我，酒桌上也练就了兵来将挡水来土掩的功夫，甚至跃跃欲试，主动出击，猜拳行令，闯关夺隘，常喝得酩酊，辨不得东西，也出了不少洋相。一次喝醉酒回到家里想吐，妻把痰盂拿过来，躺在地上的我脸一挨上痰盂的喇叭口，竟忘记了心里难受，枕着痰盂呼呼大睡了。妻哭笑不得。还有一次，晚上喝醉酒，回来走到家门口，无力敲门，筋疲力尽的我，一屁股坐在地上，脱了衣服，赤条条地在门口睡着了，要不是隔壁同事发现，恐怕会出大事的。有时喝醉了酒，回家吐得到处都是，没少受妻的数落，身体三五天也恢复不了元气。我也常告诫自己少喝酒，可理智无法战胜感情，一上酒桌就忘记了自己姓啥为老几，为此也付出了沉重的代价。

那年秋天的一个星期天，在老家的镇上和同学喝酒。多年未见，自然高兴，自信身体素质较好，定能奉陪到底，喝个畅快淋漓，谁知同学贪杯，亦有些酒量，酒桌上自然张狂，心高气傲的我，也不是省油灯，哪能甘拜下风，打了一关又一关，一瓶完了再开一瓶，丰盛的饭菜早不知了味道，唯有推杯换盏，吆五喝六的叫喊声。俩人杠上了，从中午一直喝到晚上八点，一桌子客人走光了，最后只剩下稀里糊涂、红脖子胀脸的俩酒鬼和不善喝酒的外甥。

单位肯定回不去了，外甥雇来了车辆，送我们回村里休息。

怎么回去的，什么时候回去的没了丁点印象，只听外甥说，俩人喝到最后，忽忽悠悠都成了"神仙"，不管怎么劝，都不愿意离开酒桌，嘴里还不断地重复着再来一瓶也没事的豪言壮语。在回村的路上，舌头僵硬地我还说着含混不清的酒话。一进家门，嘴像开了闸似的，哇哇地呕吐不止。可怜的母亲哪见过这等阵势，吓得六神无主，在外甥的再三安慰下，才稳住了情绪。我还在不依不饶地搅缠着、呕吐着，吐完了饭菜吐清水，吐完了清水吐苦水，吐完了苦水干呕吐。除过五脏六腑没吐出来外，肚里的东西全吐出来了。地上炕上全是污物，酒精味和酸臭的味道弥漫了整个房间。我不知道母亲是如何打扫的，只知道肚子吐空了，肠胃开始痉挛，头也像开裂般地疼痛，浑身冒汗，呻吟不止。不知道过了多长时间，才在母亲忧心忡忡的叹息声中把呻吟变成了微微鼾声。

一觉醒来，还不到六点，窗外是昏暗的，头还照样裂疼。心里尚还清楚，必须走了，中午十点前一定要赶到单位，否则按旷工处理。一直守候在身旁的母亲，一夜都没合眼，见我要走，担心身体吃不消，劝我休息一天，我说单位管理很严，根本不批假的，十点前到单位，或许算不了半天假。母亲急忙打了两个荷包蛋，哪里还有食欲。母亲无奈，只好心疼的送摇摇晃晃地我走向了通往镇上的大路。

村子离镇上还有五里土路，晨曦中的秋天，已有了些许的寒意，微风一吹，疼痛的头似乎减轻了一些，不过心脏却急剧地跳动起来，"咚、咚、咚"的如敲鼓一般，浑身无力，摇摇晃晃。就这样，迈着艰难的步子我走到了镇上。我不知道自己是怎么坐上去西安的公交车的，只是一路上感到昏昏沉沉，心脏狂跳。在西安下车后又想呕吐，肚里没了东西，我只好抓着站牌的木桩大口大口地喘着粗气，焦急地等待着汽车的到来。

当坐上去临潼的长途汽车后，才长长地出了一口气。

汽车在坑洼不平的路上飞驰着，心脏在肚里翻江倒海般地折腾，六十里路好像六百里一样漫长，双手紧紧地抓住前排的椅背，心里不断地警告自己：不敢松手，松手就会倒下，倒下就回不了临潼了，就见不到妻子女儿了；既是死也要死在家里，不能给车主造麻烦，不能害了别人。

好不容易到了临潼，下车的一刹那，头一下子感觉不疼了，肚子也不难受了，心脏跳动也正常了。可能是一路颠簸使体内的酒精挥发了的缘故，一路上提着的心才放进了肚子：看来命丢不了了。

进了办公室的门，浑身稀软如泥，一屁股坐在椅子上，头像枯蔓上的瓜一样耷拉在胸前，就呼呼地睡过去了。好在单独一间办公室，又在楼层的一角。当同事发现的时候，已是下午四点钟了。同事见房间里有酒气，知道我喝醉了酒，问我中午在什么地方喝酒，和谁喝酒来？我含糊其辞，不知如何回答。他们哪里知道，我昨天在老家喝了一天酒，喝得七荤八素，喝得天昏地暗，喝得差一点送了性命。

当时年轻，不谙世事，也不懂什么是心脏病，更不懂得其危害，直到了第二年夏天单位体检时，才查出了心脏有毛病，才想起了那次喝酒后出现的症状。医生说我是严重的窦性心律，是室性早搏，如果发展下去，后果不堪设想，并说这是喝酒惹的祸，劝我以后不要再喝酒了。想想也对，命比酒重要，从此下决心戒酒。

　　二十多年过去了，再想想年轻时争强好胜的性格和鲁莽的举动，把一个原本气壮如牛的我竟喝出了心脏病，尽管经过多年的治疗，病况大有减轻，可现在稍不注意，心脏还时不时地来段"插曲"，成了难以甩掉的"包袱"。

　　酒本来是个好东西，适量的饮用可起到畅通血脉、散淤活血、祛风散寒、健脾暖胃的作用，可过量的饮用就适得其反，不但破坏了神经系统的正常功能，还会损害肝脏、心脏，导致心肌病变、脑病变、造血功能障碍、胰腺炎、胃炎和溃疡等。所以几十年来，我一直劝爱喝酒的亲朋好友不要喝酒或少喝酒，并用自己的事例予以证明。

　　酒喝多了误事，酒喝多了丧德，酒喝多了伤身。若真的伤了身体，什么理想，什么追求，什么房子、车子皆没了意义。

两次住院

怎么也没想到，端端的一条汉子，竟然被腰椎间盘膨出打趴下了。平时牛皮哄哄的我，躺在床上，龇牙咧嘴地呻吟。

"再不敢犟了，大梁出了问题，得赶快去医院。"看了一眼妻子，不情不愿地点头同意。

麻利的女儿，立即开车送我到离家最近的医院。这里的骨三科，是西北地区最早开展颈、椎间盘微创介入治疗的科室。

徐大夫检查后，让做核磁共振。犹豫不决，下午又找经验丰富的姜主任。儒雅的姜主任，风度翩翩，态度和蔼，问、闻、摸、看后，建议住院治疗。

十几年来，和医院没打过几次交道，没想到，元旦刚过，自信身体一直不错的我，忽然冒出个腰椎病来，并且右侧腰疼得直不起来，尤其12日参加长安作协会议回家，不知坐车姿势不对，还是走路拧了那根神经，等下了车，离小区不足二百米的距离，竟成了万里长征。腰疼得直不起来，每走一步，都要咬着牙齿，费好大劲。走两步，歇一会。等回到家里，身上没了丁点力气，想在床上趴一会儿，怎么也趴不下去。四肢撑在床上，试着慢慢地下落，神经不时地抽搐，气喘吁吁，头冒冷汗。好不容易贴住了床板，才像完成一项壮举，深深地松了一口气。

元月13日还答应回临潼参加"石榴花年会"。

2018年的状态不错，做了点事情，再接再厉，2019年更上一层楼，没想到半路杀出了个程咬金，腰椎间盘问候来了。是老天有意为之，还是身体自我调整？

人来到世上，在完成老天布置的任务中，还要经受老天的考验，正像唐僧西天取经，九九八十一难，少一难也无法取回真经。

椎间盘打得我没了还手之力。

再多的事，也得放下。听大夫的，老老实实地住院治疗。

记得1990年3月，由于繁重的工作和深深的忧虑，把气壮如牛的我撂翻了。右侧腰部，半夜从睡梦中疼醒。早上到县医院检查，医生说问题严重，建议立即住院治疗。透视，拍片，初步诊断是胸膜炎。吃药打针了一星期，也没有丝毫的变化。医生又说是胸腔积水。吃药打针了一个月，炎也没消退，积液也没吸收。医生又说，可能是胸膜间皮瘤，恶性的比例性大。全家像乱了营似的，岳母从农村赶来，半夜半夜睡不着觉，妻子抱着母亲，哭干了泪水。妻顶着巨大压力，每天跑上跑下（从单位到医院），见了我还要强装笑脸。那是一段几乎塌了天的日子。好在保密工作做得不错，愚昧无知的我，保持着良好的心态。

其实，我的命是被大哥拉回来的。

大哥在县烟酒公司上班，朋友多，人脉广，通过熟人，让我到四军大用当时最先进的CT检查，才得出了良性的结果。

还是大哥，见在县医院治疗效果不佳，五月初托人又把我转到电视塔东边的西安市结核病院。主治张大夫恰好是大哥的朋友，二十多天的精心治疗，积液吸收了一半。病回头了，岳母和妻子才松了一口气。

从初夏的五月，到暑期结束的八月，整整四个多月，病情有了根本性的好转。曙光就在前头，我信心满满地准备九月份出院。

出院前例行检查，无意中从拍片中发现"右侧中叶肺不张"。医生建议，等天稍凉点再做手术。当时糊涂，也没多考虑，医生说啥是啥，进了医院，修好为止。

临近手术的前两天，大夫又安排复查。肺不张缓解了，但右肺气门处却发现了异物，需做胃镜检查。

气门处出现了异物，一般都不是好的征兆。不祥的预感笼罩了我。

我怀着恐惧的心情，走进了胃镜检查室。

这是极为难受的一关。

我乖乖地站到墙边，后脑勺紧贴着墙壁，仰脸闭眼咬牙。医生用吸满麻药的粗针头刺进了我的喉结。一股几乎让人窒息的呛味从口中喷出，不知道是该咳嗽还是该吸气，搂着肚子，半天喘不过气来，眼泪顺着脸颊流淌。

胃镜检查更是可怕：头、手、脚、固定在不能左右摆动手术台上，口中塞一个宛如女人鞋跟状的"漏斗"，一根钢丝系着镜头和刀片慢慢的从"漏斗"下到病灶处，挖点肉出来化验。可能是麻药的作用，感觉不到多大的疼痛，只是咳嗽不能咳嗽，呕吐不能呕吐，胸膛只能一鼓一鼓地配合着喘气，"漏斗"被咬出了深深的牙印。

做完胃镜，人成了一滩稀泥。不知道怎么从医院回到临潼家里的，晚上睡在铺着席子的地上如烙烧饼一般，睁眼闭眼全是死亡的召唤。几天下来，人瘦了一圈。

化验结果出来了，没人敢取。还是大哥，一个人去了医院。一家人如坐针毡，惶惶地等着消息。

头顶上的乌云越来越密，一天的时间过得真慢。太阳总算回家睡觉了，大哥一本正经地进了家门。我心里咯噔了一下，头上汗珠子密密地滚落下来，妻和岳母，张开的嘴巴合不拢。大哥卖了个关子后朗声地笑了："看把你们吓的，没事没事。"说完递上了化验单。

我不相信自己的眼睛，反复看了几遍，妻子拿着化验单，哭成了泪人。

老天开了个玩笑，一家人虚惊一场！

这是我人生中最黑暗的一段时光。

以后的二十多年中，身体一直没啥大问题，就别说住院了。这次遇到了麻烦，非住院不可。

核磁共振、CT扫描、数字化摄影、心电图、抽血化验等一系列程序下来，才找到了问题之所在，主任、主治大夫制定了完美的方案：做两次微创手术：第一次行胸12-腰1及腰4-5椎间盘采取臭氧减压术，用臭氧的强氧化性萎缩、氧化盘内髓核组织，降低椎间盘内压力，第二次做行胸12-腰1及腰4-5椎间盘射频消融术及化学溶解术。通过射频的靶点消融，对突出物进行消融，再用胶原酶溶解突出的髓核，达到根除治疗的目的。

是手术都有危险。躺在床上的我胡思乱想：脊椎两边皆是神经，不管伤了哪根神经，都会导致严重的后果。如果站不起来，或者行动不便，怎么办？一会儿又想，骨科是医院里拿手的专业，姜主任、吴大夫、徐大夫等，医术精湛，声誉远播，再说，微创介入治疗是一种成熟的疗法手段，简单易行，不会有问题。杞人忧天，别操闲心了。

局部麻醉。趴在手术台上，一根穿刺针，按电脑屏幕提示，不断的地移动，在病灶处寻找最佳位置注入药物。倒没多少疼痛，只是针头移动时，偶尔碰到神经，瞬间如过电般地抽搐。

手术顺利，第一次做完后，就能下地走动。第二次做完手术，按医生的要求，只好乖乖地在床上躺了两天。

从进医院到出医院，恰好一周。医生说：回去不要劳累，局部肯定还有些不舒服，活动活动，慢慢地就恢复了。

人生沧桑。两次住院，两次命运。第一次住院，是求阎王爷高抬贵手，而这次住院，是像我的职业一样，到车间里检修设备。

人老了，正像设备老旧了一样，容易出现问题。要得健康，要得正常运转，除过科学的维护保养外，负荷不能太大才是最关键的。

我不病，谁能病我

新年没过去几天，腰就出现了问题。

下午睡觉起来，忽然右腰疼得直不起来。咬牙挣扎着挺直腰，没过半分钟，还是弯下了。

"飞来的横祸！一条汉子，就这样倒下了？"牛脾气上来了，咬牙活动活动身体，非让它恢复正常不可。折腾了几次，除过头上冒了不少汗外，腰还是没直起来。

出现这毛病，不是一次两次了。

记得最早的一次，是在十几年前。一天中午，在健身器材上锻炼身体，由于摆幅过大，可能把腰扭了，症状和现在一样，右腰疼的直不起来，好在认识文化路上按摩扎针的中医大夫小李，小李医术不错，按摩、扎针、拔罐三次就好了。此后近十年，未曾犯过。自从搬到西安居住后，不知岁数大了，还是劳累过度，时不时的右腰疼痛，尤其弯腰拖地后，半响直不起来。从右胳膊一下到臀部以上，右侧的一些神经，像触了电一般，一下一下子抽搐，脚尖沾地，右脚不敢踩实，时间到是不长，几分钟或者十分钟，也就过去了。

这次和以往不同，持续的时间较长，疼痛的程度比以前严重多了。

不信邪的我，这次还是不信邪："不就是个腰疼么？我就不信，收拾不了它。"根本就没放在心上。

走了一会儿，活动活动腰身，疼痛有些减轻，又在椅上坐了一会儿，起来似乎感觉正常了。

不过，还是和正常人不一样，时不时的抽搐几下。

妻说："大梁若出来问题，嘛哒就大了，赶快去医院检查。"

"去医院，医生不外乎说：椎间盘或坐骨神经出了问题，必须住院治疗。"

"需要住院治疗就得住院治疗。"妻子指着我，坚决地说。

不敢犟嘴了，第二天早上，乖乖地跟着妻子去了医院。

针灸大夫问了病情，二话没说，在我的合谷穴上，用拇指狠狠地掐了一会，问有什么感觉？说不上什么感觉，只是有点疼痛罢了。

大夫自信满满地说："椎间盘有问题，先扎一周针再说。"

医院里，医生说了算。

趴在手术台上，像一头待宰的猪。头上、脚上、背上，扎满了针，加之艾灸、电流脉动等，十八班武艺，全用上了。

热、搐、胀、麻、痛……

半小时候后，卸掉"装束"，又在背上拔了二十几分钟罐子。

穿好衣服，在地上活动活动身子，医生问感觉如何？没多大变化，只好说："明天早上继续。"

回家的路上，怎么也想不通，椎间盘会出问题。

是在电脑旁坐的久了，腰肌长时间处于高张力牵伸状态，受力大使肌肉组织出现了小纤维断裂，还是骑自行车腰伤了腰椎，或者体弱、产生了腰肌劳损？

不管怎么样，先扎扎针再说。

可第一次扎针，手段全都用上了，怎么就没反应呢？

是误诊，还是医院科室承包了，只要进了医院门，不管对症与否，先宰你三刀？

记得某年秋天，耳内化脓，长流不止，吓得我不知所措，急急忙忙赶到县医院挂五官科检查。医生看了说是中耳炎，需要吃药打针消炎，于是开了三天吊瓶和不少西药。当时，我就多了个心眼，没在医院取药，拿着处方，直接回单位医务所挂针。

三天过去了，病情没有丝毫的减轻，是不是针剂不够，再开三天吊瓶，肯定把病治了。

事与愿违，一周下来，白花了三百多块钱，病情依然没有好转。

怎么办？还得去医院。这次命好，碰上了一位老大夫，仔细检查后笑着说："不需要吃药打针，给你个偏方，去医院对门药店，买支红霉素眼药膏，回去涂抹在流脓处即可。以前八角钱一支，现在多钱我不清楚。"

一元五角钱买了一支红霉素眼药膏，回家涂了几次，果然痊愈。

妻子看出我的心思："胡想啥呢？这不是一次两次就能解决问题的，还是听医生的，先扎一段时间针再说。"妻子的话，打断了我的回忆。

只好诺诺，不过，心里还在转腾：

通则不痛，痛则不通。肯定是右侧经络出了问题。中医治病，讲究的是配合。少在电脑上写东西，多休息，要适当地锻炼。

第三天早上，妻陪我扎完针，去了兴庆公园。

自己先给自己治疗。

路线一成不变：从西门进去，向东南方向绕到南门，再由南门向北，右拐过桥到沉香亭，穿过松树下两个大型合唱团，再从沉香亭东边过桥向北，走到东门北边的"长乐之声"艺术团。

171

这是逛兴庆公园，待的时间最长的地方。

喜欢唱歌，不会开口，喜欢跳舞，不会迈腿。就喜欢在此看吴老师的指挥，听大家唱歌，这里也是我最佳的练功场合。

雾霾还没有散尽，太阳挂在天上，无精打采地放着黄光。吴老师用她那优美的形体动作，诠释着音乐的魅力，无数双眼睛配合着无数张嘴。优美的歌声在天空中飞扬。

吸进新鲜空气，呼出体内浊气。

呼——吸——呼——吸——

通！通！通！

呼——吸——呼——吸——

通！通！通！

半小时后，似乎换了个人：没了异样的感觉，走路轻轻松松。

"走吧，到北门看看。"妻催促。

我像木偶一般，傻傻地跟在妻子的后面。

妻说得对，椎间盘出了问题，不是一次两次就能治好的，必须治疗一段时间。

身体是架精密的仪器，自有它的运转规律。毛病出来了，不要急于采取措施，更不能盲目找医生修理，首先要弄清前因后果，发挥身体的自愈功能，然后对症下药，方能事半功倍。

大家普遍认为，只要稍感身体不适，就吃药，就去医院找大夫。医院为了挣钱，医生为了追求经济效益，不管三七二十一，先用诸多仪器过一遍，等钱花得差不多了，才下手治疗，开上一堆说不清能不能治好病的药。这样一折腾，全搞乱了身体机能，也消除或减弱了身体的自愈功能。

人吃五谷得百病，得病是人正常的生理反应。得病不可怕，可怕的是病来了手忙脚乱，不知所措，盲目去医院，盲目去检查，盲目吃药打针。

当然，若是椎间盘出了问题，按摩扎针肯定是有好处的，不过，要得早日痊愈，还是要发挥自己的潜能，配合医生治疗。

每个人都是自己的医生，因为我们体内，有一个任何药物都无法替代的制药厂，它能生产出多种免疫因子和有利激素。

人本不该得病，病都是自找的。

记得作家柯云路在《走出心灵的地狱》中说了一句著名的话："我不病，谁能病我？"

天堂湾捡垃圾

旅游的第四天,安排去天堂湾游玩。

天堂湾位于芽庄市区以北约六十公里外的小海湾,这里号称是芽庄最漂亮的沙滩。沙滩细白柔软、平缓,海水清澈,碧海蓝天,空气清新,游客稀少,椰风海韵,是非常美的原生态海滩之一。

吃罢早饭,坐上大巴,经过一个多小时的行程,我们来到了天堂湾沙滩。海岸上有两排简易的平房,和几座木架搭建的具有越南特色的大餐厅。各种花草树木,在海风的吹拂下,飒飒作响。按各个旅游团来的先后顺序,导游给我们划分了休闲观海区域。

这是一处长达数公里的海岸线,沙滩最宽处,将近百米。柔软的沙滩洁白如玉,只是岸上和沙滩上,到处是不堪忍受的垃圾。海水也不像宣传的那样清澈,而是污染严重,浑浊不清,根本不是宣传的清澈蔚蓝的颜色。

同学和我搬来塑料椅子,坐在离沙滩最近的海岸上,观看潮起潮落。

茫茫的大海,似乎没有尽头。远处也看不出什么大的波浪,只是近海的地方，才有一排排墙似的白浪，前仆后继地扑向沙滩。哗哗的海水，来了退了，退了来了。

　　到处都是中国游客，有的穿着短裤在沙滩上漫步，有的拍照留念，更多的游客躺在柔软的沙滩上，看着天上昏黄的太阳和棉絮一样的白云，享受着旅游的快乐。远处有几个不怕死的男女，在海中五六十米远的地方，嬉戏玩耍。随着一波波海浪的压过，她们在浪尖上跳跃。我提心吊胆地在心里呼唤：赶紧出来吧，别叫大浪卷走。大海喜怒无常，别为了一时的开心玩耍，被大海吞噬在异国他乡，便宜了这里的鱼鳖海怪。担心是多余的。没有金刚钻，就不敢揽这瓷器活，没有几下子，也不敢在大海中弄潮。她们可能都是些从小在水边长大的孩子。她们嬉笑玩耍的声音，随着海浪的波动，在空中飞扬。

　　海风轻轻地吹拂着，空气中充满了腥咸的味道。一道海浪扑来，浑黄的海水把一团团垃圾推到了沙滩，海水退了，垃圾又随着退潮的海水回到了海里，一会儿，更大的浪花又把垃圾推了上来，海水退了，沉重的垃圾躺在沙滩上，无奈地等待新的浪潮。不一会儿，沙滩上就堆积了不少原在海水中漂浮的垃圾，有一米多长的椰子树，有蜷曲的渔网，有腐朽的木板和叫不上名字的杂物。

　　手里拿着木杆、身穿着制服的工作人员，在沙滩中来回巡逻。我期盼他们能随手捡起垃圾扔到岸边。这里毕竟是美丽的景区，垃圾会破坏生态环境。可是，工作人员从垃圾旁边一遍遍地走过，却熟视无睹。

　　我失望了。我和同学对视了一眼，知道他和我心里一样不是滋味。同学包容地说，恐怕这些工作人员，只负责维护治安，清理垃圾有专人负责。

　　漂亮的沙滩上，到处堆着令人讨厌的垃圾，和环境极不和谐。举手之劳，怎么就没人清理呢。越南人不清理，咱中国人帮忙清理。

　　妻和嫂子，到沙滩另一头散步去了。同学和我来到沙滩，先把一根碗口粗、一米多长的椰子树杆，吃力地拉到岸边，又把一堆网状的杂物，咬牙也拉了出来，然后又踩着海水，把漂浮过来的一些较大的杂物，拾到岸边。举手之劳，一会儿就清理完了。远处还有不少垃圾，不属于我们的区域，不好意思再去清理。把自己门前的雪，打扫干净就行了。

同学笑着说："没想到在越南清理垃圾来了。""环境保护，人人有责。"我把官方宣传了几十年的口号喊给越南人听。

海风中，微弱的声音，打着旋儿飘向大海。

清理完了垃圾，心中轻松了许多。同学喘着粗气，找水龙头洗手去了，我擦着满头的汗水，拿起身边的矿泉水，像饮牛一样，咣咣地往嘴里倒。

其实，我们的行动，就是想叫天堂湾的工作人员看见，提高环境保护意识，明白为了发展经济，破坏环境是得不偿失的。遗憾的是，我们的行动，并没有引起对方的注意，或者说，他们根本不屑一顾。当初，我们为了发展经济，也是忽视了环境保护，致使今日要用十倍百倍的努力去补偿。前车之鉴，千万别再走我们的老路。

心中隐隐地升起了一丝悲哀。

天堂湾的天是蓝的，海水却是浑浊的，天堂湾的环境是美丽的，可惜疏于管理，不懂环境保护，或许有朝一日，这个天然美丽的小海湾，将会变成脏乱差的垃圾场。

望着天上悠悠而过的白云，望着南太平洋中所谓的"天堂湾"，来时的兴奋减去了大半。

如果这在中国的大连、秦皇岛、珠海、三亚等旅游胜地，恐怕是另一番景象。

同学拍拍我的肩膀，关切地说：走吧，别再杞人忧天了。

告别了天堂湾，坐上回宾馆的大巴，心情久久不能平静。

作为游客，竟然在天堂湾捡了一回垃圾。不知道说什么好，如果放在国内，这根本不足为奇，可这毕竟是在开始改革开放的越南。

后来，我终于想通了。

20世纪80年代的中国，也和现在的越南一样，文明的春风跟不上时代前进的步伐，做了多少让人尴尬无奈的昏事。时代的进步，一切都会好的。

中国走过的路，越南正在重复。

我的三枪自行车

住在伞塔路的外甥晚上来聊天，问我有驾驶执照，怎么不敢开车？还没等我开口，妻在旁边说我连自行车都骑不好，怎么还敢开车？并举了我曾骑自行车闹出了几个笑话为证。我无言以对。外甥说，骑自行车出事是正常的，说他爸在县城和朋友喝醉酒了，晚上回农村的老家，路过邻村正在浇地的水渠时，稀里糊涂绊了一跤，连人带车倒在了水渠里，自行车的一只脚踏板都丢了，不知怎么骑回家的。到家后，坐在院里用手还在四下里摸索，嘴里不停地念叨：就在这里，就在这里。把院子当成水渠了，成了人们茶余饭后的笑料。又说自己一次骑车下坡，看见前面有人横穿马路，来了个急刹闸，身子一下子从车头前摔了过去，来了个嘴啃地，鼻子破了，脸破了，大门牙也松动了，嘴唇胀得像开口的包子。大笑之后，我又想起家里那辆三枪牌自行车的故事来。

20世纪八九十年代的时候，人们的交通工具，还是和六七十年代一样，以自行车为主。80年代初我结婚的时候，母亲省吃俭用给了我二百元钱，让在临潼糖业烟酒公司上班的大哥走后门买了一辆"飞鸽牌"自行车作为贺礼。一骑就是七八年，90年代初，工资升了，生活水平有了改善，我就把"陈旧"的"飞鸽"淘汰给了家在农村的弟弟，准备给在外单位上班的妻子买辆轻便美丽的坤车。一个深秋的周日，妻托大哥买回来了一辆紫红色"三枪"自行车。看着弯弯的双把，弯弯的双梁，轻便利火的新车，高兴的我犹如今天新购了一辆汽车般的喜悦。

中午，妻在家看娃做饭，让我去煤建公司买过冬的蜂窝煤。第一次骑上这么漂亮的车子，心中自然喜气洋洋。煤建公司里，机器压好的蜂窝煤堆成一排排的煤墙，办完手续的我，正准备骑车从南北煤墙通道中出来，到大门外找拉煤车，一辆从西门进来的四轮拖拉机冲了过来，第一反应是刹闸转头，千万不能和拖拉机碰上。就在这千钧一发之际，拖拉机司机也发现了我，急踩了刹车，即使这样，自行车的前轮和拖拉机的前轮还是碰了个正着，好在关键时刻车头左转，两轮并排擦上，惊出了我一身冷汗，几乎滚下车来，好在没造成多大事故。

当我推着车子走出大门的时候，两条腿还在不停地抖动。想想第一次骑这辆车子，就发生了这样危险的事故，不由得我对这辆自行车产生了看法：万物皆有灵，莫非它和我生辰八字不合？

一天，我骑着"三枪"去县城买东西，心里谨慎，靠右边由北向南缓缓地走着。宽宽的大路上，车辆并不多，当走到北十字路口时，一个中年妇人骑了一辆陈旧的飞鸽从南向北逆向而来，我看大势不妙，早早地减速避让，谁知我向右，她也向右，我向左，她也向左，眼看避不过了，正准备下车时，车头插着车头，俩车的前轮碰到了一起。气得我本想发作，妇人先开口道歉：对不起，才学会骑车子。还能说什么呢？只好苦笑一声走了。可没走几步，就听到链条在护链板上卡响的声音，仔细一查，崭新的护链板前端多了个桃核大的小坑。我只好哀叹了一声，拍拍三枪的头，在街道上找寻修车铺子。

是福不是祸，是祸躲不过，祸来了，想躲都躲不过。那么宽的马路，你不碰人，人找着碰你呢。

想想上次在煤建公司骑车的遭遇，看看这次的碰车，我对"三枪"又有了新的看法：这是妻的车，和我没缘分，尽量少骑它。

话虽如此，有了事情，还得骑它。一天晚上吃完饭，县城的朋友捎话来让去家里谝闲传。单位离县城有三四里路，不能走着去吧。走廊里又没自行车可借，只好骑"三枪"上路。不过心里却不断地警告自己：一定要小心，一定要小心。谁知刚出了福利区南门，顺着围墙向西骑了不到二十米，自行车的前轮，不偏不倚地碰到路中央的一块半截砖上，车头一弹，车子倒了，我被重重地摔在地上。翻身爬起来，提起车头摇了摇，感觉没什么大事情，就又急急地跨上走了。当走到南程村时，才想到了车框中的链锁，伸手一摸，链锁没了。肯定是刚才摔倒丢的，赶快回去找。还好，在黑乎乎的地上摸索了半天，总算找到了链锁。

和朋友说完话，回家已是十点多了。一路上我提心吊胆地骑着车子，当走到离南门口三十米的地方时，提到嗓子眼的心才放了下来，阿弥陀佛，总算平安到家了。正在庆幸，一辆从黑暗中由东向西冲过来的自行车，和三枪碰了满怀。只听见"咔嚓"一声，对方的加重车子把我的"三枪"碰翻在地。我龇牙咧嘴地被摔倒在一边。正要发作，听到对方说话，原来是单位熟悉的同事，只好挣扎着爬起来，把碰弯的车头用力扳正，拍打拍打身上的尘土，一瘸一拐地推着车子回家了。

这次事故后，我彻底对"三枪"失望了：这车子不但和我没缘分，还成了我命中的克星。从此以后，我视"三枪"如美女蛇，不管以后遇到多忙多急的事，宁愿坐出租车或者走路，都不敢再骑它了。

一年后的一天下午，妻骑"三枪"去县城找大哥办事，都七点多了，还不见妻子回来。饭菜都放凉了，女儿哭闹着要妈妈。急得我在不到二十平米的房子里团团乱转。正在我焦躁不安的时候，妻一脸痛苦地进了门。见妻眼角挂着泪水，问是怎么了，妻哽咽着道出了原委：原来，她骑车到大哥的楼下，想说两句话就走，没锁车子。大哥住二楼，站在门口清晰可见下面的车子，想着不会出事。谁知事情就这么巧，妻在大哥的房子没待上几分钟，下来找车子就不见了。这是国营公司，周围住的全是几户老同事，平时很少有闲杂人员进来，莫不是被小偷偷了？妻和大哥找遍了院子的角角落落，最终一无所获。说着说着，妻又流出了眼泪。

　　心爱的车子丢了，妻子难受了很长时间，我却暗暗窃喜：丢了好，丢了好，才把这"美女蛇"处理了。这是心里话，不敢说出口，表面上还装出同情的样子，给妻说了不少安慰宽心的话。

　　汽车现在成了普通家庭中的交通工具，人力自行车也变成了电动自行车，过去的自行车慢慢地退出了历史舞台。不过，偶尔在街道上，看见人力自行车，心里就不由得想起了家里的那辆"三枪"。不过，随着时间的沉淀，我对这辆"三枪"也有了新的看法：或许它不是个"坏车子"，只不过是个调皮捣蛋的孩子，喜欢恶作剧，喜欢和主人开点玩笑，不然的话，为什么每次出事后，双双都没受多大的伤害，只是虚惊一场罢了。

　　若真如此，心里就有了内疚，我不管"三枪"最终命运如何，还是要对它诚恳地说一声："对不起，我当时误会你了。"

那年我三十四岁

　　大姐犯心脏病住进了临潼人民医院，星期六，女儿开车拉上一家人探望之。

　　医院的变化真大，二十年前盖的门诊楼前面矗立了一栋邵逸夫先生资助的门诊大楼，原来的门诊楼成了现在住院部的一分部。我们从门诊楼进去，七拐八拐，还问了几个保洁人员，才找到了大姐住的病房，恰好大哥在病房里伺候正在打吊针的大姐，见我们进来，高兴地让坐，并介绍了大姐的病情，说住了一个礼拜医院，病情基本消失，医生让明天出院。我们悬着的心才落了地。

　　我对大哥说，医院变化真大，进来都找不到住院部了，大哥接过我的话指着周围的房间说，难道你忘了？这就是你原来住院时的门诊大楼，前面的门诊大楼是新盖的。大哥的话，使我愣怔了半天。原来，1990年一场大病，几乎命丧黄泉，我就是在此度过一段难忘的时光。

　　出去看看吧，我忽然有种追忆往事的想法。

　　走出病房，顺着走廊向东，寻找我当年住过的病房。记得出了门诊楼，东边是一排简陋的瓦房，也是医院的传染病区，住的都是肝炎、肺结核等病人，冷冷清清，凄凄惨惨，成了医院里独特的一隅，所住的病人，大多是站着进来，横着出去。如今瓦房不见了，取而代之的是一栋漂亮的米黄色二层楼房，北边一楼的门头上赫然写着"结核病门诊"，顺着楼房向南走二三十米，高空中一弧形匾上写着"第三病区"的字样。其实，第三病区又在一栋南北四层的大楼里，病区的大门开在楼的端部，两楼中间两米多宽的地方是通向医院外面锁着的红漆铁门，也就是当年医院的小东门。记得靠近东门的地方，也就是四层楼北端的地方，是两间不大的太平间，太平间的南边和西边是种着蔬菜的畦地或长满萋萋的荒草。平时东门是锁着的，东门打开的时候，往往是家属拉尸体来了。

少了温度的阳光，透过支架搭起的塑料棚顶倾泻下来，过两天才立冬的空气中早已充满了阵阵寒意。我在东门口徘徊。

1990年3月19日早上起床后，忽然感到右侧腰间剧烈疼痛，妻劝我请假去单位医务所看看。平时身体好好的，怎么一下子疼成这样？看病的大夫恰好是从地方上刚调来不久的中年人，经验丰富，她看了我的病况后建议立即去县医院检查。妻陪我到县医院检查，医生怀疑胸膜有问题，让立即住院治疗。胸膜是什么？我一头的雾水。参加工作近十年，很少和医院打过交道，第一次进医院就让住院，感到小题大做。在妻的坚持下，我办了住院手续。

透视的医生是大哥的朋友。经过透视、化验等详细检查，初步确定是胸膜炎，不过，对右肺和胸膜间的积物是何性质无法确定，主治大夫怀疑是间皮瘤。医生的怀疑，只有大哥和妻知道，当然对我保密。我问医生胸膜炎是什么病？医生解释说是肺结核的一种，也就是过去老人们常说的"痨病"，有一定的传染性，必须隔离治疗。于是我被转移到了东边的传染病区，即从瓦房的南边向北数第四间房子就成了我的病房。房内只有一只破旧的板凳和油漆斑驳的床头柜，靠北墙放了一张单人床。

芦苇编织的顶棚，四角挂满了蜘蛛网，一边已摇摇欲坠。

妻早上送孩子上幼儿园，来不及送饭，我在外面随便买点吃的，到了中午，妻领我到大哥单位混饭。大哥当时在糖业烟酒公司上班，家在农村，一个人住了一间房子，中午专门给我做饭（晚上回家）。我怕给大哥传染，多次提出不让大哥做饭，大哥说没事，你不来吃，我就给你送去。其实，大哥和医生是朋友，我的病情，大哥了如指掌，他只能做点好吃的给我补充营养，期盼奇迹出现。

家里像塌了天一样。岳母从农村赶来，专门帮妻照顾上幼儿园的孩子。妻每天跑上跑下（从化肥所到医院）办理各种手续；妻子流着泪给医生说好话，求他们救救我。

妻在我面前总是强装笑脸说着安慰的话，背后却以泪洗面。后来听妻子说，她和母亲晚上常在床上抱头痛哭，半夜半夜睡不着觉。多亏大哥见多识广，他不相信我会得这瞎瞎病，安慰了老的，又安慰小的，并托人在四医大排队，准备用当时最先进的仪器CT扫描，切片化验查出结果。

浑身无力的我，瘦得不成样子，体重由原来的一百二十斤降到了一百斤左右。每天除过吃药打针，就是躺在病床上看天花板。病房里很少来人，除过妻子早上陪护一会儿或中午陪我去大哥单位吃饭外，就是早上医生查床，中午护士打针。最痛苦是打青链霉素，屁股成了马蜂窝，一针下去，疼得呲牙咧嘴。甚至见了护士进来，心里就发颤。到了晚上，一个人躺在床上，思虑也就多起来：住了这些天医院，病情怎么不见轻呢？身体到底怎么了？医生说是痨病，是不是这几年工作太辛苦？妻子在外单位上班，平时一个人既要照顾孩子，还要做好本职工作。自己分管的车间设备，经常出现问题。由于没图纸不能安排加工或采购周期较长而时常影响生产，为了解决这一难题，一年多来，我利用设备检修机会，白天测绘实物，晚上加班绘图，常常一干就是半夜，几次上厕所，几乎昏倒在小便池边。当时也没在意，现在想想，是否与此劳累有关？如今躺在这里，什么时候才能出院，工作上的事还有一大堆呢。想到这里，心里就不免恓惶起来。白天睡不着觉，眼睛就直直地看着破烂不堪的顶棚发呆，常常看着看着，顶棚上就出现了奇怪的一幕：一串串如丝瓜一样粗细长短不一的东西垂吊下来，好像自己在丝瓜架下睡觉。怀疑自己看花了眼，揉揉眼睛，眼前的景象消失了，过一会儿，眼前又出现了刚才的景象。可能是太无聊了吧，当时也不知道害怕，反而把此事当成开心的乐子，反正一有时间，就静静地看着顶棚取乐。

顶棚上的老鼠真多，每天都像走马灯似的在上面乱跑，实在无聊了，就闭着眼睛听老鼠们打群架或发疯似的追逐嬉戏。

晚上常听到外面有小声说话和磕碰的声音，这是家属从房间里移动尸体或用车子送尸体去太平间的声音。传染区又一个人走了，我在心里长叹一声。这里成了死亡地带，几乎每天晚上都有类似的事情发生。开始有些害怕，时间长了，慢慢地习惯了。晚上一听见响动，还竖起两只耳朵，细心地搜寻着家属们在说什么。

最不方便的是上厕所，虽说南边靠墙有个小厕所，可平时没人打扫，屎尿泛滥，小便可以随便找个地方解决，大便就得闭着气，在里面寻找下脚的地方。白天还能看得见，晚上没了灯光，就只好到太平间周围大便。开始不知道这是太平间，后来听病友们说了，心里就有些害怕。白天蹲在太平间的南墙边大便的时候，心里就翻江倒海：睡在里面的人有没有痛苦？知道不知道我在这大便？我也会进去吗？晚上大便的时候，心里就有些怯火，有时拉着拉着，吓得头发都竖起来了。最后，还是自己给自己寻找台阶：里面睡的是死人，活人在外面大便，虽有些不道德，但有什么办法呢？不在这里大便，又能到什么地方去呢？活人还怕死人？甚至还恶毒地说：与其让活人难受，不如让死人受着。

住了二十多天院了，病情没有多少变化，到了4月23日，大哥和妻子以及单位的师父们陪我去四军医大做CT，分析结果很快出来了：是"积液性的结核性胸膜炎"，不是当初怀疑的瞎瞎病。罩在一家人头上的乌云消散了。

在大哥的要求下，县医院同意我转院到西安电视塔东边的市结核病院继续治疗。

半年以后，病基本痊愈。

以后的二十多年间，我没进过医院。一是身体没多大毛病，二是见了医院就发怵。所以从县医院门前经过了无数次，都不敢进去看看，即是探望单位住院的同事或朋友，也是在"逸夫大楼"上。

……

大哥找了我一圈，才在医院东门口找到了我。"怎么跑到这里来了？"大哥问我。"我想看看。"我讪讪地回答。"这里的变化真大。""这就是原来的东门。"大哥指着铁门说。我再没说什么，只是拉着大哥的手，匆匆地回到了大姐病房。

女儿下午要上课，中午必须赶回西安。

大哥送我们上车的时候，我望着大哥，心中充满了无限的感激。当车开出医院大门的一刹那，我忽然有种莫名的惆怅：这里，毕竟是我经历过生死的地方。

那年我三十四岁。

知识就是驻颜术

生于1924年的毛老师，是兰州化校有名的数学老师，也是我的恩师。几十年来，师徒一直没断过联系。我打电话，问候老师的身体和生活情况，老师打电话，关心我的家庭和工作情况，尤其退休后，老师每次打电话，都会问我的写作情况。

元旦后，杂事缠身，加之身体不适，没和老师联系，不知冬天老师身体怎么样？昨天前天有点时间，我给老师打座机、手机，都没人接。去了女儿家，还是下楼转去了，或者休息没听见铃声？思维清晰，谈吐儒雅的老师，毕竟岁数大了，听力有点障碍。

正在疑惑之际，老师用座机打过来了："昨天今天，看到了你的电话，我动作迟缓，没来得及接。"开口便是道歉。

一拿起电话，老师就滔滔不绝：

"近来你发的每一篇文章，我都看了。感觉你的视野在扩大，以前写发生在自己身边的事，现在逐步地写自己以外的人和事，包括一些社会现象、伦理道德、家庭教育等。"

不知道，深度近视的老师，是如何看我的文章的？是手里拿着放大镜，吃力地逐字逐句看？我不知道，老师每看完一篇文章，要花费多少时间？或许文章是分段看的，中午看一部分，下午再看一部分。一篇文章看下来，需要一整天时间。

人老了，不但精力不足，看东西也模糊，何况一个九十多岁的老人。

老师记忆力真好，说他印象较深的有："《女儿给我发工资》《姑妈》《母亲》和夫人的《殊途同归》《一张白纸学画画》。"

老师如数家珍："《女儿给我发工资》，尽管不算什么大事，却说明了一种教育理念，一个家庭的理念，一种尊重父母劳动的理念。大多数家庭，都是父母为儿女无偿地付出，儿女心安理得地接受。尊重父母，就是要尊重父母的劳动。孝不能只挂在嘴上，更应该落实在行动上。父母给你看娃，你给父母发工资，看起来有些薄情，其实不然。你家的做法，有明示作用。读《姑妈》《母亲》等，使我对你们家族的历史，有了一定的了解。一个人的成长，与他的历史背景有关，近墨者黑，近朱者赤。你姑妈是个老知识分子，懂得知识文化的重要性，你母亲是个勤劳善良，吃苦耐劳的人，让我从中看到了中国母亲的形象。你在这样的环境中生长，身上必然有异于别人的因素。你夫人的《殊途同归》和《一张白纸学画画》，让我看到了不同的教育理念，尤其《殊途同归》，不但文字流畅清丽，对学前教育的观点，方法也很新颖。所写的三则现实事例，具有很好的示范作用。"

老师停顿了一下，接着又说："在这方面，我做得就差，年轻的时候，只知忙于工作，疏于对孩子的教育，三个孩子，都没上成大学（当然，也与"文革"有关）。看了你夫人的观点，着实替你高兴。"

泪水模糊了我的眼睛。一向见解深刻的老师，至今还在关心关注着教育问题。妻子仅将她看到听到的一些对子女不一样的教育方法理出来，让年轻人参考而已，没想到竟然引起了老师的关注和思索。

朦胧的双眼中，我似乎看到了昏暗的灯光下，一个头发花白的老人，趴在写字台前或坐在沙发上，聚精会神地看手机，一会儿脸上晴了，一会儿脸上阴了，一会儿笑了，一会儿唉声叹气……

看着看着，刚才读文章的老人，又变成了清心寡欲，早晚在家属院中，一边散步，一边思考问题的老人。

老师一口气说了二十多分钟，很少有我插话的机会。

我劝老师，你眼睛不好，平时多锻炼，尽量少看文章。

老师不以为然："学习是一件愉快的事。活到老，学到老。只有不断地学习，才能丰富自己的思想，脑子才能不朽，人才显得年轻，尤其心理上。知识就是驻颜术。"

"知识就是驻颜术。"非常新鲜，我愣怔了半天，才回过味来。

老师说得对，人老先老心。一个人只要心不老，心里有了春天，就永远年轻。春天在哪里？春天在知识中。

记得前年，我在西宁安装设备，8月1日去兰州看望老师，老师床上沙发上茶几上，到处放着书籍和报纸。我说您眼睛不好，还是少看为好。老师笑着说："腿脚不便了，在外面活动的时间少了，在家里就凭这些书报打发时间。"

怪不得秀才不出门，便知天下事。

时间差不多了，我问老师的身体如何？老师说："过了春节，就九十五周岁了，身体谈不上硬朗，反正没啥大问题。"还是那样，老师说话条分缕析，思维不乱。老师给我推荐某报副刊上的文章，说有时间，让我买这报纸看看，文字短小精悍，对你的写作有帮助。

临挂电话前，老师还再三叮咛："要劳逸结合，不能一门心思地钻到写作中去，退休了，把写作当作业余爱好就行了。""要抓住生活的主流，主流就是做好保健工作，让自己少得病，少给孩子添麻烦。不能把写作当成生活的主要内容。""写作是为健康服务的，写作是为了脑子不朽，跟上时代的潮流。搞错了主次，就会得不偿失。""我活到了今天，算是高寿中的高寿了，我知足了。只希望你多注意身体，健健康康地生活，才能做自己想做的事情。"

这就是一个九十多岁的老人，对学生发自肺腑的关怀。

这就是一个九十多岁的老师，对一个六十多岁学生的谆谆嘱咐。

如今世上，还有多少像毛老师这样的老人？

在众多的微信群中，有几个人谈论读书学习？群里到处充满着今天这个不能吃，吃了不健康，明天那个有毒，吃了容易生病，好像世上只有吃了唐僧肉才能长命百岁；不少人，把某某教授的心灵鸡汤，奉为金科玉律，好像不灌死一大片不会罢休似的；都把自己打扮成了洞透人生真谛的神仙，永远结在世上，与日月同辉。

一日为师，百日为父。我早已把老师当成了我的父辈，老师也把我当成了他的孩子。

桃李满天下的毛老师，一生没有过多的奢求，只是希望自己的学生有进步，有出息，不要说要为社会做多大的贡献，至少不平庸，不落伍。

毛老师活出了人生的精彩，活成了我心中的一面旗帜。

胡振波和他的泥塑作品《盖房》

　　胡振波的泥塑作品《盖房》，摘取了今年"山花奖"桂冠。

　　这是陕西省民间最高文艺类综合性奖项，是授予民间文艺工作中成绩显著、贡献突出者。

　　胡振波是陕西省工艺美术大师苗春生的高徒，是陕西省民间文艺家协会会员，陕西省工艺美术协会会员，西安市非物质文化遗产保护协会会员、西安市长安区区级非物质文化遗产传承人。主要作品有表现关中农民朴实、憨厚、豪放、正直、节俭、满足的《童趣》《农耕》等，再现了昔日关中农村的民风民俗，作品具有浓郁的乡土气息。2013 年 6 月获西安市首届非物质文化遗产技艺大赛雕塑类二等奖。

　　《盖房》，是以上世纪七八十年代关中农村盖房为主题的作品。

　　谈起《盖房》，振波首先道出了他的生活积累：

　　"从十岁到初中毕业这段时间，每次村里盖房上梁，主人都会拿着墨汁和红纸找爷爷写对联，画八卦，爷爷也很乐意帮忙。当然，裁纸和画八卦就是我的事了。八卦是在二尺见方的红布上画的。开始，爷爷手把手地教我画阴阳鱼。爷爷用萝卜或洋芋刻'坤'卦，坤是六断，然后按不同的爻，用笔墨勾连。

不同于一般方位，八卦是按上南下北，左东右西排布。上梁的时候，八卦四角用铜钱钉在正屋的梁上。对联内容很多，已经记不清了，柱子和梁上贴的标语还记得清晰：'能工巧匠''人杰地灵''吉星高照'等，都是祈福的祝词。

爷爷有意让我传承这一乡土文化。"

说完，振波领着我上三楼创作室参观。

六七十平方米的创作室里，摆满了形态各异的泥塑作品。南边窗户边上放着这组宏大的盖房作品。

振波兴致勃勃地指着作品讲解："这边是准备材料的场地。边上木匠在解板。"被解的木头固定在木桩上，俩人一左一右拉着大锯。木头上用墨斗放着黑线。左边人处于低位，往上送锯，右边人斜蹬着腿，鼓力气往后拉锯，形象逼真，惟妙惟肖。"这里在锯椽头。"椽头搭在三脚架上，匠人左脚踏住椽身，右手拉锯，三下五除二椽头就锯下来了。"这里在挑椽。"一堆椽中，有人专门挑椽。椽一头着地，一头被抬起来，左看看，又瞅瞅，直溜不直溜，心里有了数。合适了，让人扛到现场交给匠人。

"这是匠人用锛子修檩。"又粗又壮的檩架在三脚架上，墨斗弹线后，匠人挥着锛子修整凸出的部分。"这是运胡基。"架子车装满胡基，前面驾辕的人吃力地走着，后面推车的人全力以赴。"这里在和泥。"一堆黄土旁，有人用镢头刨坑，有人用铁锨铲土，我似乎听到给坑里哗哗倒水的声音，旁边有人喊："流了流了。"拿锨的人立即铲土去堵。

分工明确，有条不紊。

激动的我脱口而出："简直做活了。"

盖房现场，更是震撼：

四周立柱上架着檐檩，槽檩，脊檩，脊梁正中订着画有八卦的红布，红布边上坐着准备放炮的人。下面一双双清澈明亮小眼睛，目不转睛地仰望着放炮的人，急切地等待着。

三间宽畅的鞍鞴房，中间正在安门框。门框是用一头绑着砖头，一头支在地上的椽固定着，旁边有人用吊线坠校核门框的垂直度。左边立柱上绷着线绳，几个人在垒山墙。有人用锨端着草泥，有人给大工递胡基。往上看，匠人在贯椽。一人坐在脊檩上，用手不断地调整着椽的长度和间距，旁边提着钉锤的匠人随时准备钉钉子。下面有人往上递椽，上面有人用手接椽。右边一间房正在上檩。下面两人用麻绳拴住大檩两头（活接头），横梁上一边俩人，撅着屁股吃力地向上拉麻绳。绳子越拉越紧，大檩稳稳当当上升……

身临其境，我在昔日的岁月里穿行。

这是一组泥塑作品，也是一副乡村盖房的缩影。

没有丰富的生活积累，根本创作不出这样活灵活现的作品。

我问振波："怎么想起创作这副作品？""看着儿时曾经玩耍过的土地上，被一栋栋参天的高楼大厦所代替，心里有种说不出的滋味，自己是搞泥塑的，要用自己这双笨拙的手，还原出往昔盖房的场景；用手里的黄泥巴讲述黄土地上的故事，让丰衣足食的人们，回过头来回味这浓浓的乡情，不也是一种幸福么？"振波如是说。

振波的话，把我的思绪也拉回了上世纪五六十年代的农村：

立木上梁、贯椽砌墙，一家盖房，全村帮忙，不付工钱只管饭。和泥、扛椽、抬木头、拉胡基（土坯）……扯板、锛木头、贯椽、砌墙，场面热闹，两间鞍鞴房，3—5天完工。

过去农村建房，光打胡基做准备，就得一年多，再加上买椽、买檩，买大梁，买箔子、买瓦、买砖等，半辈子心血全搭进去了。

当房屋主体起来后，就准备上大梁，上大梁是大事，亲朋好友前来祝贺。主人家再穷，也会倾其所有，把家里最好的粮食翻腾出来甚至借

193

钱拉账也要摆上七碟子八碗，犒劳匠人的同时，亦犒劳亲朋好友和帮忙的乡亲，以示热情慷慨，也图个吉利，哪怕以后勒紧裤腰带还上几年账。

"走，下楼喝茶去。"振波的话，打断了我的回忆。

坐在一楼的沙发上，边喝茶边聊天：

"这次获得'山花奖'，肯定了你的实力，下来有啥打算？""《盖房》还有一些不足之处，例如底座太小，如果再加宽20公分，周围增加些看热闹的乡党，如端着茶缸转悠的，端着老碗吃饭的，蹲在地上下棋的，望着房屋指手画脚的，还有小孩玩耍的场面，作品会更加生动，更加活泼。"

不断地探索，不断地总结，不断地完善，才能向更高的目标攀登。

"还准备做几组童趣作品。""能透露一点信息么？""你知道骑驴么？""知道。这是小时候经常玩的一种游戏。"我回忆着骑驴的过程……

年轻人就是年轻人，思维活跃，敢想敢干，我知道振波性格：不见黄河心不甘。

振波笑着说："不光是骑驴，还有其他的游戏。"振波卖了个关子。

"这组作品出来后，先请您欣赏。"

我高兴地拍着振波的肩膀，连连点头。

振波用一双灵巧的手，再现了关中农村过去盖房的热闹场景，复原了一段消失的历史。

"山花奖"名至实归。

农民简管琦的苦乐人生

回老家，常听乡党邻里提起简管琦的大名，今天这个说，管琦今年养花，挣了不少钱，明天那个说，管琦又在什么村子开演唱会，反响很好；今天这个说，管琦的架子鼓打得不错，吸引了不少观众，明天那个说，管琦最近又演唱了一首自己作词作曲的歌曲，非常好听。这样的话听得多了，管琦在我心目中就留下了印象。平时喜欢写点文字的我，自然就想见见他。

星期六早上，我专门从西安回杜回村，拜访管琦。

这是一户普通的躺着的"门"型二层楼，院子中间放满了半人高的盆景花卉，西边房子中放满了架子鼓、音响、灯光等设备。二楼北边房间是个套间，进门厅堂中放满了书画家赠送的书画作品和作家朋友赠送的各种书籍以及农村养殖种植的科技书刊，供乡党们学习交流。套间里收藏了不少皮影、剪纸和户县农民画等非物质文化遗产作品。二楼南边的房间，是他做泥塑、做根雕的工作室，里面有不少泥塑和大型根雕。

参观完管琦的家，让我不敢相信自己的眼睛。一个朴实憨厚的农民，竟能把自己的生活搞得这样丰富多彩，还为大家为社会做了这么多实实在在的事情，不禁令我肃然起敬。

管琦是个农民，他不是一般的农民，他是一个有理想有追求，生活在精神世界里的农民。

管琦生于1963年，从小学习优秀，高中毕业后，由于兄弟姐妹多，家里经济拮据，不得不到村上的砖瓦窑上干常人无法承受的出窑、装窑等苦力活。然而，艰苦的环境，并没有吞掉他求知的欲望，反而磨砺了他不甘平庸的志向。在摞砖坯的过道间，在砖瓦窑的角角落落，只要有空余时间，他就在地上铺上草帘子，拿起书本自学。半年多的时间里，自学完成了北京林学院花卉学课程，为了实习，他利用休息时间，骑上自行车，到几十里路外的兴庆公园、长安县大兆花圃、西安美术学院老校区花房等地方，虚心向花师们求教。功夫不负有心人，1983年，他被西北农学院园林绿化专业破格录取，可惜由于家境贫寒，无力承担尽管不多的学杂费，只好留着眼泪，放弃了难得的上学机会。

不能在校园里读书，就在家里自学。世上无难事只怕有心人。开始自学的时候，他连一些简单的植物名称都搞不清楚，只好把花叶或花瓣摘几片夹在日记本中，再拿回家和书本上的文字、图片对照，不懂嫁接技术，他就叫老师手把手地教。1984年，自学成功的简管琦，被西安市灞桥区第一高级中学聘为花卉老师。二十一岁的他，对自己的进步并不满足，又自费半工半读地到西安市园林技术工人学校深造。每天上午上课，下午就在附近单位的花房里打工，经过两年的钻研学习，终于掌握了园林设计、植物保护、园林树木学、园林苗圃学和园林栽培学等知识。

知识给管琦插上翅膀，毕业后的他，先后任西安市工人疗养院、新疆军区西安市第二干休所、总参谋部第二通信团等单位的高级园艺师。

工作有了着落，生活也安逸多了，可管琦对现状并不满足。

从1997年起，简管琦毅然辞去园艺师的工作，走上了自主创业的道路，在自家的田地里，种起了花木花卉。由于他有知识，懂技术，肯吃苦，花木花卉养得葱葱郁郁，由于他诚信善良，生意也做得红红火火，几年下来，经济上有了一定的积累，生活也有了大的改变，家里前院后院，盖满了二层楼。物质生活好了，就想法追求精神生活。他又不安生起来，想起自己儿时的音乐梦想，就有了圆梦的想法，于是他顶着别人嘲笑和家庭的压力，陆续购买了六万多元的音响和灯光设备以及架子鼓、电子琴等，经过一段时间的刻苦练习，终于取得了可喜的成绩。他在周围村庄中，连续举办了多场次的个人演唱会，与村民同台娱乐，受到村民的热烈欢迎。开始，他不会打架子鼓，就到新华书店买来光盘和书籍学习，平常练习时，怕打扰左邻右舍们的休息，就把器材搬到村外的田间地头练习，不会弹电子琴，就找到幼儿园老师，不耻下问，虚心请教。他的诚意，深深地打动了老师们的心，老师们就手把手地教他弹奏。记不住歌词，他就在手机上下载后，抄在日记本上，随身携带在身边，一有时间，就拿出来练习。

2010年以后，简管琦又自学歌曲创作。他先后作词作曲创作了十四首歌曲，其中2011年，为西安世园会创作了《走近世园》，受到省市领导和世园会组委会的高度评价，并颁发了纪念品。2011年，他创作了《为了梦想不息地奋斗着》，在2011年中国共产党成立九十周年征歌比赛中，由内蒙古卫视播出，收到了良好的效果，2013年，此歌曲被中国大众音乐学会主办的"我为春晚献首歌"组委会评为艺术创作成就奖，2014年，他做为建国杯全国音乐展演获奖作品的特邀代表，参加了在北京举办的展演活动。

就像歌曲《为了梦想不息地奋斗着》名字一样，简管琦在人生的道路上不断地追求，不断地创新，征服了一座高山后，又向新的高山攀登。2007年，他在曲江国展中心首届创业博览会上，结识了华阴泥塑艺人汪先生。看到一堆黄泥巴，在先生的手里，一会儿就变成了栩栩如生的人物、动物、或小鸟，深受启发，就有了拜师学艺的想法。回家后，他买来了大量的有关泥塑作品的书籍阅读，如《雕塑基本教程》《老北京风情泥塑》等，他还先后学完了中央美术学院的泥塑人体、泥塑头胸像、泥塑衣纹等八门课程，后来又专门到华阴拜师学艺，在老师的精心指导下，他创作了大量的泥塑作品，例如"吼秦腔的关中老头""买冰糖葫芦的老人""账房先生"等。作品神形兼备，深受大家喜爱。

简管琦不断进取的精神，深深地吸引了各大媒体的关注，陕西电视台、西安电视台、《西安晚报》《中国文化报》《中国农村报》等相继对其进行了采访和报道。

知识改变命运，奋斗改变人生。对知识的追求和对艺术的追求，是简管琦一生的最大心愿。

2009年，简管琦被西安市群众艺术馆，聘为非物质文化遗产保护中心民间艺术家；2010年，简管琦在第二届陕西省农民文化节手工艺类中获优秀奖……

面对这些闪光的荣誉，他没有骄傲，没有止步。前几天，我回乡又见到了管琦，管琦对我说：学无止境，今后他要更加努力地学习泥塑的技巧和演唱的水平，看淡金钱名利，争取创造出更多更美的泥塑作品，给大家送上丰富多彩的精神食粮，为繁荣农村的业余文化生活尽自己微薄的力量。

从简管琦的身上，我们看到了一个新时代农民身上的精神风貌，看到了一个知识改变命运的生动例证。他是千千万万个农民为理想奋斗的缩影。他的故事告诉人们：只要有梦想，只要有追求，只要脚踏实地地认真去做，没有实现不了的梦想。

梦想是人类的翅膀，插上它，人类就能在蔚蓝色的太空中翱翔，梦想是指明灯，它在黑暗的长夜中，为人们照亮了前进的方向。每个人都有自己的梦想，每个人都为自己的梦想奋斗着，正像《为了梦想不息地奋斗着》的歌词写的那样：

　　起早贪黑勤忙活，为了生活去奔波，酸甜苦辣都尝过，迈开大步去开拓。
　　不要问我爱什么？爱到深处是执着，不吃苦好日子怎能过？不努力光阴就错过。
　　风霜雨雪能挺住，人生能有几回搏？创业路上多艰辛，为了梦想奋斗着。

这是简管琦内心世界的真实写照，也是他实现梦想的动力所在。

阿林

　　阿林是巴厘岛的当地导游，也是我在印尼巴厘岛认识的朋友。

　　当飞机落到巴厘岛国际机场后，前来接机的就是阿林。中等个子，具有南亚人的共同特点：清瘦，皮肤黧黑，一双灵活的眼睛，透着睿智。若不是阿林自我介绍，很难看出他是一个具有中国血统的印尼人。

　　初次见面，阿林就说：我的老家在潮州，祖辈上为了谋生，远涉重洋，来到印尼，到我这一代，已经是第四代了。我的中文，是高中毕业后去新加坡学的。普通话不标准，望大家谅解。说完，给大家深深地鞠了一躬。

　　当我们坐上旅游大巴后，阿林继续说：欢迎同胞们来印尼旅游，这几天行程，由我来安排。我的中文名字叫林施米，大家就叫我阿林，我将尽力为大家服务。

　　阿林说话斯斯文文，不紧不慢，一下子拉近了我们之间的距离。

　　机场离住地还有两个多小时的车程，一路上，阿林操着不标准普通话介绍着当地的风土人情：

巴厘岛是印尼 13600 多个岛屿中最耀眼的一个岛，位于印度洋赤道南方 8 度，岛上东西宽 140 公里，南北相距 80 公里，全岛总面积为 5620 平方公里。是世界著名的旅游岛，也是印度尼西亚 33 个一级行政区之一。巴厘岛上大部分为山地，全岛山脉纵横，地势东高西低。岛上的最高峰阿贡火山海拔 3142 米。巴厘岛上，80% 的人信奉印度教。主要通行的语言是印尼语和英语。

简洁的介绍，让我对巴厘岛有了初步的了解。阿林指着窗外火辣辣的太阳继续说："巴厘岛的气温，平均在 25—30℃ 之间，大家来得正好，前几天这里刮大风，下大雨，天气显得压抑沉闷，你们看，雨过天晴，今天气温也升上来了。"望着窗外炎炎的太阳，我倒吸了一口凉气。怪不得刚走出机场大厅，一股股热浪就迎面扑来。空调车里凉爽如春，高大的椰子树和密不透风的热带植物，在起起伏伏的路旁，迅疾地向后退去。

到酒店安排完住宿，阿林领着我们到酒店周围转了转，指着这里说：这是活动室，各种锻炼器材齐备，想玩了就到这里来玩；指着那里说，那是游泳池，晚上有时间可以下去游游泳，放松放松；这是餐厅，以自助餐为主，根据各人的饮食习惯，想吃什么拿什么，只是不要浪费。介绍完这些基础设施，阿林又和吧台的服务生联系，帮大家手机上网，以便和国内亲人联系。安排完这些琐碎事后，阿林又和大家建立了微信群，强调有事和他联系。

没有想到阿林做事这样周到细心，忽然有种似曾相识的感觉。

第二天吃饭的时候，我就遇到了问题。参观完乌布皇宫和阿勇河漂流，午饭是脏鸭餐。从小不吃肉的我，眉头拧成了疙瘩。还是找到阿林吧。阿林了解了我的情况后，痛快地说：这有何难，让厨师们给你炒俩素菜。说完，直接找到老板交涉。不一会儿，两盘子热气腾腾的素菜就放到了我的面前。此后，只要有聚餐，阿林都提前帮我联系好素菜。

每天不管去什么地方旅游，阿林总是给我们讲当地的特点和注意事项：这里是赤道上的"翡翠"，紫外线很强，身上要多涂抹防晒霜，否则，容易晒黑晒伤皮肤；在海滩玩耍的时候，尽量不要靠近海水，这里的海浪喜怒无常，不小心会出事的；尽量不要买路边的土特产，虽然便宜，但不卫生。即使安排去乌布传统市场、珠宝店、咖啡工厂、土特产店、洋人街等处购物，他也再三提醒大家，不要买不需要的商品，确实需要买的，可找他帮忙砍价，因为这里面的水分很大。一般的导游，巴不得大家多买商品，自己好提成，阿林恰好相反，他并不鼓励大家消费。阿林一再说：大家挣钱不易，尽量不要乱花钱。到了购物店，阿林只是静静地站在门口等大家。阿林解释说：进店购物，是团里的安排，只要大家在店里待够时间就行。

　　巴厘岛地方不大，天气变化却大。你在这景点参观的时候，天上艳阳高照，可一个小时以后，到了另一景区，天空乌云密布，甚至还淅淅沥沥地下起了雨来。在去金巴兰海滩的路上，就遇到这样尴尬的事来。本来天气晴朗，阿林还绘声绘色地给我们描绘着金巴兰海滩的壮观：海滩似乎没有终点，面对着无尽的海岸，脚踏软绵绵的沙子，犹如漫步天堂一般。每当夕阳西下，落日就像沉入大海。这里以观日落美景而闻名，曾被评为全球最美的十大日落之一。阿林的话还没说完，天上就起了云层，等车到了金巴兰海滩，雨就落了下来。雨越下越大，大家三个一堆，两个一伙，躲在雨伞下避雨。天像小孩的脸，说不定一会就晴了。谁知老天似乎故意和大家作对，眼看到了看落日的时间，雨还不住点地下着，阿林只好让大家冒雨到海滩看看。看不到日落，到海滩走走也好。等大家从海滩转回来，只见阿林站在一烤玉米的摊位前，高声喊着：大家都过来，每人一个玉米棒子，我请客。天公不作美，看不成日落，阿林心里过意不去，以请客的形式，聊表歉疚。

　　第二天，阿林还为大家没看到日落耿耿于怀，专门从家中带来几盒点心，分给大家品尝。

3月17日是巴厘岛的安宁日，相当于中国的春节。春节是中国喜庆欢乐的节日，可巴厘岛的安宁日是个沉默、禁食和打坐的日子。从太阳升起时开始，整座岛屿在接下来的二十四小时内差不多陷入静默状态，禁止一切活动，包括飞机起降，包括任何交通工具的运行。没有电，没有火，没有光，家里没有电视可看，没有音乐可听。除了酒店和医院，所有的商店必须关门，所有的人，包括像我们这些外国游客，都不得上街。怎么办，总不能在酒店里呆坐一天吧？我们和阿林联系，看酒店是否会网开一面，起码开通外网，看看微信，和家人朋友聊聊天。阿林经过多次和酒店交涉，酒店终于同意，开通外网。阿林抱歉地说，如果要看电视的话，只能给总统打电话了。

阿林怕安宁日我们和服务生无法沟通，专门把常用的印尼用语，翻译成汉语，发给大家，免得待在酒店里要什么东西，干急没办法。看似这点简单的事情，却帮了大家的大忙。渴了，给吧台打个电话，水送来了，需要什么帮助，和服务员比划着说着热蒸现卖的印尼语，就能得到满意的回复。

安宁日酒店没有正餐，只好把当天的正餐调到了最后一天的晚餐。晚餐是自助火锅。为了让大家吃好喝好（啤酒随便喝），阿林专门找来餐厅的服务生，自掏腰包，给每人发了小费。服务生有了积极性，在偌大的餐厅中，从始至终，不离我们左右，殷勤周到的服务，令大家感动。

即将离开巴厘岛时候，照例要给多日来辛勤为我们服务的汽车司机、车上的工作人员小费，大家过意不去，除过给工作人员的小费外，又纷纷解囊，给阿林一些小费，有的给一百，有的给二百，开始阿林怎么也不收，在大家的再三劝说下，阿林才勉强接受了。

这是我从没见过的导游。

再见！阿林。有机会来再来巴厘岛，我们一定找您。大家说着同样的一句话。

从巴厘岛回来,已经四十多天了,总想写点文字,一直不得要领。

前天晚上和阿林微信聊天,阿林告诉我,说他六月份准备去新加坡看望父母。他说,父亲在电话中还在告诫他:"金钱是身外之物,不要看得太重;不要忘记自己的根,中国来的游客,都是自己的同胞。"

放下手机,我终于明白:阿林其所以不同于其他导游,是父母的教诲和熏陶,让他拥有一颗诚挚的中国心。

以心为灯

  又是个星期五。星期五病人不多。
  姜主任看了看日历，心想，刚安排完三例手术，恐怕不会再来患者了吧！准备坐下来喝口水，护士长急匆匆地进来报告：又来了位行走不便的病人，说要见你。
  刚放下茶杯，家属扶着患者就进了办公室。
  这是一位壮壮实实的中年汉子，左腿粗如水桶，脸上挂着痛苦的表情。患者自我介绍："我姓门，是旬邑县湫波头镇人。五月一号中午从地里回来，忽然感到左腿麻木，微微疼痛，当时没当回事，想着吃罢饭歇会儿就好了。谁知到了下午，不但没减轻，反而疼痛加剧，到了第二天，左腿都迈不开了。到当地几个医院都做了检查，也没查出原因。医生开了不少药，吃了根本不起作用，并且腿越来越肿，越来越疼，现在僵硬的都动不了了……"
  问题严重，没等患者说完，姜主任让患者躺在床上，立即进行检查。左腿比右腿几乎粗了一半，且从小腿一直肿胀到大腿根部。

结合患者病史以及双下肢血管超声波检查，结果很快出来：下肢静脉血栓。

这是由静脉血流滞缓、静脉壁损伤和高凝状态形成的一种常见的血管疾病。下肢静脉血栓形成后，除少数能自行消融或局限消融外，大部分会扩散至整个肢体深静脉主干，静脉回流受阻，使得肢体肿胀疼痛，严重者导致肢体坏死，需要截肢，或形成肺栓塞危机生命。该病一直在临床上深受重视。临床经验证明，一般情况下，若血栓十五天内不能及时排除，溶栓就很困难，不但会给后期治疗带来极大的困难，也会给患者带来莫大的痛苦。患者下肢静脉血栓严重，必须及时处理。

时间就是生命。

周六周日休息，万一病情变化了怎么办？不能拖到下周一。

姜主任立即组织大家一起讨论病情，并结合患者实际情况以及适应性，制定治疗方案。

对于一个患者来说，在众多的治疗方案中，如何选取最佳方案，确实是个技术活。

大家通过反复研究，最后决定：采取下腔静脉滤器植入手术，先把血栓拦截下来，避免进入肺部造成栓塞，再想办法消栓溶栓。

这是一次大胆创新，难度大，有一定的风险。"救死扶伤，时刻为病人着想。""千方百计为病人解除痛苦。"这不仅仅是挂在口头上的职业要求，必须实实在在的落实到行动上。"为了病人，我不担风险谁担风险。"这是姜主任常说的一句话。

方案出来了，还得做好患者家属的工作。

姜主任给患者家属详细地介绍了下肢静脉血栓病情及其风险，同时告知实施下腔静脉滤器植入手术的利弊，得到家属的理解和同意后，全科医护人员积极完善手术前的各项检查及手术前的准备工作，并得到了医院有关科室的积极配合。

晚上七点病人进入手术室，不到十点钟手术结束。

当姜主任把手术顺利的消息告知惴惴不安、在手术室门外一直等候的患者家属以及科室其它成员的时，大家都深深地松了一口气，继而流出了喜极而泣的泪水。

尽管牺牲了休息时间，却为患者解除了痛苦，姜主任端起了茶杯，轻松地喝了一口茶。

我是十六号下午冒雨去姜主任办公室聊天的。刚到办公室门口，就听到一位患者和姜主任谈话："手术很成功，感觉非常好，什么时候能出院？"显然，患者征求主任意见。"明天就可以出院。"患者脸上挂着喜悦地笑容，高高兴兴地退出了办公室，正好和我打个照面。

这是一位高高大大、看上去干部模样地老人。姜主任告诉我："这是位脊椎骨严重变形的患者，他看到《陕西老年报》上刊登了一篇《姜医生看病记事》后，拿着报纸，找到我的。来的时候，腰直不起来，走路很困难。做了几次手术，现在恢复正常了。"说完，把刊登这篇文章的老年报递到我手中。

这是四月十二号，在《百味人生》版面上刊登我的一篇文章。我愣怔了半天，感到莫名其妙。平时不看报纸，根本不知道还有个《陕西老年报》。仔细看了内容，才知道是我四月份发表在《前沿作家》上《医者仁者》的内容。不管怎么说，这是对姜主任医术的赞扬和宣传。

我问姜主任最近有什么新案例么？姜主任给了讲了以上患者下肢静脉血栓的案例。

姜主任见我没听明白许多专业术语，就用俗语解释道：就是在人体下肢静脉血管中放入过滤网，先把掉下来的血栓过滤出来，这就大大降低了肺栓塞的概率，再给患者安全溶栓。待到血栓消失后，再将滤网取出来，以防止过滤器长期植入血管中引起相关并发症。

刚说完，护士就陪着患者进来了。

患者是个老实巴交的农民，他憨厚地挽起裤腿，让我看治疗后的结果。从十号到今天，仅仅六天时间，左腿几乎全消肿了。患者说："我来的时候，根本站不住，是被家人抬进来的，你看我现在不但能站了，腿也不疼了，还能走路。姜医生让我多休息，不让走路。"说完，两条腿做着轻松的踏步动作。我说："遇到了姜医生，是你上辈子修来的福。"患者笑着说："昨天我儿子也对我说了同样的话：爸，你的命真好，要不是姜医生，你的这条腿恐怕都保不住了，咱家就塌天了。媳妇早上也打电话说：要我好好感谢姜医生，说他是我的救命恩人。"

姜主任笑了："有啥感谢的，救死扶伤是我的职业。要说感谢，应感谢你儿子，是他及时把你送来了。"

我说："这是你上一辈子积德行善的结果，才遇到了姜医生这样的贵人。"患者说："我今年五十七岁，要干的事情还很多。出院回去后，好好珍惜生命，多做一些力所能及的事情。"我明显地感觉到，患者说这话的时候，泪水溢满了眼眶。

男人有泪不轻弹。这是患者的肺腑之言。

我忽然想起了一句医护工作者名言：

"以心为灯，愿做生命地守护神。"

姜主任做到了，所以患者敬仰他。

生命中的贵人

中午,临潼区图书馆打来电话,说我的一篇《登秦始皇陵想到的》获优秀奖,通知2018年12月5日下午两点在秦安大酒店四楼会议室颁奖。

本是一件高兴的事,可我听了,心静如水,根本没当一回事。写作是退休后的爱好,获奖不获奖,无所谓。

一生的大好年华,全都扔给了临潼,包括媳妇都是临潼的,以及媳妇的亲朋好友,根根梢梢。可以说,血液中充满了临潼的营养。可惜几十年来,和临潼的文化系统没有任何往来。

8月,作家吕苇忽然打来电话,说临潼区第十三届读书征文活动正在举办,他把我的一篇《登秦始皇陵想到的》的文章,未征求我的意见,修改后帮我参加比赛。

朋友做到这个份上了,我还能说什么。不过,关于参赛的事,亦没放在心上。几个月过去了,竟然在五百七十多篇文章中获了优秀奖。

吕苇和我在一个单位,又是长安乡党,他毕业分到单位任车间技术员的时候，我在设备上班，一来二往，便成了好朋友，最终我走上文学之路，也是受吕苇影响。

2011年11月，退休后的我，准备去外地打工，临行前，专门找吕苇道别。当时，吕苇还是某公司经理，正忙得团团转，听说我找他，就放下手里的活路，陪我聊天。临别时，吕苇不紧不慢地从抽屉中拿出一本《隔着旧时光》的散文集送我，并签名留念。我扫视了一遍书的目录，大吃一惊，这里面竟然有吕苇《小狗的命运》《海客浪人》等八篇文章。几年没见（单位派他去南方管理企业），这家伙工作之余，竟干起了舞文弄墨的勾当。人不可貌相，海水不可斗量，平时看起来默默无闻的吕苇，却已经挤进了陕西中青年作家之列。

一生不喜欢读书的我，打工之余，竟把吕苇的赠书视为珍宝，有时夜半三更睡不着觉，或者寂寞想家了，也会打开书，翻上几页。翻着翻着，就有了自己的想法，何不学学吕苇，咱也写写日记，把生活中感悟，把工作中遇到的人和事记录下来，不但作为自己打工历程的记录，或许天长日久，也会整理出文章来。

就这样，吕苇的赠书，伴我度过了三年艰难寂寞的时光，也使我积累了二十多万字的日记。

2014年10月，辞职回到了家乡。我让吕苇看了部分日记，吕苇便鼓励我将其中几篇整理修改后，给报社投稿。心里没底，哪敢造次。吕苇看出了我的心思，并亲自操刀，帮我修改，并找人予以推荐，才使《老杨吃搅团》《两元钱》《杯子》等见诸报端。

一个半路出家的工科生，竟将电脑中的日记，变成了城市报纸上的文字，这是做梦都想不到的事。

后来，吕苇又鼓励我加入作协，说那是文学爱好者的摇篮。

作协在哪里，去找谁？两眼墨黑，谁也不认识。过了几个月，吕苇问我联系的怎么样了？我摇了摇头。于是，吕苇说他认识碑林文联的秘书长，让我去找之。碑林文联在什么地方？我像瞎子摸象一样，跌跌撞撞找了两天（先找到北院门，门卫说在南院门，南院门在哪里，不知道，第二天打听了半天，才找到了南院门），才找到碑林文联。不巧，主管不在。连续找了两次，都无功而返，脾气上来了：不找了。又过了几个月，吕苇碰见我，又问联系得怎样，我吞吞吐吐了半天，也没说出个子丑寅卯来。吕苇建议：还是回长安吧，毕竟是自己的家乡，熟人多些。

　　一日，我怀着忐忑不安的心情，找到长安文联，办公室只有一个女职员，我吓吓磕磕地问：谁是刘欢老师？正趴在电脑上写文章的女青年抬起头来，问有什么事？我脸一下子红了：吕苇让我找您。说完，把自己打印的几篇文章拿出来让老师斧正，老师看完后，谦虚地说，我可修改不了，但我可以推荐作协张军峰主席帮忙。说完，拿起电话，帮我联系。张主席非常热情，听了我在电话中的自我介绍，立马拍板：同意加入长安作协。

　　踏破铁鞋无觅处，得来全不费功夫。毕竟是自己的家乡，无须任何资料，就把这个在外漂泊了几十年的儿子，热情地揽在母亲的怀抱。正像我写的一篇《找组织》的文章中叙说的那样：终于回到盼望已久的家，终于有了志同道合的一帮朋友，终于有了催生挖掘潜能的机会，终于有了安妥灵魂的地方。

　　有了平台，有了氛围，有了呼啸前行的文朋好友，才使我有了挖掘潜力的机会。

　　人生的路上，或多或少都会遇到几个改变自己命运的贵人，我一直视吕苇为我生命中的贵人。没有吕苇的支持鼓励帮助，就不会有我的进步，或者说，至少不会有今天的成绩。

　　吕苇在单位上班，整天忙得团团转，可我还是一有时间，就到吕苇办公室去，请教写作中遇到的问题，每次去，不管多忙，吕苇都会陪我聊天，回答我提出的问题。

吕苇常说：咱们都不是天才，只有不停地写，写得多了，熟能生巧，自然就顺畅了。没有数量的累积，就不可能有质的升华。

几年来，我一直按着吕苇的说法去做，利用零碎的时间，不断地写。有感触了写文章，没感触了写日记。几年下来，发表一百多篇文章，其中在报纸和刊物上发了近二十篇。可喜的是，去年还在第三季《七天网》美文大赛中，凭《一碗浆水菜》得了第七名，获优秀奖。

就说今年吧，到目前为止，已发表五十余篇文章，大十万字，基本完成了年计划，其中《陕西工人报》发了七篇，《三秦都市报》发了两篇，还有三篇短篇小说：根据自己恋爱结婚生活经历写的《逝去的岁月》，根据老人传说中的土匪写成的《黑脸铁三》，根据朋友的传奇写了《活神》。三篇都在山西网络媒体《作家新干线》上发表，引起了不同程度的反响，并被山西《古魏文学》选中：《逝去的岁月》（第二期），《黑脸铁三》（第四期），《活神》（明年第一期刊发）。

人一生中，不管干什么事，只要选准方向，只要努力，只要坚持，就一定能取得意想不到的收获。

人一生中，在前进的十字路口，如能遇到知你懂你的贵人，就会让你少走很多弯路，甚至把不可能变成可能。

人一生中，除过自身的努力之外，冥冥之中，还有命运的使然，只要按着道走，路会越走越宽。

一个人想成事，天时地利人和，缺一不可。

刘哥

刘平权是周家庄人，是正学的同学，同学的同学，一来二往，便成了朋友。

有的人一见面，就给人一种猥琐不展拓的感觉；有人说上几句话，觉得乏味无聊，没了继续交往的心情；有人一看长相，就给人留下忠厚实在的印象，心里想，此人肯定会成为我的朋友，平权就是这样的人。

平权身材高大，眼圆口阔，鼻梁坚挺，走路挺胸，声音清亮，性格豪爽，身上有一股昂昂的正气。

和平权交往的时间长了，才知道平权从小深受父亲的熏陶，喜欢读书。尽管官场滚打了几十年，变化了许多东西，唯独没变的，就是闲暇之余喜欢读书的习惯。几十年积攒下来，肚子里也装满了墨水。墨水多了，认识问题，就和常人有了区别。尤其对社会上的诸多现象，平权有其独特的见解。在"以其昏昏，使人昭昭"的社会中，一些大胆的忧国忧民的言论，更是熠熠生辉。

人的长相、性格、思想观念等，在文字中都能体现出来。读了平权的文字，犹如一见如故的朋友，让人心爽气畅，啧啧称赞。

我看过平权写他小时候在村里生活的一段散文。整篇文章，文采飞扬，回忆详细，情节描写细腻，写景栩栩如生，犹如写我自己身边的往事。今年五月，长安作协举办作品评析会，会后，我写了篇散文《作品评析会》，准备给《南城文化》投稿，可修改了几遍，亦不满意，没办法了，硬着头皮，把稿子交给平权，让帮忙润色。没想到平权寥寥数笔，就把评析会的场景描写的活灵活现，轻轻几句，就把老师们讲评后，作者矛盾复杂，时明时暗的心理，揭露无遗。震惊之余，不能不佩服平权的才学。

20世纪70年代中期，正学和平权，都在石砭峪水库有段艰苦劳动的经历，一日，俩人闲聊，又说起石砭峪的往事，感慨颇多。于是，正学建议平权把那段苦难的历史记录下来，平权慨然应诺。回家用了五个小时，散文《石砭峪趣事》就写成了。编辑出身的正学，看后惊讶不已。可见平权反应之敏捷，下笔之神速。

岁数大了，往往想找能说到一块的朋友聊天，心里才舒服，如果和一些理念不同的人在一起，三两句话就说到沟里去了，就没意思了。

几十年没见的同学朋友，忽然相遇，有的没谈上几句话，就感觉味道不对。你说东，他说西，你说猫，他说鸡，甚至说着说着，思想上还有了分歧，最后不欢而散。究其原因，还是知识水平的差异。

盲人摸象，夏虫不可以语冰。

仔细想来，这都应该归结到三观上，即世界观、价值观、人生观。

社会是个大熔炉，随着时间的推移，有的变成了钢，有的变成了铁，有的变成了渣。当然，钢有钢的用处，铁有铁的用处，渣有渣的用处，毕竟分了层次。

经历不同、阅历不同，读书多少不同，认识问题的深度不同，思考问题的角度不同，得出的结论也自然不同。

记得我曾经写过这样一个故事：

三朋友聚在一起，有人建议，机会难得，吃完饭玩一会儿。大家赞同。甲回家拿来了铁环，说这玩意儿滚着痛快，小时候我们就是玩着这长大的；乙回家拿来篮球，说打打篮球，回忆回忆当年跑步上篮的潇洒风采；丙回去抱来了电脑，说他平时在家，就喜欢上网，经常把网络上文采飞扬、言之有物，以及针砭时弊的文章下载下来，与大家共同分享。

三人面面相视，都不愿意放弃自己的爱好。

仔细分析，思想境界，立马清楚：前两位和后一位，思想观念相差了几十年，社会都到什么地步了，思想还定格在几十年前的铁环、篮球上，似乎还生活在儿时的记忆里，而脑中哪有现代化的思维，民主自由的思想，先进科学技术的位置。

谁都想找适合于自己的群体。

易中天教授说：有三种人值得深交：一是关心政治，胸怀天下，目光远大的人。二是体恤民生，善良正直，懂得生存艰难，活得有痛感的人。三是成熟稳重，逻辑客观，脱离了低级趣味，有独立思考的人。

社会充满了政治，政治遍布了社会。个人的命运和政治息息相关，甚至政治决定着个人的命运，没有人能独善其身。作为一个有知识，有理想，有抱负的人，不敢说达济天下，至少要融入社会命运的共同体中，与社会同呼吸，共命运，以善良的心，找出社会的弊病，对症下药，让社会结构，社会治理尽快完善，早日步入正常发展的轨道，让民众切实过上安居乐业的日子。

所以说，一个人要活得有质量，有意义，就要跟上时代的步伐。

有人一生喜欢学习，善于琢磨观察问题，遇到事情，爱追根问底，爱正反面看问题，所以，几十年来，头脑不锈，例如平权。还有一部分人，解决了生活问题以后，感觉船到码头车到站，过起了优哉游哉的幸福生活，屏蔽了自己的潜能，看问题浮浅，盲从盲信宣传说教，成了人云亦云的八哥。

　　闲暇之余，我总想找平权聊天，听听平权对某些问题的看法，了解了解平权的思想收获，或者胡诌一通，释放释放压抑的情绪，继续做自己喜爱的事情。

　　人以群分，物以类聚。

　　其实，平权比我大不了一两岁，可我尊敬他，见面不叫"刘哥"不说话。

沫老师

沫老师："你经常要买这要买那，妈妈现在上班，还能挣点钱，以后妈妈挣不来钱了怎么办？""那不是你的问题，也不是我的问题，那是钱的问题。"不到六岁的沫沫，竟然说出了这样的话，实在让人称奇。

一家人吃完饭，沫沫忽然对妈妈说："妈妈，我来教你怎么教育我。"妈妈一愣，不知沫沫要说什么。"以后放学接我，不要问老师今天批评你了么？要问老师今天表扬你了么？"沫沫在幼儿园一直表现不错，经常受到老师的表扬，听多了表扬的话，对批评之类的词，听了心里不舒服。

沫沫一直和奶奶睡觉，奶奶感冒了，怕给沫沫传染，妈妈让沫沫和自己睡觉，沫沫不情不愿地说："和你这个继母睡觉，心里就是不舒服。"沫沫喜欢看书，可能看多了《白雪公主》。

沫沫喜欢英语，对妈妈说："爸爸教我英语，是我的英语老师。""那妈妈呢？"妈妈问沫沫。"你是我的吃饭老师。"妈妈身体发福，沫沫长得瘦弱。

2018年5月25日，沫沫在小寨赛格参加"西安最中国"的画画比赛，在四千多名选手中，入围前三十六名。星期五恰好是"六一儿童节"，下午，沫沫参加现场绘画决赛，尽管没发挥出平时水平，还是取得了"欢购奖"的成绩，我说沫沫真棒，沫沫不屑一顾："小孩，有什么表扬的，我还没上学呢。"妈妈夸沫沫："沫沫，你真是妈妈的乖蛋蛋。"沫沫瞪了妈妈一眼："我又不是你下的蛋，你让弟弟当你的乖蛋蛋吧。"

"沫沫，不学习了，爷爷领你到兴庆公园去玩。"正在写字的沫沫，连头都不抬："公园都在家门口，经常去玩，有什么意思。"见沫沫无动于衷，我进一步说："别写了，别写了。"沫沫瞪了我一眼："爷爷，到你的电脑上写文章去，不要打扰我。"我只好灰溜溜地走了。

星期天沫沫不去小天鹅上课，中午，一家人坐在一起，沫沫给大家讲《白雪公主》的故事。"大家坐好，我先宣布纪律：讲故事的时候，大家不要说话，看着我仔细听。讲完了，我还会提问题呢。"说完，绘声绘色地讲开了，"……白雪公主假装吃了一口毒苹果，王后哈哈大笑……"讲到这里，手机响了，妈妈低头看手机。沫沫的脸色变了，真像老师训学生："上课的时候，要关手机，一心不能二用。"说完，又指着爸爸："要向爸爸学习，干什么事都很认真。你看爸爸听得多专心。"还真有一点霸气，大家笑了。"笑什么？这是警告，以后谁再犯，就给我站到墙角去。"说完，又沉浸在故事里。

每到晚上，沫沫就兴奋不已，不是给大家唱歌跳舞，就是让大家看她练功劈叉。姥姥叫沫沫睡觉，沫沫提出条件："睡在床上，我要给爷爷提三个问题，只要爷爷回答对一个，咱们就睡觉。"姥姥点头。

"第一个问题：红白黄兰绿几种颜色，你猜我喜欢哪种颜色？"你喜欢哪种颜色，我怎么知道？但不能伤孩子的积极性，我装着思考了一会说："红。"沫沫摇摇头："错，我喜欢黄颜色，因为黄色靓丽，看着舒服。""第二个问题：老虎豹子狮子狗熊狼，这五种野兽，我最害怕哪一种？""老虎啊，老虎是百兽之王，最厉害。""错。我最怕狼，因为我在动物园里见过狼，长相可凶了。""爷爷，两个问题你都答错了，剩了最后一个问题，再答错了，我就不睡觉。""你说第三个问题。""葡萄、苹果、梨、柿子、桃子、橘子、火龙果，这几种水果，你知道我最爱吃那种？"沫沫爱吃火龙果，尤其肉是红色的那种，我偏不说，故意说她爱吃苹果。沫沫开始否定，可没过几秒钟，忽然笑了："答对了，恭喜你，咱们睡觉吧。"为了睡觉，沫沫故意说答案正确。

生活中的沫沫，是个活泼开朗的孩子，经常说一些大人意想不到的话，让人惊奇之余，更多的是感动，这主要得益于沫沫看书多，思维活跃，爱思考。

家庭是孩子的第一个学校，老人和父母是孩子的第一任老师。抓住孩子从零岁到六岁这段时光，施以正确教育，孩子上学后就轻松多了，因为，孩子的性格、兴趣、爱好，大多都是在这段时间里形成的。学多少知识不重要，重要的是教会孩子如何做事，懂得什么能做，什么不能做以及最基本的道德规范。

越是好孩子，教育越轻松。好的习惯养成了，学习做事就简单了。

孩子教育是个技术活，不是所有人都会做的。放羊谁都会。

沫沫是姥姥一手带大的。姥姥常挂在嘴边的一句话是：

孩子就像一张白纸，大人在上面画什么，就是什么。会画的大人，画出了色彩斑斓的图画；不会画的大人，把一张白纸弄得一团糟。

近墨者黑，近朱者赤。孩子们在一起，是互相学习的最好机会。跟着好孩子，学会好品德，跟着不好的孩子，就会沾染上不良习气。姥姥很注意环境对孩子的影响。

带孩子，不一定要有多少知识，方法很重要，角度很重要，轻重很重要。孩子思想单纯，关键在引导。有大的思想，就有大的孩子。

沫沫经常问大人问题，有时大人回答不了，沫沫就自豪地说：我来回答。有时回答得让人啼笑皆非，有时回答得让人不敢相信，有时说出的话，大人琢磨半天，才明白了其中的含义，所以，妈妈称沫沫为沫老师。开始叫沫老师的时候，沫沫用眼睛瞪妈妈，半天不吭声，后来慢慢地叫习惯了，沫沫也真把自己当成了老师。

大哥

　　大哥还真是大哥，几十年前，不管姊妹们谁有困难，只要叫一声："大哥"，就是困难再大，大哥都能想办法解决。

　　岁月像一把无情的刀子，以前的大哥，如今被雕饰得面目全非。

　　大哥今年七十七岁，和今年九十九岁的父亲比起来，岁数不算大，可人却老态龙钟，走起路来，像八十多岁的老人，思维也不如父亲，常犯糊涂。农历七月十一，岳母家过忙罢（关中古会），我又见到了大哥。

　　没想到一年多没见面，大哥确实老了许多，坐在沙发上，不帮着扶一把，就很难站起来。说话也不如以前，心里想的和嘴上说的，极不协调，前后矛盾，颠三倒四，既让人心疼，又让人无奈。

　　人老了，谁也不知道会变成什么样子。

　　五十年前的大哥，高大英俊，在县上百货公司上班，为人厚道，仗义疏财，说话办事，干脆麻利，在同事朋友中享有很高的威信。岳父是某小学校长，家里又是富农，十年动乱中，自然被关进了牛棚，让交代问题。家里人惶惶不可终日，又不敢探视，正在一筹莫展之际，大哥自告奋勇，给老人提着饭盒，气昂昂去"探监"，造反派侧目，不敢阻拦。1971年未，林彪事件尚未公开，大哥提前从朋友处得知，就私下里议论，被人告发，上面追查"谣言"，找到他询问情况，他指东说西，胡扯一阵，造反派亦无可奈何。

20世纪六七十年代，岳母家有大小事，都找大哥帮忙。大哥人脉广威望高，为岳母家解决了不少别人难以企及的问题。

"文革"期间，妻得了脑膜炎，急送医院治疗。医院里人满为患，拒绝收治。大哥知道后，桌子一拍骂道：人命关天，拒绝救治，哪个王八蛋说的？亲自找院长交涉。院长无可奈何，只好安排妻住院。治疗期间，恰好碰到从上海下放到医院里的一位老专家，专家宅心仁厚，遵从救死扶伤的美德，精心给妻治疗，终于从死神手里夺回了一条性命。大哥深受感动，就对专家说：你在这里人生地不熟，需要什么东西，就说一声。老专家怯怯地说："这里啥都好，就是买东西要票，手里票少，好多东西买不上。"大哥一听就笑了："就这点事，找我就对了。"当时，大哥在县蔬菜公司上班，管的就是副食品供应。从此，老专家不管买鸡肉买猪肉，买烟酒买瓜果，都是有求必应，彻底消除了老专家的生活之忧。

我和妻的结合，也是大哥的功劳。

1981年初，我被分配到单位后，接我的师傅恰好是大哥的同学。半年以后，当师傅把我介绍给大哥，并让我和大哥谈了几次话后，大哥就坚决地支持我和他妻妹相处。按当时的择偶条件，不到一米七的我，属于半残废，平时穿得土里土气，一看就是个稼娃，再加上一口别人听了别扭的长安话，像刚从土里爬出来似的。大哥说服了老的，又说服小的："人品好，老实可靠，妹子嫁他我放心。"有了大哥的话，岳母才坚定了信念，说服女儿同我交往。

我感激大哥，是他架起了我们的婚姻桥梁。

结婚后，家徒四壁，一穷二白，在社会上又两眼墨黑，谁也不认识，是大哥托人，帮我们制作了大立柜，购买了自行车（凭票购买）。当时，大哥主管着某百货公司的业务，每次公司处理商品时，大哥就及时通知我们，让我们到库房中，任意挑选家里所需的物件。

　　1990年，我得了一场几乎要命的疾病，还是大哥，帮妻撑起了我们家的天，安慰了老的，又安慰小的，并托人走关系，帮我查清病因，找专家尽力治疗，才让阎王爷在生死本上，勾掉了我的姓名。

　　转眼一挥间。

　　如今的大哥，思维变得有时混沌，有时清楚，脾气也暴躁无常，正像他儿子形容的那样："我爸岁数大了，说话不靠谱，往往凭空想象着说话。如果抓不住他的把柄批评他，他能蹦八丈高，眼睛瞪得像《平原游击队》中的松井，和我大吵大闹。"

　　大哥的父亲，年近百岁，思维比儿子敏捷，不过，人老气虚，有时也控制不住，大小便失禁，常把卫生间弄得狼藉不堪。儿子照顾不了老子，孙子自觉地承担起照顾爷爷的责任。过年的时候，孙子把爷爷接到他家里。为了保证老人干净卫生，孙子孙媳轮流值班。晚上若轮到外甥值班，孝顺的外甥媳妇就睡在沙发上监督外甥，督促外甥精心照顾，不敢对爷爷有丝毫的怠慢。

　　老人吃得多了，拉不出屎来，吓得外甥和媳妇严阵以待。事后外甥说："等我爷一泡屎，比等太上皇给全家赏赐黄金还难，别人过年回家，一票难求，俺在屋，一泡屎难求，让人提心吊胆，不知什么时候这屎才能光临。接住的是屎，接不住的就是遍地黄金。"

　　尽管玩笑话，亦说明孙子孙媳妇对爷爷的孝敬之心。

　　人都是要老的，谁也不敢说自己老了会干干净净。

　　老小老小，老了就小了。小时候是啥样子，老了就是啥样子。小时候，父母屎一把尿一把，把自己拉扯大，等父母老了，儿女们也屎一把尿一把地为父母尽孝。

老人们的今天，就是我们的明天。人一生走了个圆圈。

积善之家，必有余庆。大哥家的老人，几乎都是高寿。大哥的老太，活了一百多岁，爷爷活了七十六岁，奶奶活了九十三岁，父亲活过百岁不成问题。

活动活动，活着就要动。希望大哥平时多锻炼，尽快恢复身体，以步前辈们健康长寿的后尘。果若如此，家庭之幸，儿女之幸，亲朋好友之幸。

冬青

冬青是我外甥媳妇，也是我的朋友。

外甥大学毕业后，去了广州工作，几年过去了，没见处对象的消息，心急的妹子和儿子一提此事，儿子就发躁："不用你管，我心里有数。"气得父母干脆不管了。父母不管了，他奶放不下。每次去妹子家，老人见我如见到救星一般，鼻涕一把泪一把地恳求："都二十七八的人了，还不找对象，和他一样大的同学，儿子都快上学了，你给娃说说，外甥听舅的。"

我只好和外甥通电话，结果可想而知，只是语气客气了点。

年轻人有年轻人的思想。

前年"五一"前，妹子忽然打电话说，儿子"五一"带女朋友回家，让我和妻回去看看。

外甥有了女朋友，我要看看外甥的眼光。

一见面，外甥就给我们介绍："冬青，我的大学同学，谈了几年了。""保密工作扎实，欺上瞒下了几年。"甥舅没大没小。外甥笑着给女朋友介绍："这是我舅我妗妈。"没想到大方的女朋友连忙伸出手来："叔、姨请坐。"俨然女主人一般。刚喝了一口茶，女孩就自我介绍："我叫冬青，家是渭南的。"看着眼前这漂亮大方的女孩，一路上悬着的心落了地。

当年年底，外甥准备结婚，妹子让我陪她去渭南见见冬青的父母。

冬青父亲能干，母亲贤惠。与二位大人交谈后，给我留下了深刻的印象。

冬青家是村里的外来户，冬青的爷爷为了避免抓壮丁，随着高陵的舅舅，二十岁就离开河南孟津流落到了渭南，好在爷爷是个牙医，凭着高明的医术，在渭南站住了脚。后来，子承父业，父亲在街道里开了个牙医诊所，凭借医术和职业道德，加之收费低廉，受到四邻八乡患者的一致好评，患者经常提上土特产如冬枣、花生、苹果等登门致谢。冬青母亲相夫教子，孝敬老人，连年被村委会授予"好媳妇"的光荣称号。公公儿媳关系融洽，每年老人过生日，都指定儿媳妇坐在旁边照顾他，就连冬青的姑姑都没这份福分。

外甥结完婚，小两口来我家拜年，进门后，冬青像到了自己家里一样，热情大方，无拘无束："妗妈，过年辛苦了，让我帮你摘菜洗菜。"怎能让新过门的媳妇干活？冬青笑着说："妗妈，趁这个机会，咱们还能说说话。"

饭桌上，冬青不断地赞扬妗妈手艺好，菜的味道好。

临走时，冬青还不忘给外孙女几百元的压岁钱，女儿再三推辞，冬青一脸正经地说："过年过的是欢乐，孩子是家里的希望，孩子欢乐我就快乐。"

每次回老家，妹子总在我面前夸媳妇："冬青每周六准时给家里打电话，先问候她奶，后问候我们。"妹子神采飞扬，脸上全是幸福的微笑。

今年春节回去，妹子又在我跟前夸媳妇："端午到了，粽子寄回来了，

225

中秋到了，月饼寄回来了，国庆到了，南方的水果寄回来了。夏天到了，给我和他爸一人买一身衣裳，春节前，又给我们一人买了一身衣裳。"妹妹看了我一眼，继续说："今年春节不放假，小两口回不来，钱又寄回来了。"说完，让我看桌子上的邮单。

站在一旁的老人，也激动地说："我享了我孙子的福了，我享了我冬青的福了。"冬青没忘奶奶，过年给奶奶买了一双鞋。老人眼中溢满了喜悦的泪水。

昨天晚上，忽然接到冬青的电话，说她明天下午准备回广州，时间紧，没时间看望我们，只能电话问候。多么懂事的孩子！我立即决定，天明回老家，看看冬青。

从妹子嘴里，我才知道冬青忽然回家的原委：

几天前，冬青忽然打电话，说她爷有病，准备回来看看。

冬青回到家里，病了一个多月的老人，奇迹般地恢复了。

原来，九十多岁的爷爷，上个月忽然得了肠梗阻，无法大便，折腾得老人奄奄一息。爷爷最疼冬青，让父亲给冬青打电话，想见孙女最后一面。

看着老人痛苦的样子，做医生的父亲，心急如焚，想尽了办法，都无济于事，最后，只好采用细铁丝弯钩掏屁股的土办法，掏了几次，孝心感动了天地，肛门一下子畅通了。家人虚惊一场。

冬青回来了，他妈做了一桌子团圆饭。饭桌上，老人用亲切目光看着冬青："今天特别高兴，我要吃几块肉。"原来，儿子嫌父亲肠胃虚弱，几天不让吃肉，老人馋得不行，又无可奈何，只能祈求冬青帮忙。冬青看了父亲一眼，给老人夹了两块肉，老人高兴得像小孩一样，直夸没白疼孙女。

妹子讲完经过，又开始夸冬青：

"前天冬青一进门，就给她奶五百元，给我和他爸一千元，又给她奶买了一双鞋,连这双鞋,她奶都穿了孙媳妇三双了。"

我笑着说:遇到这样明事理的媳妇,是你积德行善修来的福。

妹子笑着说:"是我的命好。"

冬青不好意思地低下了头。

其实,我和冬青在一起,也感觉自己年轻了十岁。我们像老朋友一样,谈天说地,没了辈分的区别。

望着满脸阳光的冬青,我心里说:"妹子,你烧了碌碡壮的香了。"

喜欢写文章的我,经常把发表了的文章转给冬青欣赏,没想到,每次冬青都能从文中找出毛病,或者留下一大段中肯的评论,让我非常感动。

冬青有文采,我多次劝她有时间也写点文字,就当业余爱好。冬青说她在公司管人事工作,整天忙得团团转,住的地方离单位又远,晚上回到家里,就八九点了,根本没时间。我理解冬青的工作。年轻人为了生活,拼命地工作,尤其在广州那块"时间就是金钱"的地方。

晚上和外甥通电话,外甥告诉我:"厂里准备投产,时间紧,任务急,经常加班加点,几个礼拜都没休息了,家里根本顾不上,好多事都是冬青处理的,冬青心细,比我考虑得周到,我想到的和没想到的,冬青都替我考虑到了。"我说:"你真有眼光,找了个好媳妇。"

外甥哈哈大笑。

妻子的眼疾

妻眼疾又犯了：干涩、憋胀、疼痛、流泪。

早上起床，妻呆愣愣地坐在床上用手揉眼，想着揉一会儿就好了，可揉了半天，不但没好转，反而更疼了，眼睛中像进了沙粒，眼皮睁不开。

去了几家医院，开了不少眼药水，点了无数次眼药，亦无啥效果。女儿托朋友专门从日本捎回了几盒眼药水，点了一个多月，照样没效果。

记得三十年前，妻就患过同样的眼疾，在临潼各大医院看遍了，也没啥效果。妻痛苦不堪，我亦无可奈何。

一日晚上，几个同道朋友聊天，谈及此事，朋友建议我给妻治疗。我懂什么？怎么治疗？朋友告诉我治疗方法。既然朋友说了，何不回家试试？

回到家里，已是十一点多了，妻子发出轻微地鼾声，睡得正香。想起朋友的话，顿时有了信心。当然，治疗不能打扰妻子睡觉，妻不信这一套，不能弄巧成拙。调整好心态，先用"神仙一把抓"，把眼中的病气"抓"出来（病气病气，病就是"气"，"气"就是病），然后用"魔掌疗法"：双掌搓热，然后两手叠加，放到妻的双眼上（搓热是为了增加能量，病灶处的能量低。利用高能量向低能量流动的原理，把病灶处的病气用正能量驱逐出去）。过了七八分钟，移开双掌，洗漱完毕睡觉去了。

第二天早上，问妻眼睛感觉如何？妻呆愣了一会儿，揉揉眼睛，忽然大喜："眼睛好了。"

当妻冷静下来后，问怎么回事？说她昨晚感觉我在她眼睛上好像做了什么。我笑而不答。

此后的多年里，妻眼疾再没犯过。

妻眼疾没犯过，岳母的眼疾却犯了，表现的形式和妻一样，感觉眼中有沙粒，不但干涩，而且疼痛，尤其到了晚上，上下眼皮粘在了一起，不但难以睁开，而且流泪不止。

儿子、孙子、女儿、女婿、外孙、外孙女女婿等争相表现，512、417、县医院、西京医院查了个遍，有的说是眼结石，需要做手术，手术做了，病症亦故。有的说是炎症，吃了不少消炎药，点了不少眼药水，亦无济于事。

三个月过去了，到了七月份岳母家忙罢，大家聚在一起，又忧愁起了老人的眼疾。正道没办法，就走旁门左道。"还有什么办法没有？"大家摇头。"如果没办法了，把人交给我，我来想办法。"我说完，大家面面相觑。

有些方法，只有在别人没办法以后才能使用，否则，会遭到周围人的讽刺和嘲笑。好心办坏事，这样的事例经常发生。

立即和临潼朋友联系，朋友说可以采取"圈疗法"治疗。

雇车拉上岳母，直奔朋友诊所。朋友讲了圈疗法的操作方法和注意事项，让岳母第二天换上旧衣服来（用药水在脸上画圈，容易洒到身上。）

为了治疗方便，岳母住县城大姐家。

第二天早上，大姐领着岳母去诊所治疗。

上班的事情多，忙碌了一早上，也没顾上过问，到了下午，打电话问岳母情况，岳母高兴地说，早上治疗回来，感觉浑身轻松，眼睛不粘了，不磨了，疼痛也减轻了。不相信自己的耳朵，怀疑岳母在安慰自己。放下手里工作，坐车去大姐家探个究竟。

岳母躺在床上，轻松的脸上挂满了喜悦。

岳母给我讲了治疗过程：用药水在脸上画圈，当然，都是围着双眼转，从大到小，从小到大，画了一圈又一圈，既不疼痛，也不难受，只是感到冰凉。画完后没多大感觉，回到家里睡了一觉，醒来一下子轻松了……岳母眼里放射出了久违的光芒。

坚持治疗，彻底治好。岳母充满了信心。

治疗了三次，岳母说病好了，不愿意去了。大姐没办法，给我打电话。

原来，岳母怕花钱。

给岳母做工作：

"大夫和我是多年的好朋友，看病不要钱。"

"只要好好配合，才能根治，半途而止，将前功尽弃。"

"刚来的时候，我和大夫通电话了，大夫说必须坚持十次，才能彻底根除。"

善意的谎言，竟然让岳母信以为真。

十天以后，岳母的眼睛恢复了正常，直到去世，再没犯过。

妻子的眼疾，是否与遗传有关，不得而知。

看着妻痛苦的样子，我忽然来了灵感："让我帮你治治。"有了上次治疗的效果，妻不但没拒绝，反而顺从了我的指拨。

我们来到阳台。

东边的太阳升起了一竿子高，光芒像一束束利剑，射向人间。

我给妻讲操作方法：面对太阳，吸气时想着把太阳中的能量全吸进身体，呼气想着病气从双眼中排出去。妻是个聪明人，一点就透。呼气——吸气——呼气——吸气……十几分钟后，我说好了，让妻躺在床上。还是老办法，双手搓热，双掌叠加捂住双眼足有十分钟。

"好好睡一觉，起来就好了。"给妻盖上被子，我干活去了。

妻在床上躺了多长时间我不知道，等中午回来，见妻正在厨房里忙乱，询问怎么样？妻笑着说：好多了。我说，晚上睡一夜，明天再看看效果。第二天早上起床后，妻揉揉眼睛告诉我："不干涩，不胀了，前几天想睁开眼睛，恨不得用手扒开眼皮，今天睁眼闭眼正常了。"我长长地舒了一口气。

晚上一家人围着桌子吃饭，妻子高兴地告诉女儿，眼睛好了。女儿问怎么好的？妻说，这几天鼻炎犯了，可能是鼻炎影响到了眼睛，昨天吃了点鼻炎药，今天鼻炎轻了，眼睛也就好了。

听了妻地解释，我端起稀饭碗，一口气喝了个底朝天，没吃馍没吃菜，起身到东门转去了。

宝运的按摩针灸

宝运是我的高中同学，几十年没见面了，7月初，忽然接到群瑜同学的电话，问我什么时候有时间，和宝运坐坐。同学解释说：宝运现在学中医，扎针按摩，手艺不错，我儿子半身麻木，腿脚不便，几乎到了不能行走的地步，周围几个医院都看遍了，花了上万元，也无济于事，后来找到宝运，一个疗程（十天）下来，就彻底好了。无以回报，想请你写写宝运。

2018年7月14日，群瑜在外院西门口的老院子，置办了一桌丰盛的酒席，答谢宝运。

吃过饭，闲聊中，我问保运，按摩扎针，能否减肥？宝运信心满满地说：没麻达。

我一直认为，只要身体发福了，毛病就来了，体重能减下来，身体就正常了。2015年9月份，我从榆林打工回来，体重锐减到一百三十五斤，9月30日在"美年大"体检，各项指标均在政常范围之内，就连平时较高的血压都正常了。近几年窝在家里，好吃懒做，身体一下子发福到了一百四十五斤，干活没精神，身上没力气，总感到有问题，但又说不出问题在什么地方。也许平时杂事缠绕，很少出去锻炼之故吧。不过，宝运的话，让我一下子来了精神：到宝运家看看，让他给我按摩按摩，体重若能减到一百三十五斤左右，就达到了预想目标。

宝运家两间宽的庄子，前后院盖满了房。躺在后房的床上，宝运开始给我揉肚子。"你身体不是太好，肚中结块较多，按着瓷实。"宝运手在我肚子上一搭，就得出这样的结论。"只要把结块揉开了，再点点穴位，扎扎针，效果肯定不错。"

宝运先是用双手掌跟前推，四指后挖，再从上到下，从左到右，犹如揉面一般，在我肚子上一下两下地揉搓。开始还感到疼痛，后来疼痛逐步地减弱。不一会儿，宝运就大汗淋漓。揉了约半个小时，宝运开始点穴。食指或中指，犹如钻头一般，按着穴位使劲下戳，好像要把肚子戳个窟窿似的，然后突然拔出，疼得我龇牙咧嘴。"有点疼，咬牙忍住。"宝运不断地提醒。

当我站起来的时候，浑身轻松多了。

晚上睡了一夜，感觉有了效果：

一是能睡觉了。往往半夜小便后，就睡不着觉，当晚明显地感觉睡觉时间长了。二是饭量减少了。三是起夜的次数少了。平时睡觉，几乎两小时小便一次，当晚起了两次夜。

副作用是，感觉身体困乏，浑身无力，像大病初愈，一连两天，什么事都不想干，就连每天必上的电脑，都懒得理了。

7月16日，第二次按摩。

"肚子结块太多，一时半会揉不开，必须配合针灸治疗。"宝运揉了二十分钟后，又在肚子上按八卦方位，扎了数针。

肚子上扎着针，宝运还不断地用手震动肚皮。针在肚皮上跳跃，时而感觉麻木，时而钻心地疼痛，半个小时后，扎针结束。

第二次回来，睡眠质量明显提高了。原来睡觉断断续续，起夜回来后，长时间无法安眠，这次不同了，一觉睡到大天亮，中间起了一次夜；过去睡觉屁特别多，回来屁明显地减少了；身上有了力气，开始在家里找活干了。

7月20日，第三次按摩。

宝运按着肚子说："结块少了。"揉完肚子点穴也不太疼了。不过，按摩快结束的时候，宝运又增加了一个项目：用双掌在肚皮上使劲按压，好像压皮球，几秒钟后，突然松开，连续几次。又在两个大腿根上，点了两下穴位。

饭量几乎减掉了一半。平时用老碗吃饭，最少吃一大碗，现在一顿只吃一小碗。整天肚子胀胀的，看见饭没了食欲。

7月27日，第五次按摩。

按摩即将结束的时候，宝运按住肚脐旁的穴位忽然问我："是不是右边腰有些疼？"我一下子愣住了。当我回过神来后，问了宝运一句最愚蠢的话："你怎么知道的？"

右侧的腰已疼了一年多，每每弯腰干活后，直起来就很艰难。"怎么不提前说呢？""不好意思，我是来减肥的。""一起治吧。"宝运说完，拿出无菌针，在肚子和腿上扎了几针。回到家里，腰竟然不疼了。平时走路腰弯背驼，妻笑我像个老头。其实，我也想挺直腰板刚刚地走路，可脊背僵硬，感觉不舒服，挺不了几分钟，就又恢复了原态。这次扎针后，腰自然直了，走路轻轻松松，也没了僵硬的感觉。

8月3日，第八次按摩。

我告诉宝运，整天肚子胀，见饭没食欲。宝运揉完肚子，在肚子上扎了几针，说解决肚胀问题，又在腰上腿上扎了几针，说巩固右腰的治疗效果。

一个疗程（十次）下来，体重稳在了一百三十四斤左右，睡觉、小便、腰疼等，都恢复了正常。

在治疗的过程中，常和宝运聊天，通过聊天，我对宝运学医的经历和想法才有了些许了解：

宝运的裁缝手艺远近闻名，曾在三桥、文艺路等地，辛辛苦苦做了三十几年活，家里盖了房子，女儿出嫁了，经济上没了负担，宝运就想，人老了什么最重要？身体最重要，身体好了，自己不但少受痛苦，还给孩子少了麻烦。事有凑巧，2015年，二楼租住的客户搬家走了，留下了一堆书籍。从小喜欢看书的宝运，在书堆里翻腾时，发现了两本中医书籍，于是就翻看起来。从小喜爱中医的宝运，慧眼识珠，一下子就看进去了。从此，不管是刮风下雨，不管是酷暑严寒，只要有时间，就翻看琢磨书中的道理。朋友知道宝运喜欢中医，又拉他在网上学习，后来，朋友又推荐他拜现在丹麦的"古派针灸传承者"黄贵晟老师为师。黄老师虽是远距离教学，却让他大开眼界：理论新颖，手法独特，根据不同的病症，采取不同的针灸手法，现场示范，让患者感受，让学生体验。就这样，一个病例一个病例地手把手教学，甚至拉来自己的儿子，在身上示范。

说到黄老师，宝运两眼放光，滔滔不绝。日积月累，宝运从黄老师这里，学到了不少按摩针灸的本事。

宝运用他学到的知识，给亲朋好友看好了不少如腰椎、颈椎、焦虑、半身不遂、高血糖、高血压等病症。

人生的舞台上，处处有精彩。一个人只要不甘寂寞，努力探索，不断地修正自己前进的方向，就一定能够到达理想的彼岸，这一点，宝运做到了。

希望宝运持之以恒，精益求精，用自己精湛的医术，为更多的人解除痛苦。

寻找杨大夫

杨大夫原在临潼某大型企业医务室工作，经朋友介绍，我们相识，后又成为朋友。20世纪90年代末期，杨大夫随着单位搬到西安以后，就再没了信息。

时间真快，一晃几十年过去了，可杨大夫的形象，时常出现在我眼前，我也经常在心里呼唤：杨大夫，您在哪里？

认识杨大夫，还真有些偶然。

20世纪90年代初期，我得了一场重病，住了半年医院，几乎丢了性命，出院后，身体虚弱不堪，一直想办法恢复健康，都无济于事。正在忧愁之际，朋友推荐，说杨大夫医术高明，有手到病除的医术。有病乱投医，我怀着疑疑糊糊的心情去找杨大夫。

那是一个秋高气爽的下午，天上白云悠悠，树上蝉鸣悦耳。我拖着沉重的身躯，和妻子女儿，走了不少路，费了不少口舌，才找到杨大夫所在的家属区。医务所在家属楼的二楼上。

杨大夫听说是朋友推荐来的，非常热情，简单地问了我的病情后，轻松地说:"躺在床上,先排排病气再说。"

我像一个听话的乖孩子,艰难地躺在医务室的病床上,双脚并拢,胳膊与两侧平行。杨大夫开始在我身上用功。双手在离身体几寸远的地方,从上到下、从下到上地来回排气。闭着眼睛的我,明显地感觉到杨大夫的双手带有一股强大的气流,所到之处,如电击一般,全身抽搐,浑身酥麻,腰身也随着双手的上下运动,不断地起伏扭曲,吓得我头发倒竖,浑身发紧。杨大夫安慰我说:"别紧张,身体放松,一会就好。"几分钟以后,身体适应了,心里也不紧张了,就能准确地说出杨大夫双手运行的路线以及双手时刻所处的位置。

十分钟后,杨大夫说声:"好了,站起来看看。"稀里糊涂的我,翻身下床,摇摇头,抖抖身,顿感浑身轻松。不灵活的胳膊腿,变得自如了,头不疼了,身上有了力气,好像不曾患病似的。

"立竿见影"本是一种物理现象,而今天却应验在了我的身上。几个月来,我四处打探名医搜寻异方,找了不少大夫,吃了不少药物,都是时好时坏,病情没有得到根本控制,遇到了杨大夫,或许是天意。

从此,杨大夫的形象就矗立在了我的心中。

后来,又经过一件事,更让我对杨大夫刮目相看。

女儿半岁以后,几乎每月扁桃体发炎一次,开始在单位医务所看,吃药打针总不见好转,后经同事推荐,说临潼中医院儿科何大夫,对小孩的病症,有独到的治疗方法。

星期天,我和妻带着女儿去找何大夫。何大夫是个即将退休的老太婆,医术精湛,每次去,花上八九毛钱,吃点药,或者打一针,病就好了。久而久之,女儿好像赖上了何大夫,只要扁桃体发炎,不找何大夫,就难以治愈。一次,孩子扁桃体又发炎了,由于病来得突然,来不及去中医院,就在单位医务室找最好的儿科大夫看,一连打了三天针,吃了不少药,花了六七块,也没治好,没办法,最后还得去中医院找何大夫。

这样下去，肯定不行，怎么才能根治孩子的病呢？一日和杨大夫闲聊，说起了孩子的病症，杨大夫哈哈大笑："怎么不找我呢？我的'小针刀'在全国都有点小名气。"说罢，取出有关报纸，让我看介绍她的文字。原来，杨大夫利用小针刀，治好了不少腰间盘突出、颈椎病、肩周炎、腱鞘炎、扁桃体发炎、滑膜炎、骨刺等病症。

我和妻领着不到四岁的女儿，去找杨大夫。

杨大夫看见女儿，热情地拉着女儿的小手："叫奶奶。"女儿怯怯地叫声："奶奶。""张开嘴，让奶奶看看你的舌头。"女儿听话地张大嘴巴。"嘴张大，舌头上翘。"当女儿舌头上翘的一瞬间，杨大夫右手里的东西，像闪电一般，准确的在女儿舌根下什么地方，刺了一下，只听见女儿"啊——"的一声还没有喊完，杨大夫就笑着说："治完了，回去吧。"我和妻不知就里。待我们明白过来的时候，才知道杨大夫左手拉着女儿的手，右手里藏着一根小针刀，趁女儿注意力分散的时候，突然出击，完成了手术。

就这一下，不到两秒钟，女儿的扁桃体发炎彻底治好了。

记得20世纪90年代中期的一天，杨大夫让人捎给我一盒长短约10—15厘米，直径1—1.5毫米左右的小针刀，让我照着样品，给她磨十把小针刀。我是管设备的，下面有的是手艺不错的钳工，我慨然答应。

找到车间一位老钳工，说明了情况，老师傅痛快地说："小事一桩，等我这阵子忙完了，抽时间收拾。"我信以为真，就等着回话。一周过去了，没见回音，十天过去了，还没见回音，我问老师傅，老师傅说："活马上忙完了，忙完了就做。"又过了一周，我又去催。老师傅嘿嘿一笑，不好意思地说："不知道东西放在什么地方了，找了几天，也没找到。"我一听头大了：折腾了这么长时间，竟然把小针刀弄丢了？怎么向杨大夫交代呢？满肚子的愤懑，又不能发泄，黄点不清，认不得瞎好人，自己酿的苦果，只能自己吞噬。

后来，我亲自到单位的大库房里，翻找了几次，也没找到替代的材料，最后只好红着脸，给杨大夫说明了原委。

杨大夫没责备我。

我想，当时她一定对我很失望。其实，我心里也如刀绞。受人之托，忠于人之事。朋友把我当人看，我却做了对不住朋友的事。失信失德，不仁不义，从此，我不敢见杨大夫的面。

再后来，就听说杨大夫回西安去了。

十几年前，和朋友闲聊，从朋友嘴里，才听到了一点杨大夫的消息：回到西安不久的杨大夫，就办了退休手续。退休后又闲不住，在朋友的怂恿下，在某地开了个诊所，一天病人很多，从早忙到晚。

2013年我住到西安以后，托人多次打听杨大夫的着落，都泥牛入海，没了回音。退休了，我又经常在环城公园、兴庆公园转悠，我留心身边的每一位耄耋老人，幻想着总有一天，杨大夫会搀扶着自己的老伴，也来公园里锻炼身体。

杨大夫，当年的小王，多么想你啊！想你治好了我的病，治好了女儿的病，想你医者仁心，想你救死扶伤的美德，就想对你说一声：尽管不是我弄丢了你的小针刀，但责任全在我身上，我要向你深深地鞠一躬，再说声对不起。

寻找郭克昌

郭克昌是化校的同班同学，1981年元月毕业至今，一直处于失联状态。

昨晚一梦，竟然找到了郭克昌。凌晨三点醒来，回想梦里情景，再也睡不着了。

好像是一次同学聚会后，几个同学来宁夏玩耍，飘飘忽忽中，我们来到固原：

这是一条新修的马路，周围一片荒芜，几个民工模样的人，正在路旁埋道沿。我们从东向西散步，不知是心理暗示，还是条件反射，我忽然大叫一声：郭克昌！坐在马路最前面一个斯斯文文的人，扭过头来看我。没错，他就是郭克昌。上身穿件光鲜亮丽的条纹衬衣，下身穿条干干净净的牛仔裤。脸型没有变，身材没有变，就是脸上苍老了许多。看见大家，郭克昌只是微微地笑。大家呼啦一下子围住了克昌。张三说，我们找你找得好苦，李四说，这几年你到哪里去了？克昌坐在那里，脸上挂着笑容，一动不动。身后忽然传来一句微弱的声音：他是腰缠万贯的大老板。奇怪。寻声望去，除过克昌，不见一个民工。

蓝天白云，四周一片寂静。

大家惊异。

有同学再问克昌：为什么不说话，不认识我们，还是有啥顾虑？还有同学问克昌，是否身体不舒服？哪怕磨破嘴皮，坐在那里的克昌，就是一声不吭。

克昌怎么了？有病了还是哑巴了？正在大家尴尬之际，天空中忽忽悠悠飘来了一张白纸，好像表格什么的，上面醒目地写着：不要与任何人说话；要保守一切秘密（原话是佛家用语，我反复看了几遍，可惜醒来后全忘了，意思大概如此），下面有克昌的签字。

原来克昌有信仰，信仰要求他这样做的。他的信仰我们不懂。大家只好垂头丧气地走了。

刚走了两步，空中一声炸雷。一个寒颤，我从梦中惊醒。

几十年来，不但宁夏的同学在寻找克昌，其它省份的同学也在寻找克昌。

消息断断续续地传来，传来的，都是断断续续的"没消息"。

为了寻找克昌，前两年的一个偶遇，还在心中萦绕：

2016年的一天早晨，我在小区楼下锻炼身体，一个五十多岁的中年人，操着一口宁夏话亦在锻炼身体。听着熟悉，随便问了一句：您是哪里人？中年人奇怪地看着我，悠悠地回答：我是宁夏固原人。固原？我灵机一动，这不是郭克昌的家乡么？感到一下子亲近了许多。"你住在这里？""儿子在这单位上班，我是来看儿子的。""我也在这单位上班，不过刚退休。"中年人喜出望外，说他儿子在某某部门上班，叫什名谁，问我认识不？我说："不认识，不过，我和他领导是朋友。"中年人瞪大了眼睛。俩人越说越热火。我感到火候已到，就说："我有个同学在固原，多年没有消息，能否帮我打听打听？"中年人满口答应。原来，中年人说他在某乡镇工作，还是有点人脉。总算找到了一根稻草。我马上回家，把这几年了解到克昌的全部信息写在纸上，交给中年人，并附上我的姓名和电话号码。

我满怀信心。这下有救了，郭克昌的信息一定能查到。

一个月过去了，没见消息，两个月过去了，还没见消息，半年过去，一年过去，两年过去了，都没郭克昌的消息。我失望了，我大骂中年人不讲信用：应人事小，误人事大。曾信誓旦旦地保证，回去尽力帮忙，怎么就食言了？就那么大个固原县，即使一只老鼠，也能找到，何况一个有名有姓的大活人。

冷静下来想想，不能全怪中年人，或许，中年人也想尽了办法，托朋友托同事托熟人，根据郭克昌父母所在的单位——固原县印刷厂，顺藤摸瓜，找了个遍。可惜单位倒闭了，地皮卖给了开发商，父母被迫搬往它处，哪里还有消息？或许由于某种原因，克昌早就离开了固原，或者克昌一直在某个单位上班，由于性格内向，不爱与人交往，朋友很少，或许，克昌身体一直不好，长期休病假，单位没几个人认识他，或许、或许，我不敢再往下想了。

不过，我也多次掂量，看中年人的长相，也不像说谎的人，再说，他儿子在我们单位上班，应付和说谎应该是有顾虑的。

几十年来，我常看着毕业分手时，克昌留在我日记本上的地址——"宁夏固原县印刷厂"几个字发呆。

正在发呆，耳边忽然飘过一首《同学情》：

哪里去品味，哪里去寻找？
同学间的深情，那纯真的味道。
曾记得，在一起吃饭侃古今。
求真知，追梦想风华正茂。

甜美的故事，谁也忘不掉。

一辈子同学，一辈子亲！

……

再回想昨晚的梦境，不知是吉是凶。我双手合十：

郭克昌，你在哪里？上天了，入地了，总得给同学们捎个话吧！

泥腿子艺术家——苗春生

"土生土长潏畔，千锤百揉弥坚，几经大师妙手点，关中情趣立现，周秦民风犹在，汉唐神韵依然，质朴憨厚虽无言，美名萦绕长安。"

胡嘉仁的这首西江月，赞的就是泥塑大师苗春生。

苗春生，1951年生，长安郭杜潏河西岸的周家庄北周人氏。

周家庄地处长安腹地，是历史上的名村名地，一个名副其实的民间艺术之乡。正月里的社火芯子，闻名四邻八乡。高跷的技艺，彩亭的炫目，阵势的恢弘壮美，使人为之叹服。苗春生从小生活在这样的土壤中，潜移默化，就知道了什么是美，什么是爱的真谛。所以，自幼喜爱绘画艺术。

春生是我的乡党，1974年在公社放电影的时候，他和我表哥是搭档，所以我们早就认识。春生不善言辞，为人厚道，做事踏实，当时，每天除过繁重的放映任务外，业余时间就学习绘画。那时的他就给人们留下了一个有理想、有追求，积极向上的阳光形象。改革开放后，放映队解散了，春生回乡务农。可能是老天有意安排吧，1978年春节过后，周家庄又准备热热闹闹地耍社火，并邀请西安美院雕塑系刘学良老师等一行人前来指导装扮芯子，刘老师精心捏出了一组活灵活现的古装戏曲小泥人，其艺其技，引起了围观村民的啧啧称赞，亦征服了看得入迷的春生。春生有绘画基础，自然心有灵犀，从此，他下决心掌握这门泥塑艺术。他找来了《陕西古代雕刻》《收租院群雕》等几本少得可怜的书籍为摹本，努力钻研，刻苦练习，同时，深入生活，积累素材。他在艺术上真正取得精进的就是在养猪场的十几年里。

20世纪80年代初，春生除种好自家的几亩田地外，做过生意，办过工厂，直到80年代末，才有了自己的养猪场。猪场创建初期，非常辛苦，他不但每天喂猪，还要联系饲料，打扫猪圈，学习猪病的预防知识，但不管多忙多累，一天总是要挤点时间画上几笔，或捏几个泥人。后来，猪场有了规模，就雇人管理，自己才轻省下来，便把主要精力投入到绘画和泥塑的创作中去。猪场远离村庄，干扰少，每天除过必要的劳动之外，就是潜心做自己喜爱的事情。他像着了魔一样的废寝忘食，晚上常常工作到凌晨一两点。不管是春夏秋冬，还是三九酷暑，春生的坚持从未间断。创作中遇到不懂的问题，就利用去西安办事的机会，到西安美院找老师请教，或买些有关书籍琢磨钻研。

一个人如果从他钟爱的事业中找到了乐趣，就会义无反顾地去做好它。

经过三十多年的探索学习，从原来塑造的古典人物，佛像、神仙，逐渐成为表现关中农村人们朴实、憨厚、豪放、正直、节俭、满足的形象，再现了一段近乎失传的民风民俗情景，将人们的记忆拉回到了20世纪五六十年代的关中农村，被媒体誉为"生动的关中民俗教科书"。其深厚的文化底蕴和泥塑魅力，得到了广大群众的喜爱。

春生的泥塑作品被中央电视台新闻30分、陕西电视台、西安电视台、成都卫视、上海电视台以及《陕西日报》《西安日报》《西安晚报》《三秦都市报》《华商报》等媒体报道后，引起了人们的广泛关注。一次在朋友家碰到春生的妻子，我问嫂子："春生几十年如一日地搞绘画、泥塑，几乎占据了家庭生活的全部时间，你没意见吧？"言下之意，在大家都想方设法挣钱的大潮中，这不是逆势而行么？朴实的嫂子笑着说："有啥意见？这是他的爱好，总比喝酒打麻将强。"站在旁边的女儿也笑着说："十年来，家里家外的事情，都是我妈撑着。她用行动默默地支持着我爸的事业，从没怨言。"我忽然想起阎维文在《十五的月亮》中的一句歌词：

　　"丰收果里有你的甘甜也有我的甘甜，军功章有我一半，也有你的一半。"

　　我对贤惠的嫂子，肃然起敬！

　　2012年春节前，在朋友的聚会上我遇到了春生。几十年未见了，除过岁月留下了满脸沧桑外，更多的是成熟和稳重。我想起了他和表哥共事的日子，不无感慨地说："看来，一个过于聪明的人，不见得能干成事情，而选准目标，不事张扬，坚持踏踏实实做事的人，就一定能实现自己的理想。"春生知道我是有感而发，长叹一声："做人做事，要想得长远，不要被一时的浮华所迷惑。"双目相视，俩人会心地笑了。表哥在放映队的时候，帅气健谈，比春生红火得多。几十年过去了，物是人非，令人心酸。

　　三年过去了，春生的名声越来越大。星期天，我专门去北周拜访他。

　　在温馨的气氛中，一杯清茶，感慨颇多。我问春生："几十年来，路是如何走的？"他告诉我："做什么事，不要想得过多，什么名啊利啊，吃亏占便宜啊，这些心思多了，就会冲淡技艺的提高。"嫂子在旁边插话道："开始的时候，不少人看见泥塑作品的经济价值，开出优惠条件，要和他合伙当生意去做，他不为利益所动，只好婉言谢绝，说得多了，干脆予以拒绝，为此，得罪了不少人。""一心求名，未必能得到名，一心求利，可能一辈子都发不了财。不图名不图利的人，才会把全部的心思用在做事上，才能提高自己的艺术水平。"名师出高徒。春生的女婿，也是他的徒弟胡振波的一番话，让我对春生刮目相看。

春生继续说："人要做一件事，不要给自己设计过高的目标。目标过大，实现不了，失望就大。认准的路，关键是坚持去做。苦不会白下，汗不会白流，辛勤耕耘，必有收获。"

这是春生对自己走过的路的总结，也是一个艺术家的成功秘籍。

喝完茶，我们参观了春生的工作室。工作室在二三楼。房间里到处都是泥塑作品。有水浒108将，关中风情系列作品，陕西八大怪，七十二行等。上万件作品，逼真形象，简直是个民俗博物馆。其中关中风情系列作品中的《看戏》，让我看得入迷：

戏台上声情并茂，台下几百观众，形态各异。坐在前面的铁杆戏迷们，有的穿着黑粗布棉袄的颈背上插着旱烟袋，炯炯有神的眼睛看着舞台上演员的一举一动；有的晃着黑头，露出牙齿不全的嘴巴悠悠地跟着台上哼唱；中间人群中，几个个子低的人，看不到台上演员，只能踮着脚尖，扒开前面人的肩膀，脖子向前伸得老长；还有个别年轻人在台下故意作怪，趁机在拥挤不堪的人群中兴风作浪，你推我搡，制造混乱，急得维持秩序的基干民兵拿着长长的竹竿，一面呵斥，一面毫不客气地敲打闹事者的黑头；还有一些精力旺盛的年轻人，壮着胆子，偷偷地摸着周围女人的屁股以满足饥渴的心里；那些挤不动又看不见的老戏迷，只能圪蹴在墙旮旯操着一双黑粗的大手，眯着眼睛听戏；几个头戴瓜皮帽的淘气小孩跑到戏台前，睁着一双好奇的眼睛，扒着戏台沿子，也只能看到台上演员们腿脚；戏台的侧门口，挤满了看演员化妆的大人小娃；戏台的背面，更让人忍俊不禁：有人拉完屎在墙上蹭屁股，有人站在台基上肆无忌惮地脱下了西北大裤裆。

戏台周围的空地上，小商小贩们占据着各自有利地段，大声地吆喝着买卖：有卖包子的、卖杠子馍的，有炸油饼、炸油糕、炸油条的，有担着担子买油茶的，有支着汽油桶做成土炉子卖烤红苕的，还有人扛了一捆甘蔗，一边啃吃，一边招揽着生意……

昔日看戏的真实场面，栩栩如生地展现在我的眼前，晕晕乎乎中，我似乎看到了小时候的自己，穿着硕大的棉衣棉裤，流着粘稠鼻涕，在稠密的人群中挤来挤去，哭丧着脸，寻找戏台下的我婆我大，让她们给我买好吃的去。

关中记忆系列作品《秦镇》，真实地还原了秦镇当年的繁华景象。沣河是长安、户县的分界线，哗哗的河水，残破的石桥，牲口市场的热闹、吃食市场的繁华、蔬菜市场的杂乱，作品表现得淋漓极致。

当我站在这组系列作品前，细细地端详后，又一下子陷入了深深的沉思：

年关将至，河东的长安人跨过破烂不堪的石板桥，来秦镇赶集。我大腰里揣着一年辛苦攒下的一二十块钱，领着我艰难地挤过石板桥，来到了西河滩上：在牲口市场，我瞪着一双好奇的小眼，看牙家们神神秘秘地在右手袖筒中用指头和对方捏着价钱。在散乱的吃食市场，我贪馋地看着摊子上的饸饹面、油饼、油条，用祈求的眼睛看着我大，见我大无动于衷，只好用舌头舔舔干裂嘴唇，给冻僵的双手中哈口热气，搓搓手，再搓搓冻得发紫的脸蛋，咽口涎水，过过眼瘾。在蔬菜市场，我像一只小猫一样跟在不断问价的我大身后，这里看看，那里摸摸。中午过了，我大才狠心地买了几斤猪肉，一斤大葱，一捆菠菜，几斤大枣、核桃之类的年货，领着肚子咕咕作响的我，返回二十里路外的家。

《夏收》系列的泥塑，是春生和他的高徒胡振波的新作。作品充满了浓郁的乡土气息，使我又回到了小时候的农村，加入抢割、抢晒、抢打、喜交公粮的岁月。

抢割。金黄色的麦田里，不管男女老少，头上带着草帽，肩上搭着毛巾，有的圪蹴着，有的躬腿弯腰。镰刀嚓嚓，挥汗如雨。有的蹲下来拾散落在地上的麦穗，有的站起用麦杆结腰，准备捆扎割倒的麦子。远处的麦茬地里放着喝水的盆盆罐罐以及磨镰水和灰色的磨石。龙口夺食，大家和老天赛跑。

抢收。老汉套着牛车，嘚嘚喔喔地拉回了一车麦捆，刚进到场里，人们就迅速地围拢过来七手八脚的帮忙卸下。垛下的人用两股叉往上挑麦捆，垛上的人把挑上来的麦捆顺好踩实。

抢打。老牛拉着碾子、碌碡，在摊开的场里，呼噜噜地有序地转圈，周围的人，有的拿着连枷，有的拿着扫把，有的拿着四股杈，严阵以待，时刻准备着翻场或清扫碾落到场外的麦粒或捶打未碾到的麦穗。赤日炎炎，汗流浃背，人人脸上荡漾着丰收的喜悦。下午收完场，把碾晒出来的麦粒收集成堆，太阳落山前，趁着终南山里刮来的山风，把式们开始扬场，利用风的作用清除麦粒中的草屑等杂质。簸箕、刮板、扫帚等诸多早已消失的农具，赫然又回到了我的眼前。

喜交公粮：

麦子丰收了，农民们用架子车或独轮车拉着装满麦子的麻袋，喜气洋洋地上交公粮。粮站上热闹非凡，大秤上面的绳套中穿着一根短粗的木棒，两条壮汉吃力地抬起秤钩上的两大袋小麦。过秤的老汉眯着眼睛瞅看秤杆上的星星，站在一旁的主人瞪着一双牛眼看着秤杆的高低。搭在粮仓顶上长长的斜梯上扛麻袋的人们鱼贯而行。粮仓下面站有用细绳扎紧麻袋口的女人，粮仓顶上站有手脚麻利，让黄澄澄的麦粒入库进仓的小伙子。拐角一张破方桌上，趴着一位带着老花镜的出纳，熟练地拨打着破旧的算盘，分分毛毛地计算着各家各户的钱款。

作品把 20 世纪五六十年代，朴实憨厚的关中农民的形象，在这里原汁原味地展现出来。

再看周围架板上，满满当当地摆着《裤带面》《关中老太》《舔碗的习惯》《往昔岁月》《过年》《老两口》《戏迷》等作品，这些都是我非常熟悉的父辈们的身影。

太丰富了，太震撼了。我无法一一细看。

一个多小时的参观，使我见证了春生泥塑作品的真实魅力。

回到一楼的客厅中，激动的心情无以言表，过了好一会儿，我才问春生为什么能做出这样扣人心弦的作品？他言简意赅地说："丰富的阅历，操作的技巧以及个人的灵性，是泥塑的灵魂所在。"我大悟。没有几十年的生活积累，没有对生活的无限热爱，没有超人的智慧，作品就不会有这样感人的生命力。春生做到了，所以他是大师。

准备回家的时候，忽然看见站在身后的高徒胡振波，我无意中问了一句：这几年获奖作品多么？没想到，徒弟和师傅一样，不善言辞，只是笑着从房中取来厚厚的一叠获奖证书和聘书：

2008年1月，春生获得西安市群众艺术馆民间艺术家称号；2008年1月，获得西安十佳艺人称号；2009年12月，获陕西省工艺美术大师称号；2012年11月，获西安市农村拔尖人才称号；2010年12月，被评为西安是参与2010年上海世博会工作先进个人……

2010年4月，春生的"关中泥塑"获国家文化部和陕西省共同主办的"西部非物质文化遗产项目展演系列活动"中获优秀奖；2010年5月，"关中记忆民俗风情系列"作品，被西安市群众艺术馆、非物质文化遗产保护中心收藏；2010年9月获陕西省农民文化节手工艺类一等奖；2014年10月，作品"关中风情"获得"陕西民间文艺山花奖、工艺美术作品奖"；2014年11月，作品"关中风情"获陕西省文学艺术界联合会举办的"秦风琴韵"首届工艺美术作品展金奖……

春生简直成了获奖专业户。看得我眼花缭乱，只好看了其中的一部分。

面对着这些沉甸甸的证书，我心里有说不出的喜悦。这可不是用钱买来的虚名，这是社会对一个泥腿子农民几十年如一日默默无闻耕耘的回报，这是广大群众对春生泥塑作品的肯定，这是政府部门对其继承非遗文化、传承民间艺术的褒奖。

春生用他的一双巧夺天工的神手，给我们还原了几近消失的五六十年代关中农村的这段历史，我从内心深处为他点赞。

一张准考证

闲来无事，拉开床下抽斗，在里面的盒子里翻腾，中专毕业证、大专毕业证、结婚证、职称证，以及各种培训班的结业证，摆了半床。翻到最后，竟然从最底下翻出了一张封面发黄，印刷粗糙，恢复高考制度后，第一届中专招生准考证。心里舒畅，立即打开合页观看，左边上半部是贴照片的地方，可惜照片早被撕掉了，下部是姓名、考号（011250），右边是考生须知内容。

仔细算来，这张准考证，恰好保存了四十年。四十年来，我一直视它为文物，是历史的见证，是一个时代的符号，更是我生命里阳光明媚的春天。

拿着这张准考证，思绪又回到了1977年那个被青春点燃的冬天。10月下旬，中国各大媒体公布了恢复高考制度的消息，全国沸腾了，被耽搁了十年的五六百万适龄青年，欢呼雀跃，跃跃欲试，我也和大家一样，翻箱倒柜，挖空心思，寻找复习资料。这是改变命运的大好机会，绝对不能放过。

自从1973年元月考上郭杜中学以后，抓紧时间学习，尽量不参加政治运动，尽量避免过多的学工学农劳动，幻想有朝一日天晴了，考学跳出"农门"。为此，没少受政教处主任的责备和批评。在那样的年代，没有什么世外桃源。先是批林批孔折腾了一段时间，还没消停几天，又批教育界的右倾回潮风。学生不好好念书，政治运动成了培养仇恨的基地，学生成了任人驱使的奴隶。一腔热血，付之东流。恢复高考，成了天方夜谭。1975元月，在一片"农村是个广阔的天地，在那里可以大有作为"的声浪中，我怀着满腔的愤懑，灰溜溜地毕业回到了家乡，继承祖辈们的事业继续修理地球。理想破碎了，心情郁闷到了极点。到家的第一件事，就是把学过的数理化以及初中积攒下来的学习资料，全当成垃圾准备烧掉，多亏教学的姑妈阻拦，才使这些资料幸免于难。

　　姑妈的远见卓识，实令我钦佩。在恢复高考制度后复习时，这些资料成了我考学的救命稻草。十年浩劫，把"文革"前所有的学习资料都当成了封资修扫进了垃圾堆，而"文革"中的所谓的教材，都是以政治宣传为目的的假大空。劫后大地一片荒芜，欲寻复习资料，比在尼姑庵里找笸子还难。当我从土楼上翻出这些落满灰尘的书籍和资料时，几乎高兴得跳起来。就凭这些资料，没黑没明地复习了一个多月，才挺起腰杆走进了考场。

　　1977年12月11日早上，迷信的母亲，不知道听了谁的话，破天荒地给我面条碗里埋了两个荷包蛋（预祝考100分）。我带着这张准考证，雄赳赳、气昂昂地汇入到高考的人流中。在去考场的路上，心高气傲的我，紧紧地攥着拳头，看着身前身后如水般的考生，心里很是不服：你们中的大多数，都是陪我考试的。

　　考场设在母校郭杜中学。进了学校的大门，各排教室靠路边的墙上，都是黑板报，上面全是解析的数学、几何、化学题。提前四十分钟到达的我，有意无意地浏览着这些例题，轻蔑地说道，什么破题，初中我都做过。牛皮不是吹的，火车不是推的。第一场数学考下来，教室外面的场地上站满了考生，叽叽喳喳，议论纷纷。这个说，十道题我答了两道，那个说，十道题我答了三道，只见一个精精干干的小伙子走过来，脸上放着光彩，说他答了五道题。周围一片啧啧之声。当同学问我答得怎么样时，我不好意思地说，只有一道没答。周围的男女考生听见了，像看稀有动物似的瞪大了眼睛。

试考完了，下午回到家，母亲和初中的胡老师早在院子里等着。当我给老师汇报了答题的经过（得多少分数估计得都相差无几）后，老师自信地对母亲说，给娃准备铺盖卷吧。

一个月后的某天中午，刚从地里回来的我，正准备收拾工具，门外的邮递员喊着我的名字。录取通知书来了。拿着通知书，我看了一遍又一遍，当确信无疑时，竟高兴地在院子里，跳起脚来高呼：邓小平万岁！十年了，这是我第一次发自肺腑的呐喊；十年了，总算盼到了天亮的这一天；十年了，多少屈辱、多少痛苦、多少残酷血腥的场景深埋在心里，敢怒不敢言，甚至不敢怒亦不敢言，今天总算熬到头了。望着明朗的天空，蓝天白云，悠悠荡荡，太阳发出柔和的光芒。虽然已是寒冷的冬天，我却感到滚滚的春潮迎面扑来。

1978年刚过完春节，母亲就给我做好了被褥，棉衣棉裤以及秋夏两季衣服。2月25日早上，带上录取通知书，背上行李，踏上了求学之路。当母亲送我到巷子最北头的城壕边时，我再三叮咛母亲，保管好准考证。母亲问为什么？我说这是我一段人生的见证。不识字的母亲，并不懂得这些话的含义，只是含泪点头。睿智的胡老师也送行来了，当他把我送到村外通往公社的大路上时，也再三叮咛我，保存好准考证，将来一定有纪念意义。

三年后，当我学成回家，母亲第一件事，就是从破旧的箱底中翻出保存完好的准考证，交给了我。从此，准考证伴随着我走过了人生的风风雨雨。后来，不知道什么原因，单位要张照片，肯定照相来不及了，只好忍痛把准考证上的照片撕了下来。从此，留下了这张没有照片的准考证。

　　看着准考证，想着自己走过的路，颇多感慨，颇多唏嘘，岁月蹉跎，人生如梦。一个人的命运和国家的命运是紧紧相连的，国家若在水深火热之中，个人的命运也好不到哪里去。只有不断地完善制度，国家才有希望，个人才有前途。

一盆油泼面

秦人喜爱面食，是出了名的。扯面拉面臊子面，油泼面biangbiang面浆水面，酸汤面凉皮搅团麻食，想尽了办法，做出了花样。我是地道的关中人，对面食更是情有独钟，一日不吃面食，心里就难受，两日不吃面食，吃什么都寡味，三日不吃面食，恨不得用头碰墙去。所以从小就在心里排了个食谱：有面条，绝不吃馒头，有馒头，绝不吃米饭。可这一个多月以来，和徐州朋友共事安装设备，硬是没吃面食，我都不敢相信，自己是怎么扛过来的。

徐州虽属南方，可从地理环境上看，和山东安徽河南接壤，属于南方中的北方，可大家喜吃米饭，不喜欢吃面食，也不会做面食。我在徐州呆了三年多，看见他们吃面条，心里就难受。往往一桌子席面吃完了，主人问大家还要什么主食？我总是说来碗面条。一碗面上来了，没醋没酱没盐没辣子，问怎么吃？答：白面条倒上残汤剩菜。张着的嘴，半晌合不拢。街道上也卖面食，有时，兴冲冲地要上一碗面条，不知道面做得不行，还是调料调得不行，总吃不出秦人面食的味道来。

四年后的今天，又和徐州朋友一起共事，就没打算吃面食。不吃面食，心里难受，难受也得忍着。想不到隔壁来了小老板，领了一帮子当地人干活，每天中午，在门前支个老式铁锅揪面片。面对这巨大的诱惑，刚把心里的馋虫压下去没几天，可恶的头又冒出来了。心里发痒，涎水直流。每天中午，当揪面片的人在外面忙得不亦乐乎的时候，我就回到房子，关上窗门，偷偷地咽着唾液。前天实在克制不住了，中午坐出租去十几里外的甘河镇，买了一斤半面条准备做油泼面。中午张师傅照样做的是米饭土豆炖肉。他知道我不吃肉，正准备炒个素菜，我赶紧拦住，说我买了面条，中午吃油泼面。张师傅不以为然，说面食没啥好吃的。我说你们徐州人，不会做面食，自然做不出好吃的味道来。

大家端着米饭和菜，到隔壁房间吃饭去了。我刷锅洗碗烧上水，才坐下来剥葱剥蒜，没有辣面，只好用新鲜的辣椒代替，又在蔬菜堆里翻腾了半天，找出了几颗青菜。我拿着笨重的刀（刀已经钝了），把葱蒜辣子切碎，只等锅开。锅开了，一下子把一多半面丢进锅里。

这里海拔高，气压低，一滚两滚，根本煮不熟的，等煮了三四滚后，才把仅有的一点青菜扔进锅里，又煮了四五滚。

等不及了，揭开锅盖，用笊篱把面捞到盆里。足足一小盆。面还是有些硬。嘴里的涎水，不断地流淌。调上葱蒜辣椒，醋酱盐味精。用小锅烧油。锅里的油，腾腾地冒着烟。煎油往佐料上一泼，"呲啦"一声，一股青烟从盆里升起。随即一股诱人的香味扑鼻而来。

用筷子翻搅面条的右手，微微有些发抖。挑一筷子先尝尝，满嘴都是香辣酸的味道。好像几十年不曾吃过油泼面，一下子触动了我的味蕾。欲罢不能。一撮面进了口，紧接着一筷子一筷子往嘴里塞，如猪八戒吃人参果，一盆面囫囵进了肚子。看着盆底剩下油汪汪的汁子，恨不得再用舌头舔个净光。

放下盆筷，才感到肚子有些涨疼。想想也是，平时在家，最多吃半斤面，今天不知怎么了，一时没刹住闸，竟然吃过了头。面有些硬，胃肯定消化不了，中午不能休息了，要到外面转转去。

当我走过隔壁门前的时候，看见十几个民工们蹲在地上，津津有味地吃着碗里的揪面片，心里就想笑：什么揪面片，哪有我的油泼面香？我像一个暴发户一样，挺着肚子，趾高气扬地从他们面前走过。

晚上，照样是五六个菜和稀饭馍，当然，我是不会吃的。我还惦念着中午没下完的面条呢。

和中午一样，等张师傅忙活完了，我在锅里烧上水，备好葱、蒜、辣椒，还在案板上捡拾了四五粒红红的花椒。当我把面条捞到盆里，撒上佐料，热油一泼，不但有了香辣味，还多了些麻辣味。不过，这次却没中午幸运，王经理进来了，蒋师傅进来了，看见油泼面，争抢着拿来碗筷，要尝尝味道。不能驳了同事的面子。我只好忍痛割爱，把盆里搅好的面条，给他们一人拨了几口。王经理吃了，高兴地说，确实好吃，蒋师傅尝了一口，也连连点头。看着自己盆里所剩无几的面条，别提心里多懊悔了。你们有肉菜、有米饭不吃，到我盆里凑什么热闹？

一盆油泼面，吃得我心里舒坦了好几天。我暗暗发誓，等工程结束回到西安，第一件事，就是找个面馆子，吃它两老碗油泼面，好好解解馋。

一碗胡辣汤

　　小时候生活在农村，尽管离西安城不远，只有三十几里路程，去趟西安逛逛，却成了心中的梦想。

　　记得第一次跟父亲去西安，已是上初中的事了，是拉着架子车去的。西安城原来这么大，这么繁华！我目不转睛地看着四周的风景和高耸入云的钟楼，梦寐以求的愿望总算实现了，心里激动万分。走近东门的时候，太阳已近正午。从天不明到现在，一口水没喝，一块馍没吃，可能父亲也累得走不动了，才在靠近东门路北的几个卖小吃的摊位前停下来，取下架子车上的黑馍，左看看右问问，最后拉我坐到一个卖胡辣汤的小摊前，要了两碗胡辣汤。

　　当摊主把一碗热气腾腾的胡辣汤端到我面前时，我一下子愣住了，我不知道这黑乎乎的粘稠物到底是啥东西，看看周围的人都低着头用勺子往嘴里喂，忽然有种可笑的感觉："西安人咋就吃这东西？"几分钟没敢动勺子。

　　父亲看出了我的瓜相，怕周围人耻笑，连忙给我使眼色，并指着碗里说："这是胡辣汤，好吃得很。"从来没听过"胡辣汤"这个名词，心中好生奇怪，看着那粘糊糊，黑不拉几的剩饭，不由得想起了家里的泔水桶。父亲见我傻愣愣坐在那里没动勺子，就狠狠地瞪了我一眼，我才不好意思地用勺子轻轻地舀了一点，放到鼻前闻闻，见有股异样的腥味，心里就犯腻，尽管饿得前胸贴了后背，胃里却有一股股东西往上翻，但不吃又怕别人笑话，只好鼓足勇气用舌头尝尝，麻麻辣辣并不难吃，紧绷的神经才松弛下来。肚子饿得咕咕直叫，听着旁边一片呼噜呼噜的吃饭声，我牙一咬，心一横，管它荤素与否，填肚子要紧。我一边啃着左手上的黑馍，一边用右手上的勺子在碗里慢慢地搅着，搅着搅着，才看清了里面有豆腐、粉条、面筋、海带丝、莲花白、萝卜洋芋小肉丁等，便憋着气试着吞咽。开始是当完成一项艰苦的任务样地囫囵咽下的，后来慢慢地尝到了些许的味道，心里也就勉强接受了，当我准备再咂摸咂摸味道的时候，碗里已经见底了。我不敢问父亲再要一碗，只好眨巴着眼睛，用舌头把碗底舔了个精光，并使劲地咽了一口唾液。吃罢饭，父亲问摊主要了两碗凉水，我喝了一大碗，然后跟着架子车顺原路返回。

　　至于在半路上帮父亲拾了些啥菜叶，割了些啥草都不记得了，只记得一路上不断地回味着胡辣汤那并不太好吃的味道，反复掂量着吃这碗胡辣汤的机会，甚至责备自己开始面对碗里的胡辣汤就不该犹豫，不该畏畏缩缩，不该胡思乱想，应该大胆地先吃再说；恨自己是稼娃进城，啥都不懂，啥都不识，甚至把胡辣汤还当成了家里给墙上糊报纸用的浆糊或猪食桶里的什么；不管怎么说，这是一次难得的机会，错过了这个村，就没这个店，什么时候来西安，只有天知道，即使以后有机会再来，也未必有钱吃碗胡辣汤。

　　一路上，除过干活推车外，我几乎没说几句话，脑子中尽想的是胡辣汤的影子。到家里已经天黑了，母亲氽了半锅中午剩搅团，我没精打采地吃了半碗，就匆匆忙忙地爬上炕睡觉去了。

按说，这是我第一次进城，开了眼界又长了见识，圆了心中的梦，应该高兴才是，可我怎么也高兴不起来，因为在那饥饿的年代里，能吃上一碗饭比什么都重要，何况是一碗从没吃过的胡辣汤。

几十年过去了，我经历了许许多多人和事，也忘记了许多人许多事，而唯独没有忘记吃这碗胡辣汤的经过。多少次我暗暗发誓，以后有钱了有时间了，一定再去东门里寻找我曾吃胡辣汤的地方，美美地吃上几碗胡辣汤，然后再看看那里的人，看看那里的事，看看那里的变化。如今我搬到了东门外，离东门近在咫尺，有事没事都会溜达到东门。说实在话，刚来的时候，我还有意去东门里寻找过几次当年吃饭的地方，可时过境迁，昔日的印象早被排排的商店、美丽的景致、川流不息的车辆代替，我只能悻悻而归。

如今的生活有了巨大的变化，想吃啥有啥，且经常吃得肚胀如鼓，只好用锻炼的方法帮助消食。早上走出小区大门，左右对门卖胡辣汤的门面就有四五家，每家胡辣汤里都放足了各种各样的佐料，每家的胡辣汤我都吃过无数遍，可怎么也吃不出当年的那种味道。

一张老照片

　　这是一张20世纪60年代的全家福，也是父母留给我的唯一财富。
　　左起：留着两条长辫子、怀里抱着小孩，脸上露着淡淡微笑的是我的母亲，抱着的小孩是我弟弟，估计也就是几个月大小；留着寸头、楞角分明的脸上一对浓眉大眼，穿着对襟粗布棉衣，看上去比实际年龄大许多的是我的父亲；中间坐着头顶手帕、清瘦仙逸的是我祖母，祖母前面站着头戴布帽、傻呼呼的小孩就是我；祖母右边是身穿列宁服、自来卷发、胸前插着钢笔的是我姑妈；最边上站着的约七八岁，面带笑容、活泼可爱的小学生是我哥。
　　从哥仨的年龄上推断，照相的时间应该是1960年。
　　这是在县城照相馆工作的余兴哥利用星期天，帮我们拍的。
　　余兴哥是县城照相馆有名的摄影师。
　　冬天的早晨，空气中透着阵阵寒意，母亲起床后，先把靠北墙的苞谷杆移到后院，然后洒水扫地，桐树周围，拐枣树周围，柿子树周围以及院中的旮旯拐角，打扫得干干净净。等中午温度升起来了，全家人要在院子里合影留念。这可是轰动全巷子的一件大事，要不是余兴哥这个近水楼台，有几个人去照相馆照相呢？尤其在食不果腹的年月里，能正儿八经地照一张全家福，是多少人梦寐以求地奢望。估计是姑妈和祖母商量后，找余兴哥说的情，才有了这样的机会。姑妈是从旧社会过来的知识分子，有思想，有见识，也能出得起照相费。

哥哥穿着母亲早已准备好的洗得干干净净的棉衣、棉裤，和穿着用姑妈旧列宁服改制成小棉衣的我，高兴地在院子里嬉戏玩耍。暖融融的太阳挂在天上，蓝蓝的天空中飘着白云。

正午的时候（家里没有表，日头定时间），余兴哥扛着照相工具匆匆赶来，姑妈和祖母像迎接亲人般地招呼余兴哥坐下歇息，父亲从上房中搬出两条长凳子，母亲在架格前打扮得焕然一新。余兴哥顾不得喝茶吸烟，急急忙忙地和父亲把布帐背景顺着北墙拉开。墙头上爬满了看西洋镜的顽童。大家按顺序一字儿坐好，经余兴哥反复叮咛注意事项后，随着"看我手"，皮囊一捏，闪光灯一亮，"咔嚓"一声，余兴哥大声说道："好了。"大家才长长地松了一口气。顽童们吃惊地从墙头上溜下去，作鸟兽散传播见闻去了。

这是残存在记忆中，依稀辨得的经过。

随着时间的流逝和家庭的变故，后来，这张照片不知所终，而重新得到这张照片，已经是四十多年以后的事了。

自从1978年出门求学以后，家里发生了巨大的变化：祖母1971年去世、父亲1974年去世，姑妈1985年去世，母亲1986年去世；村里道路改造，老房子搬了几次，父辈们留下的遗物已不知去向，这成了我心中永远的痛。父辈们养我们不易，尤其在那艰难的年代里，如果能有一张照片或什么遗物，也是对我们晚辈心灵的慰藉和精神寄托。哥哥从小当兵在外，很少回家，妹妹早已出嫁，在家的弟弟很少关心这些琐事。多少次，我专门回老家找德高望重的堂哥搜集祖辈们留下的遗物，皆一无所获。2008年一次偶然的机会，在外当兵（后转业）已四十多年未见面的堂哥从陕南回老家探亲，饭桌上闲聊时，无意中说他家藏有一张我家的全家福照片，听后如获至宝。后来，堂哥回陕南后，立即用信封寄给我，我还是找在县城照相馆工作的余兴哥儿子，帮我翻拍放大后存于镜框之中。

每当看着这张具有时代感的照片，心中就涌出不少疑问：三年灾害期间，人们在死亡线上挣扎，而姑妈、祖母怎么还想起照张全家福呢？是深谋远虑，欲留下历史的瞬间，还是怕饥馑日甚，家生不测？

母亲从1958年到1978年的二十年间，一直是生产队的妇女队长，她吃苦耐劳，生活节俭，心地善良，带领妇女们为生产队做出了一定的贡献，在村上享有很高的威信，三年灾害期间，吃糠咽菜，勤俭持家，才救活了我们全家，她是我们家里的大功臣。父亲为人忠厚，性格急躁，不善言辞，虽念了七年书，仅会写自己的名字，但心灵手巧，尤其擅长机械设备维修，如村里带水车的柴油机、锅驼机、架子车、喷雾器等机械，都由他负责修理，也算是村上的手艺人。姑妈是个教书先生，一生无子嗣，视我们兄弟为己出。对我们学习更是重视，从小学到高中，每学期开学前，我们都不知道向父母要学费，因为姑妈早为我们准备停当了。放学了，父母总是催促我们给猪拔草，做家务，而姑妈却教我们读书写字，并经常和学校老师交流，随时掌握我们地学习情况，促使我们从小对学业不敢懈怠。没有姑妈，就不可能有我哥和我的今天。

父亲、母亲、祖母、姑妈的形象，常在我的梦里出现，她们给了我生命，她们在艰难困苦中抚养我长大，我的身上流淌着她们的血液，我的身上有她们的影子。

看着照片，我常常难以安眠。在这世道纷纭、人心不古的时代，我要经常检视自己，避免随波逐流、偏离正道，保持一颗清醒的头脑和洁净的心灵。

遇到困难的时候，我会在照片前默默地静坐，放下我的心，听听先辈的教诲；遇到烦心事的时候，我会和父辈们说说话，出出闷气，心里会舒坦许多；有了些许成绩的时候，我会及时地向他们汇报，让他们分享我的幸福和欢乐。

我常想，这张照片，能流传到我手里，肯定是先辈英灵冥冥中的使然，我要把它永远地挂在家中，留在心间，我要让它世代相传。我要从相片中汲取无穷的力量，不断地进取，做一个无愧我心，不给祖宗丢脸的人。

我知道我肩上的担子，我知道我的历史使命。

俗语说，离地三尺有神灵。神灵是什么？神灵就是这张照片上的父辈们，我相信他们时刻注视着我的一言一行。

一碗浆水菜

朋友在临潼上班，整天忙忙碌碌，为生计奔波，我们虽在同一栋楼里住着，平时却很少见面，周六周日回西安，偶尔在电梯上碰到，也说不上几句话。星期六晚上吃过饭，手头上没活了，就想到楼下的朋友家坐坐。

好长时间没在一起坐了，兄弟见面，高兴得赶紧把过年亲戚送的好酒拿出来，让我先尝一口。平时我是不喝酒的，盛情难却，接过了酒杯。

兄弟不好意思地抱歉道，喝酒没啥菜，只有亲戚昨天从老家捎来的一盆浆水菜，不知喜欢吃不？一听到浆水菜三个字，我立马来了精神：好！好！浆水菜下酒最好，这比吃啥都香。朋友叫来妻子，立即在煤气灶上呛了一碗浆水菜。

看着用麦田里的荠荠菜做成的、上面撒了几段红红的辣椒和漂着香喷喷油花的浆水菜，没动筷子，口中就生出许多津液来。朋友还在忙前忙后地泡茶削苹果，我先夹了一筷子放进嘴里，"真香"，看着这稀罕之物，我脸上流露出满足的笑容。它确实不同于密封袋中装的"酸菜"味，也不同常吃的"泡菜"味道，它是一种无与伦比的，独特的具有新鲜感的酸中带香的绵长味道，下肚还有一种极舒服的感觉。朋友见我贪馋的吃相，便笑着说："老哥，别着急，等会回家，给你带上一碗。"嘴里嚼着菜，我不客气地点着头。

和朋友一边呲溜呲溜地喝着酒，一边津津有味地吃着浆水菜。朋友笑着说："没想到老哥这么爱吃浆水菜。""这比炒的啥菜都香。"我昂然回答。朋友小我十几岁，可能没我的经历，或许感受不深我说话的真诚。趁着酒兴，我说我不但爱吃浆水菜，我还会做浆水菜，朋友不信，我便挺直了腰杆，得意地讲起了做浆水菜的工艺和吃浆水菜的故事来：

二十岁之前，我是吃浆水菜长大的。

我们不是蔬菜区，田里只能以种粮为主，房前屋后偶尔种点蔬菜，也被视为资本主义的尾巴被割掉，农民一年四季，主要以吃自家腌制的浆水菜为主。每家都有做酸菜的坛子（或罐、缸等容器）。清洗干净坛子，春天把田地里挖回家的野菜、从生产队地里偷回的苜蓿，夏天买些芹菜，秋天拾些蔬菜区抛弃的白菜梆子或萝卜缨子等洗干净放入锅里，加水使其均匀受热，断生就盛入坛中，倒入提前准备好的浆水引子。如果没有引子，就需自制引子，即取面粉若干（与坛中的水配合，做成稍浓的面汤就可）放入碗中，加少许凉水搅成糊状加入锅中，边倒边搅，防止形成面疙瘩，烧开关火（如果有下面条的面汤就不需这样麻烦了），待完全晾凉后倒入菜坛中，加盖，放到固定地方，耐心等待两三天（天热则快，天凉则慢），菜变黄，汤变清（底有沉淀）后，就成功了。等浆水菜捞完后，利用煮面条之际，续第二批，准备好原料菜，放入坛或缸罐中，并把冷却后的面汤直接倒入。边吃边续，循环往复。

在困难的年代里，浆水菜成了农村人的主要食菜，在煮熟的面条锅里放点浆水菜，既可以当醋调味，还可以当蔬菜吃；粗粮以做搅团为主，搅团的水水必是浆水做的（醋要花钱买），浆水中不会放什么特别的佐料

（没条件），只是呛好后，放入几颗大青盐就行了；喝苞谷糁就浆水菜是几十年不变的生活。

见朋友听得认真，我又说起了吃浆水菜的好处来：

浆水菜是老天赐予穷人的礼物。浆水菜中，含有丰富的乳酸菌，有除湿利水、化瘀消肿、健胃驱胀、增加食欲、清热利尿、止血定喘和利肠等功效，尤其芹菜做的浆水，还有降低和稳定高血压的作用。夏天酷暑，赤日炎炎，劳累了一晌，人困马乏，喝一碗浆水，不但醒脑提神，还能消暑降温。到了冬天，各种蔬菜稀缺，浆水菜更是成了各家各户不可或缺的食菜。在食不果腹的年代里，不少人在生产队里干了一天活，饥肠辘辘地回到家里，干锅冷灶，无以充饥，想到的只有缸里的浆水菜，就捞上一碗，囫囵下肚，晚上才能睡个安稳觉。

"没想到，老哥对浆水菜还能说出这么多道道来。"朋友喝了一口酒，红着脸夸我。我是个顺杆爬的性格，自豪地问朋友："你吃过苜蓿做的浆水菜么？""吃过。"朋友讪讪地回答。"提起苜蓿，心里就恓惶。"朋友支棱着耳朵，静听下文：

苜蓿，是做浆水的极佳原料。三年困难时期，为了制作浆水菜，苜蓿地被大人孩子过了一遍又一遍。为了保证牲畜的饲料，生产队白天有专人看护苜蓿，饥饿的人们只有在晚上下手了。母亲为了全家人活命，半夜半夜不睡觉，联合几个要好的姐妹，提着笼到各生产队或临村的苜蓿地里薅苜蓿，把偷回来的苜蓿洗净，一部分做成碱圪瘩（菜团子）蒸着吃，一部分续到浆水缸里，维持着一家人脆弱的生命。

想为家中分忧的我，也常和几个伙伴到苜蓿地里偷苜蓿。一次，我们到邻村的地里偷苜蓿，为了防止被人逮住，我们查看了东西南北四个方向，也没见有人看守，心里高兴，便偷偷地溜进地里，放心大胆地薅起了半拃高的苜蓿来，可没薅上几把，看苜蓿的老汉像土行孙似的，不知从什么地方钻了出来，算我眼尖，首先发现了老汉，大喊一声，告知同伴们快撤。大家提着笼像兔子一般，迅速地向本村的地里跑去，老汉紧追不舍，眼看快追上我了，幸亏正在地里锄苞谷的社员们帮忙，喝住了老汉，才逃过一劫。否则，被逮住了，不但没收了蛋笼，受尽羞辱，还会扒下裤子，让光屁股坐在被毒辣的太阳晒了一天的碌碡上，接受烙饼般的惩罚。

　　说到这里，朋友不由自主地笑了。我说，你别笑，这是真事。那个年月，穷极无聊的人们，也会想出许多"土办法"折腾人取乐。朋友又端起酒杯，我们一饮而尽。我又想起了一件趣事：

　　隔壁的长庚伯是满族，据说辛亥革命的时候，张云山在西安杀"鞑子"，长庚伯的父亲被革命党杀了，母亲带着儿子侥幸逃脱流落到我们村里，后来，母亲死了，家里贫穷，娶不起媳妇，他又口吃，四十多岁了，还是光棍一条。在抓阶级斗争的年月里，长庚伯自然成了村里的贫协主席，是革命依靠的对象，每次运动来，上级派工作组发动群众，首先想到的就是长庚伯。长庚伯成了村里有名的"运动红"。不过，再革命，在艰难的岁月里，总不能喝风屙屁吧。自然灾害时期，饿得实在受不了了，一天晚上，长庚伯也到生产队的苜蓿地里偷苜蓿准备做浆水。毕竟"作案"不老练，提着一笼苜蓿，从城壕的坡坎上爬回家时，苜蓿撒了一地，早上生产队长顺着遗落的苜蓿，轻而易举地找到了他家。队长问长庚伯："你是村里干部，为什么要偷队里的苜蓿？"长庚伯自知理亏，结巴了半天，才挤出了一句震撼人心的话："把——把——把——我——我——我饿——饿——饿死了，谁——谁——领导你——你——你们——革——革——革——革命——呢？"队长哭笑不得，只好无趣地走了。

　　听到这里，朋友哈哈大笑。可我没笑，朋友把此事当笑话来听，我却是认真说的。

　　喝着酒，吃着浆水菜，谝着有关浆水菜的故事，不知不觉，两个小时过去了。看看表，快十点半了，我端起碗里剩下的浆水汁，一饮而尽，咂摸嘴，向朋友告别。朋友没忘浆水菜的事，给我盛了满满一碗带上，朋友妻还再三叮咛：回家倒在盆子里，吃完了甭忘给里面续菜续面汤。

269

杜回

杜回村位于潏河西岸，郭杜镇南五华里，古代称为毕原的地方。"秦中自古帝王都"，毕原自然是十三个王朝建都的京畿腹地，所以，这是一块神奇的土地。

杜回村不大，一个大队，分南北二村，公社化的时候，有五个生产队，南村从西到东，分别是一二三小队，北村从南到北是四五两个生产队。一个生产队，也就是三四十户人家，约两百人左右，全村不超过一千人，土地约两千亩（现在人口约两千人左右）。

从西安外国语大学南门即凤林南路向西二百米，就是杜回村北大门，水泥门楼上，由学识渊博，出口成章的胡随民、书画家邱文理两位先生题写的楹联，颇引人注目："春秋战国潞洲结草将星陨，华夏盛世长安富庶杜回村"。矗立在香积大道上的南门内外，二先生亦拟两幅楹联，正面："三千年英雄神威犹在，五百载故里文明新村"。背面："杜回故里万枝桃李香四海，文明新村一派春光达三江"。三副楹联，皆言简意赅地道出了杜回的历史和杜回村的变迁。

杜回村名，源远流长。

杜回是历史上有名的秦国大将。

《左传·宣公十五年》，即公元前594年秋，7月，秦桓公出兵伐晋，晋军和秦军在晋地辅氏交战，晋将魏颗与秦将杜回相遇，杜回不用车马，率惯战者数百人，"下砍马足，上劈甲将"，神勇无敌，魏颗欲以计取之。后魏颗在青草坡设伏，将杜回诱至此地，展开大战，正在难分难解之时，杜回忽然一步一跌，魏颗正在疑惑之际，见一老人蹲在地上系草，揉揉眼睛再看，老头不见了。老人"将青草一路挽结，以绊杜回之足"，大力士杜回，磕磕绊绊，施展不开拳脚，最终力气不支倒地，被魏颗所俘斩杀。

这就是秦晋辅氏之战。

晋军获胜收兵后，当天夜里，魏颗在梦中又见到白天那位为他结草绊倒杜回的老人，老人说：你用先人之命善嫁我女儿，我在九泉之下感谢你的活女之恩，今天结草以助，是为了女儿祖姬报答您的大恩大德，将军将世世显荣，子孙贵为王侯，无忘吾言。原来，魏颗的父亲魏武子魏犨有一个爱妾，没有生子。武子每次出征时都嘱咐魏颗说："我若死，一定要选良家陪嫁出她。"到了武子病危时，又反悔说："我死后一定要她殉葬，使我在九泉之下有伴。"武子死后，魏颗将祖姬嫁了出去，其弟责怪他未尊父命临终之嘱，魏颗说："人在病重的时候，神智是昏乱不清的，我嫁此女，是依据父亲神智清醒时的吩咐。"

这就是结草报恩的故事。

杜回死后，便葬于毕原。

杜回村曾经流传过这样一句顺口溜："张、王、李、简、胡、邱、丁（荆），周、杨跟着答和声。"历史地反映了村里曾居住过的人家。从姓氏排列上看，居中的胡、邱、简、王、杨诸姓成为目前南北二村的主姓。张、李、丁诸姓，早已不复存在，是何原因，不得而知。六十六岁的胡随民记得清楚：1969年，他在大峪修水库时，去大峪深处的五里庙买核桃，曾到过一户姓丁的人家，闲谈中，老者说他老家也是杜回村人。当时不懂得历史重要的他，并没有深究来龙去脉，至今回想起来，都悔恨不已。据我猜测，诸姓的离去，很可能与清朝同治年间陕甘回变有关。

离村三百米左右的西南方向，原二队地里，有座杜回墓，村人亦称杜回冢。高高的冢上，长满了野草荆棘，很少有人爬上冢顶。听老人们说，曾经在冢旁挖出过石人石马，村上打机井时，还用石马压过架杆。20世纪70年代初，在学大寨平整土地的运动中，冢被二队的社员们平掉了，当时我看过挖开的坟冢，洞穴内黑咕隆咚什么也看不清。革命革昏了头的人们，只知平掉坟冢，可以增大种地面积，浇地方便，谁也没有文物保护意识，更不懂文物保护的重要性。队长忙催大家赶紧拉土填平洞穴。从此，杜回冢便从地面上消失了。

老人们说，过去的杜回南北二村都是有城墙的，小时候，我们也常在南村的城壕里玩耍。根据南村城壕遗址看，主要在三队南北巷子周围。一二队社员，都在城墙以外居住。解放后，家族分家，北城壕东边划给了王常有家，西边划给胡武银家做了庄基地。北城壕和东城壕的拐弯处，离北村四队仅数米之遥（两村基本相连）。南城壕虽未被划成庄基地，却跨过南北巷子的东边被三队的三间碾道阻挡，碾道的北边是胡长柱家，南边是胡金锁家，西边北坎上是胡军义家，南边是二队部分村民们的庄基后院，占去了城壕的一半面积。西边城壕很深，每年三队在里面种满郁郁葱葱的线麻，东边城壕无人耕种，长满了野草野花。总体看，城墙是长方形的，东西宽约两百米，南北长约三百米。

根据城壕的位置来看，原杜回南村很小，仅占三队住户的一半面积。

北村亦有城壕，南城壕被填平，东边城壕较宽，四队、五队曾在里面种过小麦。城壕基本形状是300×300米的正方形，比之南村略大一些。南边有城门楼，欲上门楼，需从破烂不堪的城墙爬上去。

南村被一条弯曲不直，从东到西的街道分开，东边一直延伸到周家庄、香积寺，西边一直延伸到北雷村、小张村。三队中间有一条小巷，南头在东西街道相接处，拐了个S型的弯，向着西南方向，越过一片凹地，通到三队南场，和邮电大路相接，北头出南村后，不到百米就拐向东边的北村四队。

西头的一队，中间也有一条南北走向的大道，北头出村百米，和北村的东西路相交，再延伸二百米，路西就是北村的窑场，再往北，就是康杜村以及公社所在地——郭杜镇；南头出村不到二百米，路西就是南村的窑场，再往南，通往赤兰桥，宫子村。南北窑场在一条线上，似乎遥相呼应。

在东西街道偏西的地方，有一条路通向村南四五百米外的邮电局（这是昔日的国际电台，为了保密，对外号称一号信箱），原占三队土地三十亩（后扩至七十多亩）。在方圆三四平方公里的范围内，星罗棋布地被直径四五十厘米、高三四十米的被柏油浸过的松木杆上巨大钢环组成接收信号的钢网笼罩。20世纪六七十年代，一号信箱属于保密单位，四周拉有电网，有一班解放军守护。80年代初解密。现改为陕西通讯技术学院。从邮电局门前通过的土路（亦称邮电路），经过沙河，直通洨河北岸的里杜村。

村子的南边，主要是二队社员居住的地方，有一条东西小路，村人叫它后场。这条路东边和三队通往场里的路相接，西边跨过邮电路，和窑场的南北路相接，在离窑场南北路百米的东边，是二队的饲养室，饲养室的西边是三队的柿树林。夏收完毕后，柿树林里就不种秋了，这里就成了小孩们玩耍纳凉的好去处。柿树的直径均在三四十公分以上，树冠大，树杈多，我们常在树上爬上爬下。到了秋天，柿子红了，生产队里派人专门看守，防止"贼"偷柿子，我们会千方百计地寻找机会，偷吃柿子。

273

北村是南北走向，主街道南头和南村去周家庄的土路相接，北头是丁字路口，丁字路向西三十米，右拐是坐西面东的简家巷，向前绕过杜回小学与窑场路相交。

南门内外是四队，门里前行三十米右拐，是一条小巷，大家叫它东巷子，巷子里住着王、胡、邱三姓人家，过了东巷子，就是五队的地盘，前行三十米就是丁子路口，右拐住着胡姓人家，再往东就是碾道。从碾道前北拐，住着简、周两家，再往北，就是康杜村东门口。

南门外有一条东西路，向西三十米，右拐是小巷，住着坐西向东简、王、杨三姓，西头和三队巷子北头出来的南北路相交，再往西和窑场路相交，向东四十米，坐东向西住着几户简姓人家，再往东，通向小居安。

城壕西岸是一条通向小学的土路。

大队主要经济来源，靠的是南北窑场一年的收入。窑场的历史，无从考证，估计至少有数百年历史，因为这里土质好，土层厚，做出来的砖瓦色泽纯正，心实饱满，成为官家和富豪们修造衙门府邸的抢手货，故而在方圆几十里内都享有盛名。20世纪70年代，由大队出资，把使用了几百年的传统窑炉改建成了轮窑，并添置了先进的流水线生产设备，仍以一流的产品赢得了市场，成为杜回大队的主要副业收入。

20世纪90年代中期，郭杜搞开发，窑场被迫关闭。

平时，村里曲曲折折的街道上，堆满了垫茅坑的黄土或起猪圈拉出来的农家肥。干旱无雨的季节，街道中看不出什么，只是显得凌乱骚臭，可到了七八月份雨季，或下大雨的日子，街道就变成稀泥场，尤其被雨水冲刷后，土堆粪堆上的污泥，在街道中肆意横流，加深了稀泥的深度，人们在街道上行走，要么踩着两三寸高的泥屐或穿着胶鞋走，要么，像袋鼠一样，蹦着跳着，寻找稀泥较少或路面稍高的地方走。稀泥常常淹没行人的脚脖子。

村西有条宽约三十米的大渠，人称漆渠，北通张杜村，是否延至未央湖，不得而知。向南延伸数百米后，九十度转弯，向东而去，与四五里外的浐河相接，人称南渠。西渠岸上，二队三队的土地不多，主要都是一队的土地；南渠岸上，曾有东西点将台，1970年平整土地时平毁。过了南渠，就是常年积水的沙河滩，亦称"百花滩"。这是一片干枯了的河床，地里长满了荒草和野花。三队几十亩水地就在干河滩的中央，20世纪六七十年代，三队社员在队长胡世玉的带动下，把几十亩水地整治成了稻田。稻田里挖了三四个大坑，作为水潭，雨水少时，确保用人工拉斗子的办法，把潭里的水送到稻田里。

20世纪八九十年代，沙河成了西安城周围建筑工地的黄沙供给地。这里沙子深厚，曾有人测探，沙层最厚达十八米。沙层存在方式，是一层沙一层蓝泥（颜色淡蓝，干后发白，当地人叫它白土，可用其粉刷墙壁）。邱文理老师告诉我们：他在沙河挖过几年沙子，人们曾在这里挖出过"石凿""石斧"，还挖出过一座古墓——一个瓮中，除过骨殖外，全是"贝壳"古币，还在沙层下五六米处，挖出过古柏。古柏浸于水中若干年亦未被氧化，外皮呈黄褐色，木质尚好。蓝泥层厚薄不均，最厚处达两米，听说里杜村有人曾在蓝泥中挖出过一条大活鱼（蓝泥中存有少许水），可惜被这帮不懂事的家伙吃掉了。

沙河历史悠久，可见一斑。

1985年，按乡上农村道路规划，杜回村亦进行了建设规划，把原本弯弯曲曲，长短不一，方向不一的道路、庄基，统一划分为两间宽、南北走向的庄基，道路划为"井田制"。2003年西安外国语大学入驻郭杜，征杜回村土地五百亩（四队三百亩，五队二百亩），2004年外院施工，北院是教学区，南院是家属区。现陕西工运学院征得村西一二队土地二百四十亩，正在办理有关手续。2005年，镇上提出乡村道路硬化，采取以村为主，乡办补助的办法，把村上南北、东西大小街道，全部铺成了水泥路。2009年，在村长（主任）王文柱、书记简贵民的多方奔走协调下，全村终于甩掉了使用千年的辘轳井，吃上了黑河供应的自来水，村委会也旧貌换新颜。占地四亩，铁栏栅防护的村委会中，两层七间的办公楼拔地而起，院内南设篮球场，北设健身器材锻炼场地，给村民提供了温馨舒适的活动场所。

村北饮食一条街上的"竹间葫芦鸡""长安葫芦鸡""长安八大碗"、"一品香""溢香园""宋氏盐焗鸡"等，响彻长安城南，成了市民们品尝或招待亲朋好友的最佳去处，尤其星期六、星期天，车水马龙，热闹非凡。

葫芦鸡——杜回村，杜回村——葫芦鸡。

葫芦鸡成了杜回村的一面耀眼的招牌。

杜回村是一块风水宝地，钟灵毓秀，从村中陆续走出来一批供职于多条战线上的杰出人才：

恢复高考制度的1977年，一次考上本科生七人，中专生七人，曾经在长安县引起了不小震动，其中有现留美理工博士胡互让和医学博士邱随民，从事飞行器研究的研究员、享受国务院特殊津贴的胡律行；甘肃公安厅厅长简志平；曾任大庆油田钻井大队支部书记、胜利油田纪委书记、全国石油会战青海战区副总指挥的胡启桂；解放军3507厂厂长胡玉山；陕西省戏曲研究院主任舞台师邱月茂；陕西省大荔县副县长胡云生；广州飞机维修工程有限公司清远分公司总经理胡骁；著名的泥塑大师苗春生的高徒，泥塑界的后起之秀胡振波；活跃在书法文艺领域的长安书协会员、南京长江画院颜真卿文化研究中心荣誉主席、竞争入选2014、2015年两界中国书画润格网500强、中华邱氏联谊会西安分会会长邱文理；喜欢捏泥人、做根雕，自己作词作曲，并在周围村庄经常举办个人演唱会的简管琦；发扬光大陕西名吃"葫芦鸡"，并创出了城南品牌"竹间葫芦鸡"的简平均等。

杜回村在几届两委会领导班子的共同努力下，旧貌换新颜，如今在村长（主任）王文柱、书记简贵民的带领下，又取得了非凡的成绩：条条道路，干净卫生，整齐漂亮的一排排楼房，让人欣羡不已，社会主义新农村的面貌已昂昂地展示在世人面前。

搬迁

赤兰桥都搬迁了，毗邻的杜回村还能长久么？

建成于隋朝杨坚时期的赤兰桥，距今已有一千四百年历史，而杜回村的历史，更与结草坑回的典故有关。杜回乃秦国大将，骁勇善战，在辅氏之战中被晋国大将魏颗俘虏，而原因是魏颗没有执行父亲的遗嘱让小妾殉葬，在父亲死后将她改嫁了，因此，小妾的父亲在梦中相助，用茅草捕获了杜回。所以，杜回在历史的长河中，承载着一份感恩的情怀。

这些都是历史上有记载的，如果都搬迁了，毕原上的这段历史也就消失了。

赤兰桥搬迁，是为了在此打造"西安大学城长安梦想小镇"。官方公告上说：周边有三十七所大学，此镇一旦建立起来，会给大学科技成果的转化和成果的交易，带来非常好的一个生态。

为了"梦想小镇"，不仅赤兰桥需要搬迁，兴隆街道办的南雷村、北雷村和郭杜街道办的小居安也必须搬迁。据村民们说，只要赔偿可以，大家愿意搬迁。村民看重的是钱财。实际上，搬迁是趋势，搬也得搬，不搬也得搬，谁也阻挡不了。客观地说，只要搬迁了的地方，民众基本都富裕了。

搬迁后的农民确实富裕了，可富裕后的人们，往往被花花绿绿的金钱迷住了双眼，没有几个人能从表面满足的相中，看到搬迁后的遗患。

金钱是有灵性的，它可以促红你，也可以毁灭你，就看你的能量和德行了。能量差的，镇不住钱，钱给你带来的只能是麻烦，甚至要了你的性命。能量大的，能镇住钱，钱就服服帖帖，保你平安幸福，甚至还会给你带来无穷的财富。

一个人的素质和德行，决定了他金钱的多少。没有一定的定力，钱是不敢随便拿的。

作为面朝黄土背朝天的农民，一生都过着节俭的生活，做梦都想发家致富，做梦都想跳出农门，忽然一日天上掉下了一厚沓钱，眼直了，心颤了，感觉无所适从了。

不用种地了，彻底从农事中拔出了脚，拿着搬迁的钱，可以舒舒服服地住到梦寐以求的高楼大厦，从此，街道上的闲人多了，东家长西家短的婆婆嘴多了，麻将桌子多了，喝酒抽大烟的多了。

没钱的时候，做什么事都谨慎，有钱了，腰杆硬了，胆子也大了，以前不敢干的事敢干了，以前不敢消费的商品，敢随心所欲地消费了。老子有钱，有钱不花，白在世上走一遭。

有了钱，也徒增了攀比心里。你家买了辆新车，我家也买一辆，你家买十万元的车，我家买十五万的车，我家一定要压倒你家。

以前人们买车，是为做生意或工作方便，是用车创造经济效益的，现在家里买车，大多数仅是为了满足可怜的虚荣心。

尤其年轻人，钱来得容易，自然看得轻。今天三个一堆，五个一群，吃喝玩乐，开车兜风，明天到这个景点玩玩，到那个景点转转，最后不是车出事，就是人出事。

麻将场子红火了。没事干，今天进这个麻将场子，明天出那个麻将场子。输完了可以借钱再战，反正有搬迁费垫底。久而久之，不少人染上了赌博瘾。

饭饱思淫欲，看着老婆心烦：没了姿色，没了眼色，没了温情，没了心情。找个女人玩玩，有钱不花，留给娃他叔么？二奶三奶应运而生。

不管走到什么场合，只要听到大声喧哗、气状如牛的说话，人们第一反应：这大概又是一群城中村改造或搬迁的居民。这几年在国内旅游的，出国旅游的，扎势要横的，相当一部分都是这些人。

一夜暴富的人们，思想观念、道德水平和财富远远不匹配。素质低下，自以为是，是大多数人的共同特点。

劳动创造财富，真正通过劳动富裕了的人，想到的第一件事，就是抓紧对孩子的教育。

因为他们懂得知识就是财富的道理。搬迁户们大多不重视对小孩的教育。没钱的时候，还督促孩子学习，希望孩子以后有出息，有口饭吃，现在有钱了，学不学习无所谓，学习的目的，不就是为了挣钱么；以前孩子要东西，大人犹犹豫豫，现在大方多了，钱就是让人花的，尽量满足孩子的要求。有钱的穷人把孩子当成富二代供养。

用双手创造了财富的人们，懂得富不过三代的道理。他们把大部分钱财投入到了孩子的教育上。老人们常说的一句古话：孩子有出息，我要银钱干什么，孩子没出息，我要银钱又干什么。可惜这样的思想观念，在大多数搬迁户身上找不到了。

就拿我们村来说，恢复高考制度后，每年村里都能考上几个大中专学生。村里穷，念书是摆脱贫困的唯一出路，自从生活富裕了，教育一年不如一年，偶尔考上个大学生，竟成了村里的奇闻。

以前没钱的时候，父子兄弟姐妹之间尚能和谐相处；钱多了，反而心生妒忌，矛盾也应运而生。兄弟姐妹，分多分少，钱成矛盾的导火索，有的甚至为分钱，父子、兄弟反目成仇，兄弟姊妹不相往来。

钱点燃了人性中的恶。

大家想着怎么花钱，没有几个人想着怎么挣钱。死水怕瓢舀，有朝一日，钱花完了自己怎么办，后代怎么办？以前还有几亩地，只要勤谨，下点苦，起码有饭吃；现在地没有了，钱没有了，房子不能当饭吃，汽车不能当饭吃。

钱是一把双刃剑。

拆一代，红火一代或两代，毁掉的是后代。

生于忧患，死于安乐。忧患可以激励人们奋发有为，磨难可以促使人有新成就。多一分享受，少一分志气。一个人若处于安乐之中，就失去了前进的动力，思想就会慢慢地堕落。

有了钱，往往会放纵自己，不该生气受累的生气受累，不该生病的生病了，不该早死的早死了。钱成了催命的符。

人一生吃苦享受基本是个定值：前半生吃苦多了，后半生吃苦就少些；前半生吃苦少，后半生吃苦就多。不该享福的时候享福，福早早就完了。

再说，搬迁后，村庄消失了，家乡消失了，文化消失了。住在高楼上，就不会叫某某村，只能叫某某小区，某某花园。当代人还能记住自己原来村里的名字，两代三代以后，村名字都会从人们的记忆中慢慢地消失，要了解这村的历史，怕只能从代代相传的老人口中或在某些历史书中翻找。例如，遇到某些钻研历史的书生，读着王维《过香积寺》："不知香积寺，数里入云峰……"香积寺在哪里？读唐温庭筠的《赤兰桥》："……一渠春水赤栏桥"。赤兰桥在哪里？读杜甫《陪郑广文游何将军山林》："不识南塘路，今知第五桥……"第五桥在哪里？读老人结草绊杜回的典故，问杜回村在哪里？或许，找到一位白胡子老人，他颤抖着双手，有气无力地指着高大的建筑群或美丽得一塌糊涂的花园说，在这里，在那里。

　　我常想，如果搬迁的同时，能够充分做好村民的教育工作，尤其对金钱的正确认知，对孩子教育的认知，对理财重要性的认知等，或许这样或那样的丑恶现象就会减少。如果搬迁的同时，再做好文化保护工作，把村史记录下来，不但是对历史负责，也是对后代对未来负责，譬如：在村子搬迁后的土地上，立一块石碑，刻上村子的历史、地理位置、成分结构、风俗习惯、村容村貌、搬往何处等，给后辈留个想念，给历史提供点资料，将善莫大焉。

　　人活着不能仅仅为了金钱，精神、文化这些非物质的东西，比现实的物质更重要。

　　搬迁是大势所趋，但愿搬迁后的人们，能真正地过上幸福的生活，减少些搬迁带来的负面效应，让大家享受美好生活的同时，文明和素质也跟上时代的步伐。

逝去的岁月

　　峰和师傅的办公桌是面对面的。

　　进厂三天后，师傅忽然问峰：有对象么？峰羞涩地摇摇头。

　　又过了三天，师傅笑着对峰说：给你介绍个对象怎么样？峰喜出望外：二十四五的人了，谁不想找个对象？这话不能直说。峰沉默了一会儿答道："上班没几天，谈个人问题，是否合适？""男大当婚女大当嫁，这有什么。娃不错，在县城工作，只要你愿意，找个时间见见面。"峰红着脸点头。

　　星期六下午，提前一个小时，峰骑着师傅的自行车带着师傅去了县城。

　　糖业烟酒公司二层楼上一间普通的房子。敲开门，一个高个子中年人迎了出来。"这就是我说的那个新分来的学生，农村娃，人老实。"师傅指着峰对中年人说。中年人上下打量了峰一眼，热情地说："等会儿萍就来了。"师傅和中年人是同学，萍是中年人妹子。

　　峰既紧张又期待地望着窗外。

五点半下班，萍六点进了房子。

萍一米六左右的个子，不胖不瘦，看起来挺漂亮。师傅和同学知趣地到隔壁朋友家喝茶去了。

二人拘谨地相互通报了名姓。从萍的自我介绍中，峰知道她是高中毕业，家里是地主，父亲退休前是某工厂的工程师。峰的心一下子被触动了：地主富农的娃，一般都有教养，加上父亲是知识分子，即使差，也差不到哪儿去。这是峰在"文革"的激流中体悟到的。

临走，峰和萍相互留了通信地址。

周三早上，办事员忽然送来了一封信，看看封皮，知道是萍来的。峰十分激动，颤抖的双手好一会儿才拆开了信封。

信上没有一句谈情说爱的话，全都是工作和人生的感言，只是最后相约，周日中午县城十字见。

第二次见面，心里七上八下，峰知道自己眼拙，怕认错人。

天上暖阳高照，街道人流如蚁。峰站在十字路口，眼睛瞪得像牛铃。还是萍眼尖，先认出峰来。峰长长地舒了一口气。

早春二月，空气中还有阵阵的寒意。峰和萍在路边找了个角落处。这里行人稀少，正是谈情说爱的好地方。俩人铺了张报纸坐下来。

比第一次见面放松多了，没了约束，没了顾虑。俩人聊得很开心。中午到了，怎么办？工资还没发呢，摸摸口袋，峰身上只有两块钱，总不能让萍请客吧，峰在心里嘀咕。最后，峰还是壮着胆子问萍吃什么？萍沉吟了一会儿说：老刘家的灌汤包子。钱不够怎么办？峰急中生智：到单位时间不长，我对街道不熟悉。萍听出了话音：我熟悉，让我去买吧。峰做着掏钱的动作。"我有钱，我请客。"峰如释重负。

一个月过去了，峰给萍写了四封信，也收到了萍的三封信。俩人的感情在进展。

一天中午，师傅对峰说：周日，咱们一块到萍家去看看。峰心中一愣：叫自己到家里去，意味着萍没意见，就剩家人验收了。

"要把自己拾掇的精精神神，省得在萍家丢脸。"峰翻出哥哥给他的工作服，穿上后对着镜子照了又照。这是第一次相亲，峰既激动又有些害怕，反复在心里问自己：我能过关吗？

萍的家，离县城十几里路。峰骑着师傅的自行车带着师傅，意气风发地上路了。走在路上，师傅反复叮咛峰要注意的事项。

走了一段很长的马路，又穿过麦田，走了一段土路，一座不大的村庄出现在眼前。萍家在村子里面的小巷中。院子很大，干干净净，后面三间瓦房，收拾得整整齐齐。师傅的同学早来了。一家人笑脸相迎。师傅和同学说话去了。一位麻利得体，师傅让峰叫姨的老人，把红着脸的峰，让到靠近炕沿边上一把老式椅子上。家里姊妹多，萍一一作了介绍。峰嘴甜地跟着萍称呼。

萍的大哥登场了，问了些不疼不痒的话，峰不失礼貌地回答；萍大姐登场了，问了些工作上的问题，峰条理清晰地回答；这个叫姨的老人登场了，问了峰家里情况，父母身体怎么样，弟兄几个，峰如实回答。老人思维清晰，谈吐文雅，给峰留下了深刻的印象。最后是一位斯斯文文、干净利索的老人，单刀直入地问了峰几个问题，例如：什么学校毕业，学的什么专业，今后有什么打算等，峰措辞谨慎地回答。后来峰才知道，这个老人就是萍的父亲。

回家的路上，峰忐忑不安地想从师傅的嘴里得到消息，师傅笑着说：回去好好上班，以后这事我就不管了。

晚上来到办公室，峰犹豫了半天，还是给萍写了一封信，问萍自己今天的表现能打几分，实际上想听听验收团的意见。三天后，峰收到萍的回信：我爸我妈没意见。峰悬了三天的心才放了下来。

日月如梭，半年很快过去了。一日，峰收到萍的信，说她母亲想到峰的老家看看。峰神经一下子紧张起来——父亲在十年前就去世了，母亲大字不识几个，不会说话，家里很穷，房子破烂不堪，老人看了，作何感想？但又不好拒绝。

七月流火，天高云淡，终南山像一幅壮丽的画卷，远远地挂在天边。老人一踏上峰家乡的土地，就不断地赞叹这里地平，水利设施齐全，庄稼长得好。峰也不失时机地给老人介绍家乡的历史，尤其讲村名的历史典故。

峰母亲在家等着亲家。亲家相见，峰母亲高兴地说几句客气话，就忙着烧水做饭去了。老人打量着这里的一切：三间宽的庄基中，靠西边有三间简陋的瓦房，两间住人，一间放杂货，院子一角还有一小间厨房，峰母正在里面忙碌。

峰手忙脚乱地给老人倒茶。萍瞪着一双汪汪的眼睛，好奇地东张西望。

晚上，老人凑合着在峰家休息了一夜……

萍从峰家回来，心情郁闷地对母亲说："我还没见过这么穷的家。"母亲笑着说："好儿不在家当。"萍看着母亲，半天没说话。

腊月的一天，老人忽然来单位找峰。峰不知就里，心里惴惴不安。老人笑眯眯地说：二十五六的人了，考虑没考虑结婚？峰吃惊地看着老人。老人见峰没理解，就直接把话挑明："我想让你俩春节办婚事。"

峰想着自己一月四十二块工资，一年来，除过花销，所剩无几，怎么结婚？父亲去世早，姊妹四个，就靠母亲一人支撑着家。再说，一个二十多岁的小伙子，问母亲要钱，能张开嘴吗？老人看出峰的顾虑，成竹在胸地提出解决方案："如果你同意，回去就给你妈说，你在单位结过婚了，回家只是简单的办两桌酒席，答谢亲朋，我在家里也给乡党们说，女子在丈夫家结过婚了。"峰恍然大悟，善意的谎言，两家都不操办，不就省钱了。

看着如此贤明的老人，峰眼里流出了愧疚的眼泪。

回到办公室，峰把这一喜讯告诉了师傅，师傅笑着说："你真有福！"随即找后勤科长，软磨硬泡了三天，总算在单身一楼，给峰要了一间房子。

峰心里还在作难，满打满算，身上只有一百多元。萍知道情况后，慷慨地说："我工作时间比你长，工资也比你高，父母又不问我要钱，这几年上班，攒了些钱，你全身的新衣服，由我置办。"

峰的心一下子放下了。

星期天，峰急急忙忙地回家，也把这一喜讯告知了母亲。母亲激动得一夜都没合眼。

"总得张罗几桌饭，招待招待亲朋吧。"母亲拿出压在箱底的五十块钱，硬塞给峰，让第二天去镇上割些肉买些菜。

正月初六，峰在老家待完亲朋，正月初七一大早，背着母亲做的两床被子，和萍搭汽车，坐火车，走土路，太阳落山的时候，回到了岳母家。

新女婿上门，岳母高兴地跑前跑后张罗饭菜。吃完饭，已是晚上九点多了。岳母知道峰的情况，提前已把小夫妻的日用品准备好了。岳父也把自己的自行车收拾得利利索索。岳母帮岳父把被子褥子盆子电壶等，能拿的东西，全绑在自行车上。车子无法骑了，小两口只能推着车子，步行回单位。

天上没有月亮，道路一片漆黑，阵阵寒风吹得人连连打颤。心情如火的一对新人，早把寒冷丢在脑后。峰扶着车把，萍在后面推着，俩人说着笑着，高一脚低一脚地在黑暗中前行。等到了单位，已是夜里一点钟了。拉开简易的开关，房间里只有一张单人床，墙上没有粉刷，四角还挂着蜘蛛网，地上一片狼藉。顾不得什么了，赶紧打扫卫生。峰从集体宿舍找来扫帚簸箕，萍帮着打扫。卫生打扫完了，又为晚上睡觉发愁。一张单人床怎么睡觉？对了，二楼的集体宿舍里，还空余了一张床。俩人又急急忙忙地去二楼抬床。俩床合并起来，不就是一张双人床么？恰好外面的垃圾堆上，有别人扔掉的稻草帘子，峰拾回来铺在床上，再把带回的被褥铺上。劳累了一天，俩人呼呼地进入了梦乡。

一觉醒来，日上三竿。早饭怎么办？除过走廊上有单位为职工配备的公用煤气和炉子外，没有做饭的锅铲瓢盆，没有吃饭的桌子凳子。萍拿出五十块钱，让峰到县城临时购买。峰跑遍了县城的几个商店，总算购齐了做饭的基本用具。

做饭的时候，萍问峰："咱们在什么地方吃饭？"峰一下子愣住了：总不能蹲在地上吃吧。峰想了一会儿：有了，找我师傅借去。马上吃中午饭了，峰说明来意，师傅二话没说，立即把准备吃饭的方桌腾出来给峰。峰不好意思地问师傅："你们吃饭怎么办？"师傅说："前面还有张桌子，凑合着能用，等过几天，单位有车去西安，叫人给你们捎个新方桌。"

还多亏昨晚打扫卫生的时候，没把房子遗留的两个活里活络的方凳扔掉，峰从隔壁同事家里，借来锤子钉子，叮叮当当地敲打了一阵，凑合着能坐。

没有抱怨，没有过多的想法，两个年轻人的简单生活，从这间房子开始。

……

转眼间，三十多年过去了。

夕阳西下，已经退休的峰和萍在公园里散步。峰望着天空，像是想起了什么，自言自语地说："你妈确实好，不是你妈，咱俩不会走到一块。"萍接住话茬："我妈深明大义，一辈子都为别人着想。"峰接着说："咱们结婚的时候太简单了，实在对不住你。"说完，愧疚地低下了头。萍的眼圈红了："这有什么，那个年代，年轻人结婚都很简单。"

俩人说完，手挽着手，向公园一角的玫瑰园走去。

黑脸铁三

　　村上有个叫八爷的地主分子，和远近闻名、教语文的姑妈关系不错，她们经常在一起聊天。一次批斗会后，八爷又来我家偷偷地找姑妈聊天。不懂事的我，见八爷被人欺负，就气愤地说："八爷，她们为什么要批斗你？"八爷坦然地回答："因为我是地主分子。"我似懂非懂地点点头。"新社会好，还是旧社会好？"傻乎乎的我，问了一句非常幼稚的话。八爷笑笑："现在起码晚上能睡个安稳觉，过去（旧社会）整天提心吊胆，单怕土匪打劫。"

　　这是我第一次，从八爷嘴中听到土匪这个词。

　　土匪真的可恶吗？星期六晚上，我问回家休假的姑妈。姑妈搂着我，激动地讲她三四十年代经历过的土匪打劫的故事：

　　20世纪40年代末期，国共两党战事正酣，可恶的土匪也趁机作乱，不是今天抢这个村子，就是明天抢那个村子。提起"土匪"俩字，人们不寒而栗。吃饭的老碗会上，大家议论最多的是：某村前几天，姓甚名谁的家里被土匪抢走了牲口，昨晚谁家也被土匪抢了。有时还传播着更恐怖的新闻，就是谁家的主人被土匪杀了，谁家的姑娘被土匪强奸了。

坐在姑妈怀里的我，瞪着一双惊恐的眼睛，大气都不敢出地听着姑妈讲述：

土匪们一般都是本地农民，白天劳动，晚上抢劫，平常居无定所，需要行动的时候，他们就会合起来，干完事，分完脏，又作鸟兽散。他们纪律严明，分工明确，有专人负责踩盘子，（打探消息），谁家有钱，谁家钱在什么地方，谁家姑娘长得漂亮，谁家防守疏忽，她们都摸得清清楚楚。抢劫时，他们手里都拿着趁手的家伙，有的拿棍，有的拿枪，有的拿锤子，实在没家伙了，腰里就别把菜刀。

当时，最有名的土匪叫黑脸铁三。铁三不但脸长得黑，心更黑，抢人不择手段，杀人不眨眼睛。

三爷在西安城里做生意，挣了几个钱。在五间宽的庄子上，盖起了四合院。三奶好虚荣，常打扮得花枝招展，招摇过市，土匪就打起了三爷的主意。一日晚上，三爷刚从城里回来，半夜里，一高一矮的两个土匪进了屋。先是从上房的炕上，把搂着三奶睡觉的三爷拉起来，一个高个子黑脸大汉，二话没说，先给三爷一顿拳脚，打得三爷眼冒金星，鼻口淌血，然后刀压在三爷的脖子上，问银元在什么地方。三爷是经过大世面的人，知道破财消灾的道理，就指了指墙角。土匪立即明白过来，拿来铲子，撬开方砖，下面一个黑色的瓦罐里，装了五十块袁大头。黑脸大汉脸上露出了不易觉察的微笑。不过，小个子土匪还不罢休，又把战战兢兢的三奶从炕上提溜到冰冷的地上，问什么地方还藏着银元。三奶穿着睡衣，连吓带冻，早没了魂魄。"没——没——"，一句话没说完，脸上也重重地挨了一拳，漂亮的脸上，顿时开出了万朵桃花。三爷一看，气急败坏地说出一句最不该说的昏话："我认识你。"不知三爷真的认识此人，还是想和土匪套近乎，让放自己和三奶一马。谁知土匪误以为三爷真的认识自己，以后会向官府报案。一不做，二不休，必须杀人灭口。

黑大汉顺手从房檐下，捞取了一把镢头，照着三爷的头，就是一镢头。可怜的三爷，头上立即出现了拳头大个深坑，顿时，白的红的全流出来了。三爷一声没吭，就倒在了炕沿下。三奶两眼一翻，吓得昏了过去。见出了人命，黑脸大汉抱着钱罐和小个子土匪翻墙跑了。等三奶苏醒过来，哭声才惊动了左邻右舍。隔壁四邻的乡党赶到的时候，三爷的尸体早已变得僵硬了。

听到这里，吓得我小拳头攥得紧紧地，脸上早没了颜色，

姑妈拍拍我，小声地说："别怕！别怕！"

接着，姑妈又给我讲了土匪抢劫富荣大爷家的故事：

富荣大爷是村上有名的秀才，村南有父亲留下的三十亩稻田，村北有几十年辛苦买下邻村一位姓康的二十亩水浇地。槽上栓了两头骡子一头牛，常年还雇了两个长工劳作，算是村里有钱的大户。

土匪打听到大爷家的底细后，就让人捎话，限期拿出一百块大洋送到指定地点。大爷心想，他一生为人谦和，心地善良，不管谁家有事，出钱出力，热心帮忙，从没有得罪过任何人，更没有得罪过土匪，也就没把土匪的话放在心上。一个风高月黑的夜晚，几个土匪用尖刀拨开大爷家的门闩，气势汹汹地闯进屋里。先把家里大小十几口人赶到院子中央让两个土匪看管起来，又把你大爷五花大绑，押到厅堂。又是这个黑脸大汉，怒气冲冲地指着大爷大骂："我说话是放屁呢？爷今天给你教教乖（教训教训）。"不等大爷说话，脸上就被刀子划拉了一道口子，鲜血顺着脸颊汩汩流下。疼得你大爷还没叫出声来，一条破旧的毛巾就塞进了他的嘴里。大爷头上的汗珠如雨般地落下。黑脸大汉还不罢休，又在厨房找了一根擀面杖，不断地敲打大爷的脚踝（这可是最残酷的一招）。这时候，一个土匪还把大爷的三儿媳拉到厅堂，当着大爷的面，扒掉三儿媳的裤子侮辱。折腾了一阵后，最后扔下一句话："老子等着钱花，再不把钱送来，下次就杀了你全家。"

大爷连气带吓，一病不起，不几天就离开了人世。三儿媳不堪欺辱，第二天就上吊自杀了，三叔稳泉，受不了这样的打击，跳了东边的潏河。

好端端的一家人，转眼间被土匪祸害得妻离子散。

土匪的祸害，使得方圆百十里的人家不得安生。官府动用大批的人力物力搜捕，最终无功而返，因为土匪和官府打的是游击战，你进我退，你疲我扰。

看来，官府是靠不住了，村民们只好寻找自己的出路。保长和有影响的长辈们，经过反复商量后，号召大家有钱出钱，有力出力，并把年轻力壮的小伙子组织起来，成立了民团。他们请来了拳脚了得的师傅和吃过粮扛过枪的回乡军人，做民团的教练，日夜加紧训练。

那时候，一般村上都有城墙。民团晚上轮流值班，发现有生人靠近城墙或土匪进了村子，就鸣锣报警。大家听到锣声，纷纷操起早已准备好的家伙，一齐涌到出事地点。

村子起了榜样带头作用，其他村纷纷效仿。

各村的严防死守，把土匪们的财路堵了。土匪就是土匪，不会等着挨饿。他们想尽一切办法寻找财路。比如，大白天半路劫财——土匪常常扮成生意人或普通农民，混迹在人群中，见了有钱有势的人或生意人，就悄悄地跟上，到了没人处，几个人一哄而上，捂嘴的捂嘴，抱腿的抱腿，手脚麻利地把人塞进停在不远处的马车上，拉到偏远的地方，再和其家人联系，让送钱赎人，否则，立马撕票。

北村的二娃，长得人高马大，从小就喜欢舞枪弄棒，跟着邻村的红拳大师习武多年，练就了一身好武艺，晚上值班，他最认真。一个冬天的晚上，四野茫茫，寒风呼啸，大概凌晨两点多钟，村民们都进入了梦乡，二娃巡逻到城墙的西北角，看看四下无人，心就放了下来。一股倦意袭来，二娃连连打了几个呵欠。这是人最疲劳的时候。二娃揉揉眼睛，耳畔忽然想起教练的话来："夜里一点到五点，是土匪们最活跃的时候，千万不敢马虎，一时的疏忽大意，就会给村里带来血光之灾。"二娃摇摇头，看看手里的马刀，马刀在月光下闪着寒光。忽然，一个黑影从城墙角处爬了上来。二娃的头发一下子竖起来了："土匪！"在这寂静的夜晚，在这昏暗的月光下，声音像炸雷一般，在城墙上滚动。土匪一愣，还没反应过来，一包石灰就从二娃的手中飞了出去，正巧打在了土匪的脸上（防身必备），土匪哎呀一声，捂着脸向后倒去，说时迟那时快，二娃一个箭步冲上去，飞起一脚，土匪翻下了城墙。听到喊声的巡逻队员和村民，立即从四面八方涌来，把从三丈多高墙上重重摔下的土匪，用拇指粗的麻绳捆了个结实。

村里沸腾了。听说抓住了土匪，村民们敲锣打鼓，奔走相告。

几年了，土匪祸害了多少人家。老天开眼，今天总算抓住了土匪，有仇的报仇，有冤的伸冤，出出积压在心头多年的恶气。

南村的爷庙，成了审判土匪的地方。

爷庙里，供着威武的关老爷。八根碗口粗的蜡烛在四周冒着袅袅的青烟。西边一张八仙桌上，一盏气死风的马灯，显得格外明亮。保长和几位德高望重的老先生，表情严肃地坐在桌旁。里三层外三层的村民把爷庙围得严严实实。爷庙的立柱上，绑着耷拉着脑袋，像睡着了的土匪。柱子两边立着拿着大刀的二娃和富荣大爷的二儿子稳柱。

见大家都到齐了，保长和几位老者交换了一下眼色，半截砖在桌子上重重一拍："抬起头来，让大家看看。"土匪慢慢地睁开了红肿的眼睛。"叫什么名字？"土匪耷拉着眼皮，不屑一顾地笑了笑。保长看着土匪，牙齿咬得咯咯直响，民团的好汉们瞪着血红的眼睛。还没等二娃动手，人群中钻出了披头散发的三奶，她像疯了一样，扑向土匪，还没等大家明白过来，像扯抹布一样，土匪的耳朵被生生地扯了下来。血顺着土匪的脸颊向脖根流去。土匪疼得龇牙咧嘴。大家一阵惊悸。土匪自知罪孽深重，落到村民手里，断无生还的可能，为了免受皮肉之苦，干脆都招了。土匪看了保长一眼，恶狠狠地说道："你们村的两趟活，还有周围几个大活，都是我带人干的，包括放火烧死了陈家庄的陈老五；强奸七里沟二牛的媳妇；三张村张长安家的地道是我挖的，银子也是我抢的……不说了，算老子倒霉，今天落到了你们手里，杀刮随便，只求来个痛快。"

还审什么，土匪不打自招。

保长和几位老者商量后，怕夜长梦多，决定明天中午，在村南的官壕里处决土匪。

谁来行刑？经过半夜合计，保长还是把这任务交给二娃和稳住。原因很简单：二娃是个练家子，经过的阵仗多，胆大。稳住报仇心切，给个了却心愿的机会。

暖融融的太阳，被无垠的田野揉碎了，麦田里泛着莹莹的绿光。一冬天都没见过这样的好天气，西北风停止了，树枝上的鸟儿也停止了鸣叫。

官壕下的麦田里，挤满了村民。村庄和官壕周围，布满了严阵以待的民团。

保长淡定地坐镇爷庙指挥，旁边的方桌上，一杯淡淡的香茶冒着热气。

太阳刚到正午，一声锣响，八个大汉押着五花大绑的土匪从爷庙来到官壕的壕沿。

民众像潮水般地涌向壕沿。人人瞪着牛铃一样的眼睛，想看看这个作恶多端的土匪长得是个啥样。

爷庙前传来第一声炮响，稳住狠狠地在土匪膝弯处踢了两脚，土匪扑通一声跪在地上。空气凝固了，人群中静得只有出气的声音。

二声炮响，其他人撤退了，土匪左右只留下二娃和稳住。二娃是见过大世面的人，他拿出了江湖那一套，大声地问土匪："黑脸大汉，时辰到了，兄弟送你上路，还有什么话要说？"从昨晚审问后到现在，土匪一句话都没说，这时忽然开口："兄弟，我知道你武艺高强，栽在你手里不冤枉。不瞒你说，我不叫黑脸大汉，我就是有名的黑脸铁三。"周围人一片哗然。"这就是杀人不眨眼的黑脸铁三。""没想到人还长得不错，可惜被社会逼得走错了道。""竟然是一条大鱼。"官壕上下议论纷纷。有人攥紧了拳头，有人嘴唇铁青，也有的人摇头叹息。

就是这个黑脸铁三，几年来闹得方圆几十里鸡飞狗跳墙。今天抢这家，明天抢那家，并且打一枪换一个地方，从不一个地方连续作案两次。

"铁三，你看看我是谁？我就是富荣老汉的二儿子稳住，你气死了我大，逼死我三弟和弟媳，想不到你也有今日。"稳住眼里冒着火光。铁三翻了翻眼皮："说啥也晚了，当我走上这条道的时候，就知道会有今日。我知道自己罪该万死，求你给我个痛快。"说完，又耷拉着头颅，像睡着了似的。三声炮响了，行刑的时间到了。二娃问稳住："你来还是我来？"稳住斩钉截铁地说"让我来吧，我要给我大我弟个交代。"

稳住上过几天私塾，也算个读书人，哪里会杀人？只是父亲兄弟死后，出于报仇心切，加入了民团，想着有朝一日抓住土匪，剥他的皮，抽他的筋，可真到了要亲自动手杀人的时候，心就跳得厉害，手抖得没了力气。刀在铁三的脖子砍了两下，也只是伤了点皮肉。二娃心急火燎。谁知这时，铁三忽然睁开眼睛，恶狠狠地骂道："羞先人呢，你白长了个把子（男人），没杀过人，还没杀过鸡？"官壕下一片大乱，人群像麦浪一样，此起彼伏，有人嬉笑，有人怒骂，还有人跟着起哄。

忽然，从东南角上传来声嘶力竭的喊声："杀了他，杀了他。"这是稳住母亲的声音。随后一片"杀了他，杀了他"的喊声像潮水一样涌起。想想父亲三弟的悲惨命运，顿时怒从心头起，恶向胆边生，稳住双手举起大刀，眼一闭，牙一咬，狠狠地向下一劈，只听到"咔嚓"一声，铁三的人头，像西瓜一样，咕咕噜噜地滚下了官壕，腔子中的热血喷出一尺多高，随即高大的身躯，也缓缓地栽下官壕。

四周响起来欢庆的鞭炮声。

村里无意中抓住了匪首铁三，并立即处决，极大地打击了土匪的嚣张气焰，加之周围民团联手共治，使得土匪没了复仇的机会，不到半年，土匪就销声匿迹了。

姑妈的故事讲完了，瑟瑟发抖的我，头上全是汗。

从此，晚上睡觉，没我婆陪伴，是不敢单独睡的。

后来，在我们这一带，好久都流传着这样的说法：

说黑脸铁三虽然死了，但他的阴魂不散。每当小娃夜半哭闹的时候，大人就吓娃说：黑脸铁三来了。这话比吃了灵丹妙药还快，哭声立止。谁家娃不听话，大人就吓唬：再不听话，我叫黑脸铁三了。小孩立时变得乖顺老实。

后记

怎么也没想到,搞了一辈子技术工作的我,退休后竟弄起了文墨,而且仅仅三、四年功夫,就准备出一本散文集。

回头想想,恐怕得益于我几十年来坚持写日记的好习惯。

2011年9月退休后,在同学的推荐下,远去徐州打工。一个人孤寂地住在老板租赁的一套房中,陪伴我的,唯有一台旧电脑。

以前正常上班的时候,办公室的电脑除过办事员每月做报表外,几乎成了摆设。那时候自己宁愿把大把的时间白白浪费掉,也没有学点电脑知识的意识。直到退休后出来打工,才感觉到学电脑的重要。怎么办?只能临时抱佛脚,先从打字开始。拿着书本,看一字打一字,一晌打不了几句话,还往往看走行,打错字,情急之下,忽然脑洞大开:何不丢掉书本,把自己此时此刻的心情打出来,岂不简单?就这样,头上冒着汗,一晌打不了两页,可回头看看打出的内容,觉得除过错别字外,竟也是一段完整的话。

为了练习打字,重新拾回了写日记的习惯。就这样,三年下来,不知不觉地积累了二十多万字的日记。

2014年10月,辞职回到西安后,把部分日记发给乡党也是青年作家吕苇看,吕苇看后,感觉不错,建议把某些日记修改后,给报纸投稿。

日记能变成铅字?没有信心,更不敢去想。再说,报社的门向哪里开着,自己都不知道。过了一段时间,吕苇见我迟迟未动,就主动帮我把一篇吃搅团的趣闻轶事修改成《老杨吃搅团》,推荐给了《西安日报》。

2015年5月28日,我的第一篇文章发表了。

一个退休工程师,竟然在报纸上发了文章,使我一下子有了写作冲动,我兴趣大增。《两元钱》在《西安日报》上发表了,《杯子》在《三秦都市报》上发了……

吕苇说,如果能加入作家协会,圈子大了,人脉广了,就会更好地发挥写作才能。作家协会在我心目中是一道耀眼的光环,我够资格吗?我犹豫不决。几个月过去了,吕苇见我没动静,建议我回家乡找长安文联吧。

那天,我怀着忐忑不安的心情,找到长安文联,磕磕巴巴地问:请问,哪位是刘欢老师?一位正埋头在电脑上工作的女士抬起头来问有什么事?我脸一下子红了:吕苇让我找您。说完,把自己打印的几篇文章拿出来让刘欢老师斧正,刘老师看完后,谦虚地说:我可修改不了,我可以推荐作协主席张军峰帮忙,说完拿起电话,和张主席联系。张主席非常热情,听了我的介绍,立马拍板同意我加入长安作协。

踏破铁鞋无觅处,得来全不费功夫。美不美,家乡水,亲不亲,故乡人。长安作协就像一位慈爱的母亲,把我这个在外漂泊了几十年的儿子热情地揽在了怀抱。正像我在《找组织》一文中说的那样:终于回到盼望已久的家,终于有了一帮志同道合的朋友,终于有了挖掘潜能的机会,终于有了安妥灵魂的地方。

此后,我利用零碎时间坚持写作,从未间断。短短几年下来,在报刊媒体上发表了一百多篇文章,还获得了一些文学小奖。

2018年,是我创作颇丰的一年,共发表了五十多篇文章,大约十万字,还根据自己恋爱结婚的经历写了《逝去的岁月》,根据乡间传说的土匪故事写了《黑脸铁三》,且均被山西《古魏文学》选中。

春节前,张军锋主席在群里说,长安作协准备出一套系列丛书,于是我心动了:何不把这几年发表的文章汇集成册,算作自己辛勤劳动的一个小结,于是利用春节闲暇时间,整理了这部散文集。

本书如实地记录了我几十年来的心路历程以及时代印痕、社会变迁。

记录历史,记住历史,反思历史,才能让历史的悲剧不再重演。

我命好,前进路上,一直有贵人帮忙。

吕苇老师把我引进了文学殿堂,长安作协主席张军峰、名誉主席王渊平、秘书长张立、吕维和左明心老师及王长红副主席等,均是我生命中的贵人。他们每次见到我,总是诚恳地指出我文章中存在的问题,提出修改意见,并不断地鼓励我扎扎实实地走自己的路,才使我这个原本和文学无缘的门外汉,有了些许成绩。我常想,如果没有这些老师的支持帮助,我也许和大多数退休老人一样提笼遛鸟、买菜做饭、家长里短……活得庸常。

树不修剪不成材,人不修正不成器。没有这些老师的批评鼓励,就不可能有我的今天。在此,我诚挚地表示感谢。

作协主席张军锋热情地为本书作序,王渊平主席积极为本书写评语,同学高美燕、苗小英抽出宝贵的时间帮我校对文稿,在此一并感谢。

我是一个没有受过任何专业训练,没有读过多少书的野路子作者,仅凭着一腔热情,把自己的所见所闻以及感悟记录下来,文章粗浅,文字缺乏文学性、艺术性,肯定存在着这样那样的不足或错漏,敬请读者批评指正。

王选信

2019 年 3 月 16 日